MAUVAISES MANIÈRES

Mary Higgins Clark dans Le Livre de Poche :

LA NUIT DU RENARD

LA CLINIQUE DU DOCTEUR H.

UN CRI DANS LA NUIT

LA MAISON DU GUET

LE DÉMON DU PASSÉ

NE PLEURE PAS MA BELLE

DORS MA JOLIE

LE FANTÔME DE LADY MARGARET

RECHERCHE JEUNE FEMME AIMANT DANSER

NOUS N'IRONS PLUS AU BOIS

UN JOUR TU VERRAS

SOUVIENS-TOI

DOUCE NUIT

CE QUE VIVENT LES ROSES

LA MAISON DU CLAIR DE LUNE

JOYEUX NOËL, MERRY CHRISTMAS

NI VUE, NI CONNUE

Mary Higgins CLARK présente

AU COMMENCEMENT ÉTAIT LE CRIME

MARY HIGGINS CLARK

présente

avec l'Association Internationale d'Auteurs
de Littérature Policière

Mauvaises manières

TRADUIT DE L'ANGLAIS PAR ROXANE AZIMI

ALBIN MICHEL

Titre original :

BAD BEHAVIOR

SOMMAIRE

Introduction, Mary Higgins Clark 7

THOMAS ADCOCK, *L'enfant jeté* 10

PAUL BISHOP, *Je te tiens, tu me tiens* 37

SAMUEL BLAS, *Vengeance* 55

LAWRENCE BLOCK, *Comme un moucheron sur le pare-brise* 67

CHRISTIANNA BRAND, *Bénissez cette maison* ... 91

ANN CAROL, *Le revolver* 111

LIZA CODY, *Question de chance* 119

STUART DYBEK, *La mort d'un joueur* 155

CAROL ELLIS, *Le défi* 163

WINIFRED HOLTBY, *Pourquoi Herbert tua sa mère* 167

P. D. JAMES, *La fille qui aimait les cimetières* .181

M. E. KERR, *La mort verte* 205

M. D. LAKE, *Le jeu de Kim* 213

JOHN H. MAGOWAN, *Après la pluie, le beau temps* 231

TERRY MULLINS, *Développements de dernière minute* 237

JOYCE CAROL OATES, *Le pressentiment* 255

SARA PARETSKY, *Le chat maltais* 277

MAURICIO-JOSÉ SCHWARZ, *Le jeu du loup-garou* 327

BARBARA STEINER, *C'est toi que maman préfère* 339

HERNANDO TÉLLEZ, *Juste de la mousse, c'est tout* 353

ERIC WEINER, *L'interrogatoire* 361

ERIC WRIGHT, *Mission secrète* 373

INTRODUCTION

MARY HIGGINS CLARK

Quand j'étais petite, les mots qui m'enchantaient le plus étaient : « Il était une fois. » Sitôt que je les entendais, je me pelotonnais, prête à me laisser transporter dans des châteaux aux jardins magiques ou dans de sombres et profondes cavernes peuplées de méchants géants.

En grandissant, j'ai troqué les contes de fées contre les histoires à suspense et passé des heures délicieuses, totalement absorbée dans ma lecture, à frissonner en compagnie de cœurs ingénus, à l'écoute de pas dans l'obscurité et de hurlements déchirants résonnant dans le silence des maisons vides. Plus je lisais, plus je devenais sélective. Je me suis vite rendu compte que certains personnages restaient auprès de moi longtemps après que j'avais terminé la lecture de leurs aventures. J'ai découvert qu'il existait des auteurs hors série : leurs intrigues étaient uniques ; les scènes qu'ils décrivaient laissaient une empreinte indélébile dans ma mémoire. Ils me faisaient subodorer le danger, supplier le policier chargé de l'enquête de travailler plus vite, exhorter la victime présumée à une plus grande prudence. C'est l'essence même de l'art de la narration : entraîner le lecteur (ou l'auditeur) si intensément dans le récit qu'il en vient à quitter son rôle de spectateur et à s'impliquer dans les événements.

Quand j'ai commencé à suivre des cours d'écriture, j'ai reçu le plus précieux des conseils que l'on puisse donner à un jeune écrivain. Le professeur a dit : « Prenez une situation qui vous intrigue et posez-vous deux questions : *Supposons ? Et si ?* Puis transformez cette situation en récit. »

J'ai suivi ce conseil pendant de nombreuses années. Mais lorsque je me suis tournée vers les romans à suspense, j'ai ajouté une autre question : *Pourquoi ?* Quelle que soit la trame d'un récit, je pense qu'il faut satisfaire au *pourquoi*. Il se peut que quatre personnes aient des raisons valables pour commettre un crime, mais une seule d'entre elles franchit généralement le pas et passe à l'acte. *Pourquoi* son mobile était-il le plus fort ?

J'ai toujours pensé que la lecture d'un récit à suspense est comparable à un tour de montagnes russes. Votre cœur se met à cogner au moment où vous achetez le ticket. Vous êtes terrifié quand la voiture amorce en brinquebalant la première montée en pente raide. Votre souffle s'accélère tandis que vous anticipez la première descente vertigineuse, les virages en épingle à cheveux. Exquise frayeur ! Puis, quand les freins sont actionnés, que la voiture ralentit et que vous arrivez sain et sauf au point de départ, n'éprouvez-vous pas chaque fois un sentiment de soulagement ?

La lecture d'un bon suspense procure, me semble-t-il, des sensations similaires. Vous commencez avec appréhension. Vous êtes impliqué d'entrée de jeu. Vous êtes un des protagonistes. Vous en savez plus que l'enquêteur. Vous craignez pour la victime. Vous partagez ses émotions : peur, surprise, panique. Quand c'est particulièrement bien écrit, vous entendez des bruits dans votre propre maison : des craquements dans l'escalier, le vent dehors, la chaudière qui s'arrête. Et, au moment du dénouement, vous ressentez le choc d'une libération émotionnelle.

Parfois, le récit démarre tout doucement, à l'image d'un feu qui se déclare au sous-sol et se propage lentement aux murs et aux plafonds de la maison jusqu'au terrible instant où il la transforme en un enfer sans issue. Quelques-unes des nouvelles de ce recueil suivent ce schéma-là... colère qui monte peu à peu, faculté apparente d'ignorer, de dissimuler, de feindre, jusqu'à l'explosion finale. Le lecteur qui aime ce genre d'intrigues pourrait commencer par *Comme un moucheron sur le pare-brise*, de Lawrence Block.

Bon nombre de ces récits explorent la psyché, terrain toujours fertile pour un auteur d'histoires à suspense. *Vengeance*, de Samuel Blas, *La Fille qui aimait les cimetières*, de P. D. James et *Le Pressentiment* de Joyce Carol Oates évoquent les étranges mécanismes de l'esprit soumis à une pression intolérable et les

tours qu'il peut jouer à la suite d'un trauma-
tisme.

Les liens familiaux sont la substance même
du suspense : vous trouverez dans ces pages
quelques superbes histoires d'amour devenu
haine, de confiance masquant la vérité et de
solitude conduisant au meurtre. Les personnages et les problèmes varient — du jeune
couple qui cherche un abri dans *Bénissez cette
maison*, de Christianna Brand, à la fugueuse en
quête de liberté dans *Le Chat maltais*, de Sara
Paretsky —, mais, encore et toujours, c'est la
famille qui est au cœur du sujet.

Maîtres du récit, habiles tisseurs d'intrigues,
les auteurs réunis dans ce recueil connaissent
les failles de la nature humaine. Fine fleur de la
littérature à suspense, je pense sincèrement
qu'ils sauront satisfaire les amateurs du genre.
Quant aux néophytes, j'espère qu'ils seront cap-
tivés, passionnés et qu'ils en redemanderont.

Bonne lecture à tous !

L'ENFANT JETÉ

Thomas Adcock

La petite chambre du fond où logeait Perry n'était qu'une « porcherie tenue par un propre-à-rien », selon sa tante Vivian. Elle avait une longue liste de griefs à l'encontre de son neveu, partagée par la plupart de ceux qui le connaissaient. Mais comme Perry était malgré tout de sa famille, elle l'aimait aussi, à sa façon discrète et dévouée.

Vivian occupait le reste de la maison, un cottage en bois de quatre pièces exiguës, bâti sur pilotis pour résister aux ouragans, avec un toit pointu, des volets à lattes et des portes à claire-voie de part et d'autre. Les marches du perron étaient astiquées tous les matins avec un mélange rituel d'eau bouillante et de poussière de brique pour éloigner les mauvais esprits. Les marches du fond conduisaient du bouge de Perry à un jardinet clos où poussaient une herbe drue, un cerisier du Japon et un lilas. Par son apparence et son état de décrépitude, le cottage ressemblait à la quarantaine de logements agglutinés le long d'un chemin de terre défoncé entre Tchoupitoulas Street et la digue à moitié effondrée par des années d'inondations et de négligence.

Le quartier était l'un de ceux qu'on déconseillait aux touristes, un quartier où chagrins et craintes d'un passé douloureux se mêlaient à un présent sans espoir... la partie hantée de La Nouvelle-Orléans, disait-on. C'était la raison pour laquelle, entre autres coutumes, les marches du perron étaient quotidiennement lavées avec de la poussière de brique.

L'après-midi, les habitants de la ruelle se rendaient sur la digue pour profiter de la fraîcheur de la brise ou pêcher des poissons-chats dans le Mississippi pour le dîner. Là, les créoles les plus âgés ainsi que les veuves — coiffées de *tignons*, madras des adeptes du vaudou, avec sept pointes soigneusement nouées vers le ciel — parlaient du bon vieux temps jusqu'au crépuscule.

Autrefois, il y a très longtemps, Vivian et son mari avaient été terriblement fiers de leur cottage. Il était réellement à eux — les banques ou les organismes de prêt n'y étaient pour rien —, acheté et payé avec les économies d'un débardeur et d'une femme de ménage dont les ancêtres avaient jadis été enchaînés aux poteaux sur la place publique au-dessus de Canal Street et vendus comme esclaves. Car par une journée ensoleillée de mars 1948, Vivian et Willis Duclat étaient entrés en possession d'un petit cottage en bois ; ils étaient les premiers de leurs familles à être propriétaires de leur maison.

C'était un sacré bond en avant dans un monde périlleux et hostile, et les Duclat se faisaient un plaisir d'évoquer leur ascension. Presque tous leurs voisins de la ruelle partageaient généreusement leur joie. Sauf la grande bringue à la mine revêche qui habitait juste à côté, une vieille fille connue sous le nom de Miss Toni. « A quoi ça vous sert d'être propriétaires puisque vot'maison est la dernière à n'avoir pas été rachetée par Theo Flower ? Theo veut toute la ruelle et il l'aura, d'une façon ou d'une aut'. »

Vivian disait de ne pas faire attention à Miss Toni. « Elle est mauvaise langue uniquement parce qu'elle est seule et malheureuse. »

La fierté des Duclat fut de courte durée.

Vers la fin de l'année, ils reçurent la visite du contrôleur des impôts de la paroisse. Il souriait beaucoup et avait l'air sincère. Il serra la main de Willis exactement comme s'il avait eu affaire à un Blanc. Et il appela Vivian Mme Duclat. Le contrôleur était là pour leur faire signer des papiers importants, papiers qui allaient permettre de paver la rue, de construire des trottoirs et d'installer un collecteur d'égouts. Les Duclat ne comprirent pas tout ce qui était écrit en petits caractères au bas des documents, mais puisque l'homme s'était montré si respectueux, ils lui firent confiance et signèrent sous la mention « Propriétaire ». A la Noël 1949, alors qu'ils étaient irrémédiablement en retard pour payer les charges supplémentaires relatives à l'aménagement spécifié dans ces papiers importants, leur maison fut saisie par le shérif et mise en vente par adjudication judiciaire.

Un seul acheteur était présent aux enchères : l'Eglise de l'Esprit Eveillé, en la personne de son pasteur, le révérendissime docteur Theophilus Flower. Enfin, Theo Flower et son Eglise possédaient tous les cottages de la ruelle, jusqu'au dernier. Le révérend Flower ne perdit pas de temps. Il rendit visite aux Duclat le jour même où il régla comptant les charges en retard, sans oublier l'habituelle enveloppe en papier kraft pleine d'argent pour son ami, le souriant contrôleur des impôts.

En sortant du tribunal, le révérend Flower s'en fut chez les Duclat au volant de sa grosse Packard blanche, l'un des premiers modèles de l'après-guerre sortis des usines de Detroit. A la vue de la Packard quittant Tchoupitoulas Street, les voisins rentrèrent chez eux et fermèrent leurs portes jusqu'à ce qu'ils se fussent assurés que le pasteur était reparti.

Dans le salon des Duclat, qui venaient de tout perdre, Theo Flower se montra courtois et compatissant. Il n'avait pas besoin d'être désagréable avec les anciens propriétaires des maisons qu'il rachetait... la justice lui facilitait les choses, et tout se passait le plus poliment du monde.

« Vous comprenez bien, je pense, que notre Eglise a de nombreuses missions, déclara-t-il avec sa voix profonde et onctueuse de prédicateur. Et l'une d'elles consiste à trouver des logements, dans la mesure de nos moyens, à nos frères et sœurs pauvres et nécessiteux. »

Pendant qu'il parlait, Willis était assis dans le

fauteuil en rotin, immobile comme une statue, en état de choc. Il semblait ne rien entendre. Dans les jours qui avaient précédé la vente, il s'était caché de sa femme pour pleurer, on aurait dit que ses yeux allaient se rouiller de chagrin. Assise à côté de lui, Vivian tenait ses grosses mains calleuses. Honteuse et résignée, elle fixait le plancher en écoutant attentivement Theo Flower.

« Je ne voudrais pas que de braves gens comme vous se retrouvent à la rue. Seulement, voyez-vous, il faut que nous pensions aux membres de notre congrégation d'abord. J'ai beaucoup réfléchi à votre problème, beaucoup prié, et je crois avoir abouti à une solution... »

Quand enfin le révérend Flower eut fini, il empocha vingt dollars à titre d'acompte sur la contribution annuelle à l'Eglise de l'Esprit Eveillé. Et les deux nouveaux membres de l'Eglise, Vivian et Willis Duclat, signèrent des papiers importants que, justement, leur nouveau pasteur avait sur lui, entre les pages de la Bible en cuir rouge qui ne le quittait jamais. Ils signèrent à l'endroit où on lisait « Locataire ».

Après avoir griffonné son nom sur le bail de Theo Flower, Willis se leva de son fauteuil et traversa rageusement la pièce, s'arrachant aux mains de Vivian qui se cramponnait à sa chemise. Il se planta devant le prédicateur, le dominant de sa haute taille, et ses yeux noirs s'animèrent à nouveau. Ses énormes mains, alourdies et durcies à force de manier pioche, terre et cailloux, se crispèrent. Sa voix semblait avoir mille ans.

« J'ai pas d'instruction, moi, dit-il à Flower, et

j'sais pas parler aussi bien que vous. Mais j'suis pas non plus complètement abruti, et je sens bien qu'il y a une entourloupe là-dessous. J'vais y réfléchir et je trouverai le moyen de vous faire payer ce que vous avez fait à ma femme et à moi, et sûrement à d'autres pauv'gens comme nous. »

Le révérendissime docteur Theophilus Flower se contenta de sourire. Et Vivian vit briller de l'or entre ses lèvres brunes. Flower se leva ; il n'était guère de taille à se mesurer à Willis. Il rangea le bail dans sa Bible et répondit au colosse en colère : « Il ne faut pas dire ça, mon frère. Je sais que vous avez des soucis et je le déplore, croyez-moi. Mais je vous déconseille de prendre un ton hostile avec quelqu'un comme moi, qui connaît les mystères. Vous me comprenez, n'est-ce pas, frère Willis ? »

Willis ne comprenait que trop bien. Depuis l'enfance, il entendait parler des facultés de Theo Flower, comment il savait invoquer les morts dans l'Au-delà, comment il pouvait « arranger » un ennemi, comment il tirait son pouvoir des crochets venimeux des serpents d'eau. Willis sentit quelque chose de froid dans son cou, comme un souffle de vent humide.

Le pasteur repartit dans sa Packard. Et plus tard, dans la nuit silencieuse, Willis se réveilla d'un cauchemar avec une forte fièvre et une douleur lancinante dans la poitrine.

Plus jamais Willis ne retravailla ni ne dormit en paix. Le troisième mois de la nouvelle année 1950, le jour même où sa jeune sœur accouchait de Perry, Willis Duclat rendit son dernier soupir.

Pourtant, il avait pris ses précautions.

Convaincu qu'un danger mortel le guettait sur le chemin, sous la forme de mocassins d'eau ou de têtes-cuivrées qui franchissaient quelquefois la digue, il avait institué une routine quotidienne afin de se protéger. Il mélangeait une gâchée de chaux vive avec du piment de Cayenne, versait le mélange dans l'eau bouillante qui restait du nettoyage de l'escalier et répandait cette mixture en deux traînées parallèles le long de la clôture du jardin. Une vieille vaudouienne lui avait assuré qu'ainsi, il n'aurait rien à craindre sur la totalité de son terrain.

Ce jour-là assis sur une marche du perron de derrière, Willis fumait sa pipe du matin. Vivian était en route pour la résidence de St. Charles Avenue où elle s'occupait de trois enfants, faisait un peu de ménage et cuisinait pour un docteur qui mangeait beaucoup trop. Pendant ce temps, sur l'autre rive, dans la paroisse d'Algiers, la sage-femme sortait un garçon d'entre les cuisses de sa très jeune mère affolée.

La jambe gauche de Willis pendait sur le côté des marches en pin ; son pied nu se balançait d'avant en arrière, et ses orteils effleuraient l'herbe humide qu'il avait réussi à faire pousser sur le sol boueux. Brusquement, son corps se convulsa dans un spasme si violent qu'il fut projeté à terre, où il se contorsionna quelques instants en proie à une agonie muette avant que son cœur ne cesse de battre. Ce fut Vivian qui le trouva en rentrant chez elle l'après-midi. Il était étendu sur le dos, le visage couvert de pétales roses tombés du cerisier du Japon.

Elle courut à la pâtisserie où il y avait une

cabine téléphonique et appela le docteur. Son employeur arriva aussitôt, faisant fi des limitations de vitesse, bien que Vivian lui ait dit que Willis était déjà froid. Il examina le corps sur place, dans le jardin, et, après une minute ou deux, désigna une marque bleu noirâtre sur la cheville gauche de Willis.

« Il doit être rempli de venin.

— Non, m'sieur, répondit Vivian. Y a quelqu'un qui a jeté un sort à mon homme. »

La ruelle ne fut jamais pavée, elle ne reçut même pas de nom. Dans les décennies qui suivirent, Theo Flower racheta des centaines de maisons dans les quartiers pauvres de La Nouvelle-Orléans, ce qui lui permit d'élargir sa congrégation et d'acquérir la respectabilité que l'argent, quelle que soit sa provenance, vous procure dans l'establishment traditionaliste d'une ville du Sud.

Vers le milieu des années soixante-dix, le gouvernement fédéral fit installer des collecteurs d'égouts même dans les bas quartiers des villes qui bénéficiaient d'un fonds de solidarité. La Nouvelle-Orléans finit donc par satisfaire l'attente des gens comme Vivian Duclat. Pour sa part, Theo Flower augmenta son loyer, dans la mesure où la modernisation des équipements publics donnait une plus-value à la propriété.

En juillet 1983, Perry Duclat fut mis en liberté conditionnelle et quitta la prison d'Etat de Louisiane, à Angola, après avoir purgé la moitié de sa peine de sept ans pour vol qualifié : celui d'une auto. Il avait été condamné pour avoir

« emprunté » la Rolls Royce du docteur chez qui travaillait sa tante Vivian. Pour sa défense, Perry expliqua au juge : « Un jour, j'aidais ma tante dans la grande maison ; le propriétaire était parti en week-end, et sa belle voiture était là, au garage : personne ne s'en servait. Bien sûr que je l'ai empruntée. Quel autre moyen quelqu'un comme moi aurait-il de mener la grande vie ? Je l'ai remise à sa place, et sans une seule égratignure, parfaitement, m'sieur. » Perry avait emprunté bien des choses dans le passé, dont beaucoup restaient encore à rendre. Aussi le juge le réprimanda-t-il vertement ; sa malhonnêteté, décréta-t-il, ne le mènerait à rien. Le prévenu se contenta de sourire.

Mais même ainsi, même après que le docteur lui eut interdit de remettre les pieds chez lui, Vivian recueillit Perry à sa sortie d'Angola, alors qu'il était à la rue. Elle le fit parce qu'ils étaient parents malgré tout, parce qu'il était né en cette terrible journée où son mari avait trouvé la mort, parce que durant ses années de prison il en était venu à ressembler étonnamment à Willis.

Tous les jours sauf le dimanche, Vivian se levait de bonne heure pour aller travailler. Perry se levait juste après et s'acquittait des tâches ménagères, qui consistaient à maintenir les pièces occupées par sa tante dans un état de propreté impeccable et à astiquer les marches du perron, car elle croyait à la plupart des vieux mythes, même si lui s'en moquait. Vers dix heures, il était de retour dans sa chambre pour regarder la télévision.

Trois mois après son arrivée, la chambre de

Perry était devenue un dépotoir où les canettes
de bière s'entassaient par centaines contre les
murs sous une fine couche de cendre de cigarette. Il allumait des cigarettes et les laissait se
consumer sur le rebord de la fenêtre ou bien sur
la commode. Il y avait des trous dans les draps
de son lit, où il passait ses journées à regarder
les jeux télévisés, les talk-shows, les feuille-
tons, les informations dépourvues de sens, les
comédies stupides et les interminables spots
publicitaires sur un poste portable noir et
blanc surmonté d'un cintre métallique en guise
d'antenne. Il aimait à écraser les canettes, une
fois vides, après quoi il les jetait, n'importe où.
Il buvait essentiellement de la Dixie, dans des
canettes blanches aux inscriptions rouge et
jaune, ou de la Coors, en canettes dorées, quand
il avait quelques dollars de plus.

Certains jours, il descendait jusqu'à la digue.
Mais Miss Toni avait fait courir la rumeur que
Perry s'était évadé de prison, si bien que les voisins l'évitaient. Seuls les anciens lui adressaient
la parole, surtout les veuves avec leurs *tignons*,
vieilles bavardes trop heureuses d'évoquer les
légendes qui signifiaient tout pour elles, contrairement à la jeune génération qui ne respectait
rien de rien.

Quelquefois, il s'occupait du jardin de son
défunt oncle, où Miss Toni l'épiait par la fenêtre,
se baissant chaque fois qu'il se tournait en
direction de son cottage. Ou bien il s'asseyait
sur les marches pour lire, ce que Miss Toni trouvait particulièrement suspect. Perry avait deux
grandes piles de livres dans sa chambre, l'une
sur la commode et l'autre dans un coin, du sol

au plafond. Il lui arrivait aussi d'écrire ou de dessiner sur une tablette. Environ une fois par semaine, il se rendait à pied à la bibliothèque de Rampart Street.

Mais la plupart du temps, Perry regardait la télévision, buvait, fumait et s'adonnait à la réflexion. A midi, il avait deux fentes bouffies à la place des yeux, et ses doigts empestaient la nicotine. Il fixait l'écran de l'inepte boîte à images jusqu'à ce qu'il devienne noir aux premières heures du petit matin. Il mangeait très peu, même s'il appréciait les plats mitonnés par sa tante Vivian.

Ils se parlaient rarement. La conversation était agréable quand Vivian évoquait le défunt oncle de Perry, qu'elle lui montrait des photos de Willis ou sortait un carton d'effets personnels de son mari. Elle lui racontait encore et encore les circonstances de sa mort, ce qu'avait dit le docteur, et comment elle-même n'y avait vu que du « blabla médical ». Puis, inévitablement, ils en arrivaient à Theo Flower, et la discussion tournait vite à la dispute, suffisamment virulente pour que Miss Toni, à côté, n'en perde pas une miette, sans même être obligée de coller sa grande oreille à la fenêtre.

« Ce moricaud de Flower n'est qu'un jeteur de sorts attardé, une vieille crapule rusée et têtue qui plume les petites mémés comme toi ou Miss Toni, et tout le monde tremble devant lui parce qu'il est censé "connaître les mystères", disait Perry en roulant des yeux, la voix chargée de sarcasme. Ha ! Vous êtes tous toqués. »

Ce à quoi Vivian répondait, les bajoues frémissantes de colère : « Ferme-la donc, ta grande gueule, mon garçon ! Primo, nous sommes redevables au révérend Flower pour le toit que nous avons sur la tête. Et secundo, eh bien, disons simplement que tu n'as pas vécu assez longtemps pour comprendre que peu de choses dans ce monde sont réellement ce qu'elles ont l'air d'être. »

Ce que Vivian n'avouait pas à son neveu, c'était que ses rodomontades au sujet de Theo Flower l'enchantaient. Convaincue qu'il s'agissait là d'un défaut typiquement féminin — prendre plaisir à voir les hommes se quereller pour quelque chose qui la touchait de près —, elle se gardait bien d'en parler. Mais lorsque Perry se mettait à invectiver le révérend et son Eglise, les yeux de Vivian s'embuaient et, à travers ce prisme de larmes et de réminiscences, elle avait parfois l'impression de voir son mari. *Que Dieu bénisse les pauvres Noirs pour le peu d'insolence qu'ils osent manifester à la face du monde*, pensait-elle.

Vivian se moquait comme d'une guigne de savoir si Miss Toni entendait leurs chamailleries... ce qui était le cas, car elle les rapportait presque mot pour mot au révérend Flower lui-même, qui s'intéressait de très près à la vie privée de ses ouailles à bail.

L'irrévérence de Perry gênait énormément Theo Flower. Son sentiment de malaise était aggravé par la troublante ressemblance entre Perry et feu Willis Duclat, qui avait à peu près l'âge de Perry au moment de sa mort. Perry avait pris l'habitude d'assister à l'office dominical de l'Eglise de l'Esprit Eveillé. Il s'asseyait juste en face et ne quittait pas le pasteur des yeux ; le visage dénué d'expression, il se contentait de se lever et de se rasseoir avec le reste de la congrégation. Il n'avait jamais la moindre piécette pour la quête. Néanmoins, il était là, imperturbable, portrait craché de Willis Duclat avec ses yeux de braise, sa peau lisse et olivâtre, son front haut et son nez aquilin. Avec ses larges épaules et ses bras musclés, ses mains comme des battoirs repliées sur les genoux.

« Vous devriez intervenir, l'avertit Miss Toni au téléphone. Je suis sûre que Perry prépare un mauvais coup. Je le vois des fois, assis sur les marches, à me fixer en ruminant Dieu sait quoi ! Nous, on veut pas d'ennuis ici, vous le savez bien. On veut garder nos maisons. S'il vous plaît, mon révérend, faites quelque chose !

— Oui, oui, vous avez raison. Il faut étouffer la révolte dans l'œuf. »

Dans le salon de Vivian Duclat, le révérend Flower accepta une goutte de brandy mêlée à son café et demanda la permission d'allumer un cigarillo. « Ah, mais bien sûr, allez-y, dit-elle. Mon Willis fumait aussi, vous savez. Eh oui, il avait la pipe à la bouche du matin au soir.

— Oui, je m'en souviens. »

Flower alluma son briquet en argent de chez Tiffany et approcha la flamme bleuâtre du bout arrondi de son cigare. A sa lueur, Vivian vit briller à nouveau les couronnes en or.

On était dimanche soir, et un épais voile noir enveloppait le ciel crépusculaire, balayant ce qui restait de la journée et de la semaine. Au fond du couloir, on entendait le ronron de la télévision de Perry.

« Sœur Vivian, je viens vous parler d'une

question délicate, qui m'inspire une vive inquiétude quant à votre bien-être.

— Quoi donc ? »

Vivian avait dégusté plusieurs gorgées de brandy dans plusieurs tasses de café avant l'arrivée du pasteur, et elle avait la voix pâteuse.

« Vous savez, sœur Vivian, que les commérages vont bon train. Beaucoup de vos voisins et amis s'inquiètent de vous savoir seule dans cette maison avec un individu fraîchement sorti de prison, quelqu'un qui, à ce qu'on dit, se terre dans sa chambre comme une bête sauvage et ne fait que boire toute la sainte journée. Ça me préoccupe pour vous... et pour la propriété de l'Eglise aussi. »

Vivian porta la main à sa bouche pour cacher un sourire que le révérend Flower, pensait-elle, risquait de trouver méprisant.

« Y en a qu'une ici qui aurait pu cafarder, et peut-être qu'elle nous écoute en ce moment même. En plus, si je devais me faire du mauvais sang à cause de tous les hommes du quartier qui ont séjourné sous les verrous, je passerais mon temps à me ronger les ongles. Alors, ne vous faites pas de souci pour mon neveu Perry, parce que *moi*, je ne m'en fais pas, et vous pouvez le dire à Miss Toni, si vous voulez.

— Je me disais seulement que votre mari, Willis, était un homme sobre et travailleur, et que ce Perry est un fainéant. C'est ce qu'on m'a rapporté. » Flower toussa, ouvrit sa Bible en cuir rouge et la posa sur la table du salon. « Vous savez très bien d'après les Ecritures comment le diable agit à travers les ivrognes sans foi ni loi et autres oisifs.

— Peut-être bien. Je sais en tout cas que le diable agit à travers les fauteurs de troubles. »

Vivian se versa un autre brandy et, par respect pour le clergé, le rallongea avec du café. Le clergé en accepta un aussi.

« Tranquillisez-vous, mon révérend. Si vous connaissiez l'histoire de Perry, peut-être le comprendriez-vous mieux. Il n'est pas plus dangereux qu'un autre, ça non ! D'accord, il est souillon. J'aurais honte de vous montrer la chambre qu'il occupe.

« Seulement, voyez-vous, Perry a reçu des coups toute sa vie, et les marques ressortent l'une après l'autre. Y a rien qui soit guéri complètement, c'est sans doute pourquoi il reste toute la journée au lit. Il lui arrive d'avoir du cran, mais s'il en a plein le dos, je considère qu'il a le droit de traînasser.

« Sa mère — la sœur de Willis — n'était qu'une pauvre gamine ignorante qui vivait à Algiers toute seule dans un taudis près d'un dépôt de charbon. Comment voulez-vous qu'une fille comme elle s'en sorte ? C'est pas difficile à imaginer. Enfin, elle s'est retrouvée grosse, après quoi elle a accouru ici avec le bébé sans même savoir que son frère Willis venait de trépasser. On peut pas dire qu'elle s'en souciait, remarquez, pas plus que du bébé dont elle s'est déchargée sur moi.

« Cet enfant, je m'en suis occupée, je l'ai aimé aussi. C'est moi qui lui ai trouvé un nom, vous savez. Peut-être que je serais devenue folle, s'il n'y avait pas eu ce bébé pour m'empêcher de penser à Willis et à la façon dont il... » Ses épaules tremblèrent, et elle se mit à pleurer doucement. Le pasteur fit un geste vers elle pour la consoler, mais elle eut un mouvement de recul.

« Voilà, vous savez tout. La maman de Perry est partie pour Chicago, à ce qu'on m'a raconté. Elle nous écrivait qu'elle était bien installée dans le Nord, qu'elle allait faire venir Perry et tout. Mais l'homme qui l'avait engrossée est arrivé un jour avec sa nouvelle femme, disant qu'il voulait reprendre son enfant pour l'élever là-bas, à Algiers. C'est ce qu'il a fait, il m'a pris Perry, et je n'ai pas eu mon mot à dire.

« Seulement, en grandissant, Perry a commencé à venir ici régulièrement, sitôt qu'il a pu prendre le ferry tout seul. Et je me suis aperçue alors combien il était déglingué. J'ai réussi à lui soutirer ce qui se passait chez son papa. La légitime de son père, elle le tapait tout le temps, le brûlait avec des cigarettes ou l'humiliait devant les autres gosses en venant le chercher avec un ceinturon, et elle le frappait jusqu'à ce qu'il s'écroule en sang, puis le frappait encore jusqu'à ce qu'il souille son pantalon.

« Je racontais tout à son père quand il venait le récupérer, et il me disait que le gamin était possédé parce qu'il ne faisait rien comme il fallait. Finalement, il a placé le petit Perry dans un foyer quelque part à la campagne.

« J'ai su ensuite que Perry s'était sauvé de ce foyer, qui n'avait de foyer que le nom, parce qu'il ressemblait davantage à une prison, et qu'il était parti dans le Nord à la recherche de sa maman. Il l'a retrouvée. Et il est revenu me dire que c'était une pute et une droguée, qu'on aurait dit un cadavre ambulant et qu'elle n'avait même pas reconnu son propre fils.

« Il n'avait pas menti. Plus tard, on a su par une assistante sociale de là-bas qu'elle était morte d'une overdose d'héroïne. Elle voulait connaître sa date de naissance. Ils ont été choqués d'apprendre qu'elle n'avait que trente-six ans.

« Perry a décidé de retourner chez son père, de peur que celui-ci me fasse des histoires. Mais l'autre l'a jeté dehors dès qu'il a remis les pieds à Algiers.

« Vous voyez, Perry n'a eu que des ennuis dans sa vie. Alors, que voulez-vous ? C'est qu'un enfant jeté. C'est du moins ce qu'il pense chaque fois qu'il est loin d'ici. »

Le révérend Flower joignit les mains par-dessus sa Bible. Vivian se passa nerveusement les doigts dans les cheveux. Du fond du couloir, où Perry regardait la télévision, vint le bruit d'une canette de bière qu'on décapsulait, puis qu'on écrasait avant de l'expédier bruyamment sur le plancher jonché de détritus.

« Je suis désolé pour vous, sœur Vivian, mais je ne puis rester les bras croisés devant cette situation.

— Comment ça ? demanda Vivian en haussant la voix. Vous n'allez pas me prendre mon Perry ! Vous n'allez pas me priver d'un autre homme à la maison !

— Taisez-vous, femme ! » tonna Flower. Tout redevint silencieux dans la pièce. « Mon intention est de consulter les esprits afin de faire appel à la sagesse de l'autre monde. Je vais faire venir votre propre mari, Willis Duclat ! »

Vivian poussa un cri strident ; sa tasse et sa soucoupe volèrent en éclats.

« Oui, j'invoquerai l'esprit de Willis Duclat. Lui — et lui seul — nous guidera en ce qui concerne votre neveu ! »

Le révérend Flower referma sa Bible, et les murs du salon renvoyèrent l'écho. Il se leva, se dirigea vers la porte et remit son chapeau. « Je demanderai à tous les habitants de cette ruelle d'assister à l'office de dimanche prochain. Venez aussi, sœur Vivian. Vous ne voudrez sûrement pas manquer d'entendre la voix de votre mari. »

La grande femme à la peau foncée à côté de l'autel se mit à chanter d'une voix basse et mélodieuse, en dialecte franco-africain :

« Danse, Calinda, boudoum, boudoum !
Danse, Calinda, boudoum, boudoum ! »

Le révérend Flower, en chasuble écarlate recouverte de gris-gris — poupées faites de cheveux et de plumes, peaux de serpents, fragments d'os —, surgit d'une trappe en dessous de l'autel dans un grand panache de fumée gris et blanc. Souriant à l'assemblée, il se tourna et s'agenouilla devant l'autel tandis que la femme chantait de plus en plus fort, de plus en plus vite. Il frappa le sol et alluma des bougies noires en forme de crucifix. Puis il se retourna vers la congrégation et reprit le chant, levant les bras et exhortant tout le monde à se joindre à l'invocation des esprits de l'Au-delà.

Les corps se balançaient dans les travées de l'Eglise de l'Esprit Eveillé. Le chant montait par vagues ; l'incantation répétitive vibrait, de plus en plus puissante, entre les murs du temple et fusait par la porte ouverte dans l'air liquide d'un matin de sabbat, outrageusement chaud et humide, à La Nouvelle-Orléans. Les mains marquaient la cadence, et l'accompagnement assourdi des pieds se transformait en martèlement rythmique.

Vivian Duclat, le visage baigné de larmes, car elle avait peu dormi durant cette semaine d'attente, frappait dans ses mains avec détermination et tapait des pieds. Elle allait entendre son homme, son Willis, peut-être même le verrait-elle... peu importe si la vision n'était pas plus réelle que les fois où elle avait cru le reconnaître sous les traits de Perry. Mais que dirait Willis à propos de Perry ? Le chasserait-il ? Le jetterait-il, lui aussi ?

La grande femme s'écarta de l'autel, décrivit un arc de cercle avec les bras et passa au patois créole, à une *canga* gutturale et débridée :

> « *Eh ! Eh ! Bomba, hen, hen !*
> *Canga bafio, te,*
> *Canga moune de le,*
> *Canga do ki la,*
> *Canga li !* »

Tout le monde se joignit à elle ; les voix des fidèles s'enflaient maintenant avec frénésie, si ferventes et nostalgiques qu'il devenait impossible de ne pas succomber au rythme et à l'effet hypnotique des paroles d'autrefois. Les gens étaient prêts à croire n'importe quoi, souvent pour la première fois de leur vie. Les jeunes n'arboraient plus leur air irrespectueux... leurs yeux étaient remplis d'effroi. Les vieillards s'agrippaient aux talismans qu'ils avaient apportés, leurs petites « boules de sorcier » en cire noire, des morceaux de leur propre peau, des lézards décolorés dans de vieux pots à confiture ou des cœurs séchés de coqs, toutes sortes d'objets bizarres qu'ils gardaient sous clef à la maison, par gêne et par peur. Le révérend Flower entama alors la danse du *vaudou*, du chef.

— Il prit une bouteille de brandy sur l'autel, versa un peu de liquide sur le bord d'un bol marron rempli de poussière de brique et, rejetant la tête en arrière, but une grande gorgée d'alcool. Et il se mit à onduler lentement des hanches, à piétiner d'avant en arrière, accélérant le mouvement au rythme envoûtant de la *canga*. Sans interrompre sa gesticulation, il vida le reste du brandy dans le bol et l'alluma avec son briquet en argent de chez Tiffany. La flamme jaillit au-dessus de l'autel, alors qu'il continuait à danser l'affolante *canga*. Sa voix puissante s'éleva au milieu du chœur qui commençait à faiblir.

« J'invoque Willis Duclat ! *Eh ! Eh ! Bomba hen ! hen !* J'invoque Willis Duclat ! *Eh ! Eh ! Bomba hen ! hen !* Willis Duclat, parle à travers moi... »

Brusquement, un grand jeune homme vêtu d'une robe à capuche éclatante, rouge et noire, surgit comme un diable du fond de l'église, bondissant, virevoltant et hurlant comme un derviche jusqu'à ce qu'il parvienne à la hauteur de l'autel et du révérend Flower qui, pétrifié, trébucha et tomba à genoux. Le mystérieux inconnu sauta alors par-dessus la balustrade et fit face à la congrégation saisie de panique.

Il arracha la capuche, puis la robe, et apparut devant l'assemblée dans le plus simple appareil, le corps huilé, son beau visage au nez aquilin levé vers le ciel. Les femmes poussèrent des cris, mais ne détournèrent pas les yeux car elles avaient devant elles un parfait modèle de beauté masculine. Il brandit ses énormes poings et s'écria dans l'église quasi silencieuse : « Je suis Willis Duclat ! Je suis Willis Duclat ! »

Dans la rangée voisine de Vivian Duclat, une Miss Toni tremblante se leva et glapit : « Jésus, Marie, Joseph, c'est lui ! Oh là, c'est lui ! »

Les vieilles dames à *tignons* commençaient à s'évanouir ; les gamins piaillaient. Les hommes fixaient l'intrus, bouche bée, incapables de venir en aide aux femmes et aux enfants. Le grand homme nu et musclé saisit Theo Flower, terrifié, par les épaules, le souleva de plusieurs centimètres, puis le laissa retomber comme un tas à ses pieds. Se retournant vers la congrégation, il rugit : « Moi, Willis Duclat, je suis de retour ! » Et, s'agenouillant à côté du révérend, il lui souffla : « Il est temps de débarrasser le plancher, vieux, parce que ton compte est bon. »

Il dépouilla l'habit de Flower de ses gris-gris, qu'il jeta dans le bol de brandy enflammé en gesticulant avec ostentation pour bien montrer aux fidèles son intention de mettre un terme à l'ascendant que le pasteur exerçait sur eux. « A bas les truquages de l'imposteur ! » criait-il.

Il réclama le silence. Levant le bras, lentement, il le pointa en direction de Miss Toni. « Vous, dit-il, vous étiez en cheville avec l'imposteur qui se traîne à mes pieds. C'est vous qui avez placé le serpent sous les marches, là où vous saviez qu'il m'attaquerait. Vous m'avez assassiné ! Il n'y a pas d'autre explication. »

Vivian éclata en sanglots.

« Dieu de miséricorde ! s'étrangla Miss Toni.

— Oui, oui, c'est vous ! Vous et l'imposteur, cet homme qu'on nomme Theophilus Flower, qui vous a tous opprimés et dupés si cruellement pendant toutes ces années depuis ma mort. C'est vous, Miss Toni, qui m'avez tué... pour m'empêcher de dire la vérité que je révèle aujourd'hui.

— Pitié ! S'il vous plaît, ayez pitié ! »

Miss Toni tomba à terre, pantelante, se tordant, dévorée de remords qui prirent la forme de ce que les médecins allaient diagnostiquer comme une hémorragie cérébrale généralisée.

L'homme arracha ensuite une boucle de ses cheveux qu'il brandit au-dessus de sa tête pour que tout le monde puisse la voir. « Aujourd'hui, j'ai détruit le pouvoir de l'imposteur Theophilus Flower, qui a commis la bêtise de me faire venir. Je vous le dis à tous, il faut l'éviter. Ces cheveux que j'ai là, c'est le plus puissant de tous les gris-gris, les cheveux de quelqu'un qui vient de l'autre monde. Je les donnerai à l'un d'entre vous. Je les planterai sur sa tête cette nuit même, pendant qu'il dormira, et là ils pousseront. Je donnerai le pouvoir à un enfant jeté, devenu homme à mon image, pour que vous sachiez toujours à qui vous avez affaire ! »

Sur ce, il disparut dans la trappe en dessous de l'autel.

« Merci de m'avoir reçu, monsieur. J'aurais très bien compris, si vous aviez refusé.

— Ma foi, fiston, c'est comme ça que je vois les choses : ton crime, tu l'as payé. Beaucoup d'eau a coulé sous les ponts depuis. Et puis, faut dire que tu m'intrigues drôlement.

— Oui, monsieur. Merci encore. »

Il ôta une poussière de son pantalon gris anthracite au pli irréprochable, pièce d'un costume confectionné sur mesure chez Gauchaux à Canal Street.

Le gros homme lui offrit un cigare, qu'il refusa au profit de la pipe qui avait appartenu à son oncle. Il alluma la pipe, et le cigare de son hôte, avec le briquet en argent qui avait appartenu à Theo Flower.

« Dis-moi, comment va Vivian ? Nous l'aimions tous beaucoup. Quel âne j'ai été, de l'avoir renvoyée à cause de toi.

— C'est gentil à vous de demander de ses nouvelles, docteur. Elle a eu un choc à l'église l'autre jour, mais elle s'est reposée depuis, et j'ai pu prendre soin d'elle, maintenant que c'est moi qui dirige l'Eglise et tout.

— Si elle veut revenir ici, elle sera la bienvenue.

— Merci, docteur. Je vous l'enverrai en visite, mais vous savez, elle profite de sa retraite, qu'elle a bien méritée, je dois dire.

— Bien sûr, bien sûr. » Le docteur secoua sa grosse tête. « Oui, j'ai été un âne ! Je regrette maintenant, Perry, de t'avoir fait boucler.

— Ce n'est pas grave. On peut dire que vous m'avez remis dans le droit chemin en me faisant enfermer. J'ai eu le temps de songer à toutes sortes de choses en prison. C'était bizarre, en fait. Y avait des tas de pensées qui me venaient à l'esprit, et toute la sainte journée, je ne faisais que réfléchir. Finalement, j'ai décidé d'ouvrir grands les yeux pour pouvoir sauter sur l'occasion de me faire une place au soleil, à moi et à ma tante aussi, pour changer.

— Eh bien, j'ai l'impression que ça t'a sacrément réussi, de réfléchir. Mais comment as-tu fait pour reprendre la direction de l'Eglise ? Contrairement à ta tante, Theo Flower ne m'avait pas l'air pressé de prendre sa retraite. Toute la ville a été surprise quand il a mis le cap sur Baton Rouge, sans même un au revoir. »

Perry sourit.

« Il a été poussé par l'esprit, comme qui dirait. Peut-être qu'il avait envie de changer de décor. Il se trouve que moi, j'étais dans les parages, et que son Eglise m'intéressait. J'ai passé beaucoup de temps à me documenter et à me creuser la tête pour savoir comment apporter ma contribution. L'occasion s'est présentée, et j'ai sauté dessus. » Il sourit à nouveau. « Evidemment, il a fallu d'abord prouver au révérend Flower que je comprenais tous les mystères de son œuvre divine. Il a dû être satisfait, puisqu'il a tout remis entre mes mains. »

Perry vida le contenu d'une sacoche sur la table entre le docteur et lui.

« Tout est légal, je n'ai pas eu besoin de voler... ni d'"emprunter" quoi que ce soit. » Le docteur rit. « Voyez vous-même, poursuivit Perry. Les actes notariés, les titres de propriété, les comptes en banque... tout. C'est pourquoi je suis venu vous voir, monsieur. Pour que vous m'aidiez à m'y retrouver.

— Tu peux compter sur moi, Perry.

— J'en suis heureux.

— Par quoi veux-tu commencer ?

— Eh bien, tout d'abord, j'aimerais que tous les cottages situés dans la ruelle qui donne sur Tchoupitoulas Street soient rendus à leurs anciens propriétaires, peut-être pour un dollar symbolique, pour être sûr de rester dans la légalité, et ensuite... »

JE TE TIENS, TU ME TIENS

PAUL BISHOP

« Allez, Tommy. Prends-les !

— Sûrement pas. On va se faire pincer.

— Comment ? Personne ne regarde. Mets-les et pars avec.

— Si c'est aussi simple, t'as qu'à le faire.

— Pas de problème, dit Spider, désignant la paire d'Air Jordans neuves qu'il venait juste d'enfiler. Mais tu as plus besoin de nouvelles pompes que moi. Regarde ce que t'as aux pieds. »

Tommy Norman baissa les yeux sur ses baskets usées.

Spider le poussa du coude.

« Si tu marques des paniers contre Mansfield avec ça, ce sera uniquement parce que tout le monde sera mort de rire.

— J'sais pas. » Tommy secoua la tête. « C'est pas bien.

— Fais pas ta chochotte. Tu crois qu'ils vont s'apercevoir, au magasin, qu'il leur manque

deux paires de chaussures ? Mets-les et tire-
toi. »

Tommy examina les Air Jordans flambant
neuves qu'il tenait à la main. Elles semblaient
déjà porter le sceau « champion ». Le minuscule
ballon de basket orange sur le côté de chaque
chaussure agissait comme une pompe pour res-
serrer le cuir autour du pied. Cette seule particularité, pensait Tommy, devait valoir dix points
supplémentaires par match.

Ces chaussures-là étaient sûrement magiques.
Avec ça, il survolerait le terrain, franchirait les
défenses et enverrait la balle au panier sans difficulté. Déjà, il passait pour un lanceur hors pair
dans le plus dur des clubs juniors de la région de
Los Angeles, mais ces joujoux feraient de lui une
véritable star. D'un peu partout, les universités
allaient dépêcher leurs représentants au match
de la coupe des clubs champions de vendredi, et
Tommy tenait absolument à se faire remarquer.
Cette rencontre, c'était le choc des titans. Tommy
et son équipe du lycée Franklin contre Mansfield, leurs adversaires de l'autre bout de la ville.
Vu l'importance du match, il allait se dérouler au
Great Western Forum, le terrain des Lakers de
Los Angeles.

Quarante-huit heures avant l'événement, les
deux garçons avaient déjà le trac.

Tommy tritura l'étiquette. Cent vingt-huit dollars. Largement au-dessus de ses moyens, et ce
n'était sûrement pas sa maman qui allait allonger tous ces portraits de présidents défunts juste
pour lui permettre de marquer quelques points
de plus. Elle avait bien d'autres soucis en tête...
comme le loyer à payer, par exemple.

Le sourire jusqu'aux oreilles, Spider Thompson trépignait d'impatience. « Avec ces ailes-là aux pieds, tu vas faire un tabac. Même Dolbert ne pourra pas te freiner. »

Le cœur de Tommy se mit à battre plus fort. Eddie Dolbert, l'attaquant de l'équipe de Mansfield, était un malabar qui menait le jeu à la manière de King Kong.

« Tu crois vraiment que ça va m'aider contre Dolbert ?

— J'en suis sûr, mec. Tu vas faire un malheur. Pour ça, t'as qu'à les mettre, foncer entre les caisses et prendre tes jambes à ton cou. »

Tommy jeta un autre coup d'œil alentour. Tous les articles de sport possibles et imaginables se trouvaient là, dans les rayons de l'Entrepôt des Sports. Et, entre autres, toutes les marques, tous les styles de chaussures. Sous chaque modèle exposé, il y avait des boîtes avec les différentes pointures. On essayait les chaussures et, si elles convenaient, on allait payer à la caisse... à moins d'avoir l'intention de les voler.

Un vendeur se matérialisa soudain devant eux.

« Vous avez besoin d'aide, les gars ? »

Le cœur de Tommy manqua un battement.

« N-n-non, merci », bégaya-t-il.

Le vendeur les regarda fixement avant de s'éloigner.

« Oh, zut ! gémit Tommy. Ce type se doute que nous mijotons quelque chose.

— Relax, mec ! Il sait que dalle.

— Il nous quittait pas des yeux », fit Tommy

en surveillant le coin où le vendeur avait disparu. « On aurait dit qu'il nous connaissait.

— Tout le monde nous connaît. On est les rois du basket ; ils savent tous qu'on va pulvériser l'équipe de Mansfield.

— C'est pas ça. J'ai déjà vu ce type quelque part, et sa tête ne me dit rien qui vaille.

— Tu dérailles. Il a une tête d'abruti, c'est tout. Si c'était vraiment un mec louche, crois-tu qu'il travaillerait dans une grosse boîte comme celle-ci ?

— J'en sais rien, mais j'ai quand même l'impression qu'il est pas net.

— T'es qu'un froussard. Alors, tu les prends, ces grolles, ou quoi ? Parce que moi, je me casse.

— Attends ! »

Trop tard. Spider fonçait déjà vers les caisses.

Les Air Jordans à la main, Tommy suivit son camarade hors du rayon chaussures.

Le lendemain matin, Tommy s'abstint de s'asseoir à côté de Spider dans le car de ramassage scolaire. Assis à l'avant, Spider exhibait tranquillement ses chaussures neuves. Tommy prit place à l'arrière.

Lorsque le car tourna, il aperçut une foule d'élèves massée devant l'entrée principale du lycée Franklin. Ils avaient l'air perturbés, et il y avait de quoi.

Pendant la nuit, quelqu'un avait bombé les portes, les murs et les fenêtres avec de la peinture verte et blanche. Vert et blanc... les couleurs de Mansfield. A plusieurs endroits, Tommy vit les lettres MASM, signature de l'équipe de tagueurs connue sous le nom des Mastars de Mansfield.

Quand il descendit du car, l'entraîneur, Mr. Jackson, et Mr. Smithson, le censeur, attendaient sur le trottoir. Mr. Jackson, qui tenait par le bras un Spider terrorisé, interpella Tommy sitôt qu'il l'eut repéré.

« Que se passe-t-il ? » s'enquit Tommy en rejoignant Spider.

L'entraîneur soupira.

« Tu me déçois beaucoup, Tommy.

— Comment ça, m'sieur ? Dans l'équipe, on est tous restés hyperdiscrets vis-à-vis de nos adversaires... exactement comme vous l'aviez demandé. Ce n'est pas de notre faute.

— Je ne parle pas des graffiti. Je veux vous voir dans le bureau du censeur, tout de suite. »

Pendant qu'on les escortait jusqu'au lycée sous les yeux de tous leurs camarades, les pensées de Tommy se bousculaient dans sa tête. Il n'avait rien fait de mal. Il ne pouvait pas avoir d'ennuis, c'était impossible.

Une fois la porte refermée, Mr. Smithson s'installa derrière son grand bureau métallique. Tommy et Spider s'assirent en face. L'entraîneur, Mr. Jackson, s'adossa à la porte comme s'il craignait qu'ils ne tentent de s'échapper.

Mr. Smithson se pencha en avant.

« Elles sont drôlement belles, tes chaussures, Spider. Où les as-tu eues ? »

Tommy sentit le sang refluer de son visage. Comment Mr. Smithson pouvait-il être au courant du larcin commis par Spider ?

« Je les ai achetées, répondit Spider d'une voix enrouée.

— Non, tu les as volées, fit Mr. Smithson avec calme. A l'Entrepôt des Sports. »

Spider jeta un coup d'œil furieux à Tommy.

« J'ai rien dit, moi, protesta Tommy.

— Ça, c'est sûr, acquiesça Mr. Smithson. Autrement, tu aurais dû t'expliquer au sujet de ceci... »

Il sortit, de sous son bureau, la paire d'Air Jordans que Tommy avait examinée au magasin.

« D'où elles viennent ? demanda Tommy, déconcerté.

— Ne fais pas l'imbécile, Tommy, intervint l'entraîneur. On les a retrouvées dans ton casier, au vestiaire du gymnase.

— Mais... », commença Tommy. Mr. Smithson l'interrompit d'un geste.

« Ne t'enferre pas davantage. Les preuves sont là. »

Il pivota dans son fauteuil pour allumer le poste de télévision sur l'étagère derrière son bureau. Puis il appuya sur la télécommande du magnétoscope. Une image granuleuse en noir et blanc apparut sur l'écran.

« C'est la bande de vidéosurveillance enregistrée hier à l'Entrepôt. Toutes les dix secondes, une caméra différente se met en marche. »

Tommy et Spider regardaient la cassette en silence. Au bout de quelques instants, ils aperçurent le rayon chaussures. Spider était en train d'essayer les Air Jordans ; Tommy en tenait une paire dans les mains. L'image se déplaça : pendant une dizaine de secondes, ils virent plusieurs endroits du rayon camping, les caisses et d'autres parties du magasin. Au bout d'une minute, la caméra revint sur Tommy et Spider.

Tommy tenait toujours les chaussures à la main, et Spider lui parlait en gesticulant.

La fois d'après, le vendeur qui les avait surpris apparut à l'écran à côté des garçons. La caméra balaya à nouveau les articles de camping. Sur le plan suivant, on vit les caisses et Spider qui sortait en courant par la porte principale. Juste avant que la caméra ne se déplace, elle montra la tête et les épaules de Tommy qui suivait Spider.

« Cette bande et ce que Spider a aux pieds, déclara Mr. Smithson, ne laissent aucun doute quant à la provenance des chaussures trouvées dans le casier de Tommy. »

Et il pointa le doigt sur la paire de superbes Air Jordans qui se dressaient sur son bureau comme des prisonniers devant un juge.

« Mais…, reprit Tommy.

— Je ne veux rien entendre.

— Tommy n'a pas volé… », hasarda Spider, mais on ne le laissa pas parler non plus.

« A moins que tu ne me montres le ticket de caisse, Spider, je ne veux plus rien savoir. Enlève-les tout de suite et pose-les sur mon bureau. »

Spider n'hésita qu'une fraction de seconde.

« Estimez-vous heureux, les garçons. A l'Entrepôt, ils ont décidé de ne pas porter plainte, du moment qu'on leur rend les chaussures. Mais je n'ai pas l'intention de laisser la chose impunie. »

Tommy et Spider échangèrent un regard.

« A partir d'aujourd'hui, poursuivit Mr. Smithson, vous êtes provisoirement exclus de l'équipe de basket.

— Hé, minute ! » Tommy bondit sur ses pieds

comme si on avait mis le feu à sa chaise. « Ce n'est pas juste. Je n'ai pas volé ces chaussures.

— Nierais-tu être allé à l'Entrepôt des Sports ?

— Non, mais...

— Nierais-tu que ces chaussures sont celles qu'on te voit dans les mains sur la vidéo ?

— Non, mais...

— Nous traiterais-tu de menteurs, Mr. Jackson et moi-même, parce que nous disons les avoir trouvées dans ton casier au vestiaire ?

— Non, mais...

— Dans ce cas, je considère que le sujet est clos.

— Monsieur ! » supplia Tommy en se tournant vers son entraîneur.

Il était au bord des larmes. C'était la fin de tout... de la coupe des clubs, de ses chances d'obtenir une bourse universitaire... tout.

« Désolé, Tommy. Je ne peux rien pour toi. Tu as pris tes responsabilités. Maintenant, tu en subis les conséquences. » L'entraîneur le regardait avec des yeux de merlan frit. « Et nous aussi, par la même occasion. Non seulement tu t'es planté, mais tu as aussi planté ton équipe.

— Mais ce n'est pas moi, m'sieur. Je n'ai pas volé ces chaussures.

— Alors comment ont-elles atterri dans ton casier ?

— Je ne sais pas. »

Incapable de réfléchir, Tommy ne se sentait plus la force d'argumenter.

« C'est pas juste », dit Spider.

Tommy et lui étaient assis seuls à une table du réfectoire.

« La ferme. »

Tommy ne se souvenait absolument pas des cours de cette matinée. Une seule idée l'obsédait : il avait été suspendu pour une faute qu'il n'avait pas commise.

« Quand je pense à notre entraîneur ! Et ce salopard de Smithson qui ne voulait rien entendre.

— La ferme, enfin, répéta Tommy. Tu nous aurais écoutés, toi ? De toute façon, tu as volé les chaussures, alors ne pleure pas.

— Tu y as pensé, avoue.

— Oui. Mais je ne les ai pas prises. C'est donc quelqu'un d'autre qui les a planquées dans mon casier.

— Que vas-tu faire ?

— Trouver qui c'est. »

Tommy regarda autour de lui. Même ici, les vandales avaient réussi à peinturlurer les murs. Il remarqua, sur l'une des tables, le tag MASM. Il se détourna, puis le contempla à nouveau.

« Attends un peu, dit-il à Spider. Les Mastars.

— Ouais. Et alors ?

— Les Mastars, mec. Les Mastars. »

L'excitation de Tommy grandissait à vue d'œil.

« Eh ben, quoi ? demanda Spider, perplexe. Tout le monde sait que c'est eux. Je parie qu'ils ont déjà les flics sur le dos.

— Oh, ils ont rien à craindre... ils ont déjà balancé tous leurs pots de peinture. Et personne, dans la bande, ne va cafarder. Ils ont toujours marché main dans la main. »

Spider haussa les épaules.

« Alors pourquoi tu t'emballes ?

— Réfléchis, mec. Qui c'est, le chef des Mastars ?

— Mastar Dolbert, répondit Spider sans hésitation. Le frère aîné d'Eddie Dolbert.

— Pense maintenant à hier, à l'Entrepôt... »

Spider parut à nouveau perplexe.

« Le type, insista Tommy.

— Quel type ?

— Celui qui a failli nous prendre en flagrant délit.

— Ça, c'est cool, fit Spider qui venait de comprendre. Mastar Dolbert !

— Exact ! J'ai eu du mal à le reconnaître, avec ses cheveux tondus et habillé normalement, mais c'était bien lui. »

Mastar avait un an de plus que son frère basketteur, et tous les deux, c'était le jour et la nuit. Eddie Dolbert n'était pas un tendre, mais il avait travaillé dur pour améliorer ses performances, et sa réputation était méritée. Mastar, lui, c'était une autre histoire. Tommy s'étonnait même qu'il ait trouvé un emploi régulier.

« Tu crois qu'il manigançait tout ça quand nous l'avons vu ? demanda Spider en désignant les traces du vandalisme.

— Pas seulement ça, mais peut-être autre chose encore. »

Plus tard dans l'après-midi, Tommy frappa à la porte de l'entraîneur, Mr. Jackson.

« Entrez. »

Tommy poussa la porte et passa la tête à l'intérieur.

« Je m'excuse de vous déranger, m'sieur, fit-il,

prenant son courage à deux mains. Puis-je vous poser une question ? »

L'entraîneur regarda son brillant lanceur.

« De quoi s'agit-il ? »

Sa voix était dénuée d'expression.

« Je voudrais savoir comment vous avez ouvert mon casier aujourd'hui. »

Mr. Jackson lui jeta un regard perçant avant de répondre :

« Nous avons scié le cadenas.

— Vous l'avez toujours ? »

Mr. Jackson lui montra un bout de métal sur son bureau. L'arceau avait été coupé en deux.

Tommy sortit une clé de sa poche, prit le cadenas et l'examina. « Ce n'est pas le mien, m'sieur. Le mien était un Master Lock. » Il leva sa clé. « Celui-ci, c'est un Weslock. » Il introduisit la clé dans la serrure, mais elle ne tourna pas.

L'entraîneur haussa les sourcils.

« Tu aurais très bien pu apporter une autre clé.

— J'aurais pu, mais je ne l'ai pas fait, répliqua Tommy avec défi. Je vous le dis, je n'ai pas volé ces chaussures. L'idée m'a effleuré, mais je ne les ai pas volées. »

Mr. Jackson haussa les épaules.

« Si tu veux convaincre Mr. Smithson, il va falloir trouver mieux.

— Oh, mais je vais trouver mieux. Seulement, pouvez-vous me dire, s'il vous plaît, pourquoi vous avez contrôlé mon casier ? »

Tommy faisait son possible pour parler poliment, comme sa mère le lui avait appris. Il avait besoin de l'appui de Mr. Jackson.

L'entraîneur hésita.

« La cassette nous a été remise ce matin par un employé de l'Entrepôt. Il nous a dit que le directeur du magasin nous demandait de visionner l'enregistrement et de fouiller ton casier pour voir si tu n'y avais pas caché les chaussures.

— Vous a-t-il demandé de vérifier le casier de Spider ?

— Non, répondit Mr. Jackson, pensif. En regardant la cassette, nous avons bien sûr reconnu Spider. Nous avons juste eu le temps d'ouvrir ton casier avant l'arrivée du car. Nous vous avons attendus et, quand Spider est descendu, il était évident qu'il portait les chaussures volées. »

Tommy hocha la tête. « Eh bien, fit-il en s'efforçant de rester poli, j'ai téléphoné au directeur de l'Entrepôt pour savoir ce qu'ils faisaient des gars qu'ils prenaient en flagrant délit de chapardage. Il m'a dit qu'ils appelaient systématiquement les flics. »

Mr. Jackson n'eut pas l'air impressionné, mais Tommy était sûr que son argument avait porté.

« Spider est parti avec des chaussures volées aux pieds. Mais sur l'enregistrement, on n'aperçoit que mon dos. Mes pieds, on ne les voit pas. Je portais mes baskets habituelles, pas les Air Jordans que vous avez trouvées dans mon casier. Celles-là, je les ai balancées avant de sortir du magasin. Je ne voulais pas les voler. Je savais que ce n'était pas bien. »

L'entraîneur secoua la tête.

« Si ce n'était pas toi, qui c'est, alors ? Et comment se sont-elles retrouvées dans ton casier ?

— Je crois le savoir. Il ne me reste plus qu'à le prouver. »

Malgré le persiflage de Spider au magasin, Tommy ne se considérait pas comme un froussard. Cependant, tandis qu'il attendait la sortie des cours sur le parking du lycée de Mansfield, il avait l'estomac noué. Il était en territoire ennemi, et le moindre faux pas pouvait lui valoir une bonne dérouillée.

La cloche retentit, et les élèves commencèrent à sortir du bâtiment. Plusieurs d'entre eux repérèrent Tommy, avec son blouson à l'emblème du lycée Franklin, appuyé au pare-chocs de la Toyota d'Eddie Dolbert, mais on le laissa tranquille. Il n'en sentait pas moins leurs regards sur lui. Peut-être n'aurait-il pas dû venir. Peut-être n'était-ce pas une bonne idée, après tout. Il s'était mis à transpirer.

Il envisageait déjà de tourner les talons quand Eddie Dolbert et deux de ses acolytes l'aperçurent devant la camionnette et se dirigèrent ostensiblement vers lui.

« T'es fou de venir ici ? fit Dolbert quand il fut suffisamment près. Ôte-toi de ma camionnette. »

Tommy se redressa. Il espérait qu'Eddie et ses copains ne voyaient pas ses genoux trembler sous la toile de son jean.

« Paraît que tu t'es fait virer de l'équipe, dit Eddie.

— Les mauvaises nouvelles vont vite, répondit Tommy.

— C'est une bonne nouvelle pour nous, déclara l'un des copains d'Eddie.

— On n'aime pas les voleurs à Mansfield, ajouta Eddie.

— Je ne suis pas un voleur.

— Ah ouais ? Et comment se fait-il que tu te sois fait lourder ?

— C'est ton frère, Mastar, qui a monté le coup, en même temps que lui et sa bande ont saccagé Franklin la nuit dernière. »

Les comparses d'Eddie avancèrent, menaçants, sur Tommy. *Ça y est*, pensa-t-il.

« Minute », dit Eddie. Tout le monde s'arrêta, et Tommy respira à nouveau. « Pourquoi crois-tu que mon frère est mêlé à ça ?

— Allons, répliqua Tommy, si tu ne savais pas qu'il trempe dans une magouille sur deux, tu ne m'aurais pas posé cette question. »

Comme Eddie se taisait, Tommy continua :

« Mastar travaille à l'Entrepôt des Sports, pas vrai ? »

Eddie hocha la tête.

« Il m'a vu avec Spider quand Spider a pris les chaussures. Il m'a probablement vu aussi jeter la paire que j'avais dans les mains. Il savait que je ne l'avais pas volée, mais sur la cassette de la vidéosurveillance on me voit courir derrière Spider, et l'image change avant qu'on aperçoive mes pieds. Mastar en a profité pour monter un coup et m'éliminer du match de vendredi. »

Eddie n'avait toujours pas l'air convaincu.

« Quel genre de coup ?

— Il a dû piquer cette paire de chaussures au moment de quitter son travail. Puis, quand lui et sa bande sont arrivés au lycée, il a dû aller au vestiaire, scier le cadenas de mon casier, mettre

les chaussures à l'intérieur et remplacer mon
cadenas par le sien. Ce matin, il a porté la cassette à Mr. Smithson et lui a demandé de contrôler mon casier, comme s'il avait été envoyé par
le magasin.

— Comment savait-il que c'était ton casier ?

— Il y a mon nom dessus, exactement comme
chez vous ici. »

Eddie Dolbert hocha la tête.

Tommy le regarda.

« Alors, dit-il finalement, veux-tu jouer ce
match d'égal à égal et que le meilleur gagne, ou
préfères-tu que ton frère te l'offre sur un
plateau ?

— J'ai pas peur de jouer contre toi », répondit Dolbert.

Le vendredi soir, le stade était bondé. Tommy
était en train de nouer les lacets effilochés de ses
baskets en s'efforçant de garder son calme. Il
venait juste d'apprendre à la fin des cours qu'il
pourrait jouer.

En se relevant, il vit Spider adossé à son
casier. Spider n'était pas censé se trouver au vestiaire, mais il s'était faufilé pour parler à
Tommy.

« Je regrette drôlement de pas y aller avec toi,
mec.

— Moi aussi. Seulement...

— Je sais, je sais, l'interrompit Spider. J'ai
tout foiré. Mais au moins les flics ont coffré
Mastar pour avoir monté un coup contre toi.
Comment l'ont-ils appris ?

— Ils ont trouvé des bombes de peinture
verte et blanche en fouillant sa voiture.

— Je n'arrive pas à croire qu'il ait été stupide au point d'avoir gardé cette peinture.

— Tu as raison, fit Tommy avec un sourire en coin.

— Comment ça ?

— Il n'a pas le monopole des coups fourrés, tiens ! Eddie Dolbert n'avait pas envie qu'on dise que Mansfield avait gagné uniquement parce que toi et moi n'avions pas joué. Il m'a donc donné la seconde clé de la voiture de son frère. J'y ai planqué la peinture pendant qu'il était au travail. Puis j'ai appelé les flics pour leur filer le tuyau.

— Alors là, c'est futé !

— Une fois qu'ils ont eu trouvé les aérosols et questionné Mastar, il s'est dégonflé et leur a tout raconté. Heureusement, Eddie avait parlé à son frère pour qu'il dise la vérité à propos des chaussures.

— Et Smithson a marché ?

— Il n'a pas eu le choix. Il a discuté avec le directeur du magasin qui a confirmé qu'il n'avait pas envoyé la cassette ici. C'est Mastar lui-même qui l'a apportée et l'a donnée à Mr. Smithson. D'après le directeur de l'Entrepôt, on le soupçonnait de voler au magasin depuis un moment déjà, mais ils n'ont jamais réussi à le prendre.

— C'est ce qu'on appelle l'arroseur arrosé. »

L'entraîneur, Mr. Jackson, ordonna aux joueurs de se rendre sur le terrain pour l'échauffement. En passant, il donna une tape sur l'épaule de Tommy.

« Tu vas les terrasser ce soir, petit. »

L'instant d'après, Tommy sortit sur le terrain

et jeta un coup d'œil sur Dolbert. Le grand et musclé attaquant de Mansfield l'ignora.

Oui, il allait les terrasser, aucun doute là-dessus. Et pour ça, il n'avait pas besoin de chaussures de luxe.

VENGEANCE

Samuel Blas

Le crépuscule descend sur la vallée. Tout en bas, les lumières clignotent, et les contours de la ville commencent à se dessiner lentement. Tandis que la chaussée sinueuse se rétrécit à l'approche du col, le bruit du moteur enfle dans l'air transparent, à l'intérieur de la bulle de silence qui accompagne notre progression.

Dans la brume bleuâtre sur ma gauche, l'obscurité naissante se mêle au vaste silence qui semble retenir le jour en suspens. Un panneau jaune surgit dans le faisceau de nos phares : ATTENTION ! VIRAGE DANGEREUX. La paroi montagneuse se penche sur la route. Du côté d'Elsa, les branches basses d'un arbre solitaire balaient le toit de la voiture.

Elsa, elle aussi, fait partie du silence environnant. Assise à côté de moi, elle regarde droit devant elle. Elle n'a pas desserré les dents depuis un long moment ; elle ne sourit pas, mais n'est pas triste non plus. Son expression est grave, *presque sereine, comme si le rire ou les larmes n'étaient pas de ce monde.*

Pourtant, ce matin elle était souriante. A une demi-journée de route, dans la fraîcheur matinale d'une paisible clairière, elle descendit de notre caravane et me sourit doucement au moment où je partais en ville. Elle rougit quand je revins sur mes pas pour l'embrasser. Et lorsque, finalement, je pris la route, ma paume gardait encore le souvenir de la caresse furtive de sa main.

La vie était belle. Je descendis joyeusement faire les courses dans la petite ville la plus proche. Nous avions décidé de rester quelques jours de plus dans ce coin agréable que nous avions découvert. C'était l'endroit idéal pour finir notre lune de miel. Aux abords de la ville, j'eus l'idée d'ajouter un cadeau pour Elsa à la liste des commissions.

Il n'était pas loin de midi quand je pris le chemin du retour. J'avais entassé dans la voiture de quoi tenir une semaine. Pendant que j'attendais au feu rouge, un jeune marchand de journaux s'approcha de moi. J'en achetai un. L'un des gros titres annonçait la capture d'un détenu évadé de prison. Le sous-titre disait que son compagnon était toujours en cavale : « On suppose qu'il se cache dans les bois autour de Campbelltown. »

Je parcourus rapidement le reste de l'article. Quand le feu passa au vert, je démarrai aussitôt. Campbelltown était trop proche de notre lieu de camping à mon goût. Je n'étais pas rassuré de savoir Elsa seule dans la caravane. Il était possible, certes, que le fugitif se trouve dans les parages, mais ce qui m'inquiétait surtout, c'était l'idée qu'Elsa ait entendu la nouvelle à la radio. Si c'était le cas, elle devait avoir peur. J'appuyai sur l'accélérateur.

La route serpentait le long des corniches entre les collines boisées, et à chaque tournant je me maudissais d'avoir laissé Elsa seule. Je me rappelai qu'elle avait insisté pour que je parte faire les courses sans elle. « J'ai une surprise pour le déjeuner », avait-elle dit avec l'unique artifice qu'elle connaissait... un sourire timide, secret. Je reportai mon attention sur la route.

Les virages prirent fin ; le dernier tronçon était une longue ligne droite plantée de grands arbres qui apaisa un peu mon inquiétude. Ce n'était plus très loin. J'imaginai son accueil. Elle nierait farouchement avoir eu peur, tout en se cramponnant à mon bras. Puis, tout d'un coup, elle n'y penserait plus. Elle sourirait, radieuse, et me dirait de fermer les yeux. Que je l'aimais, ce sourire !

Je la connaissais depuis peu, mais au cours de ce premier mois de notre mariage, j'avais appris à chérir son sourire et le rire mélodieux qui l'accompagnait quelquefois. C'était si étrange, cette chaleureuse spontanéité avec laquelle elle partageait ma vie et qui, en présence d'autres hommes, se muait en timidité. A mon avis, elle avait peur des hommes. Quelque chose, dans cette chaleur fragile qui émanait d'elle, les troublait. Elle en était consciente, vaguement, innocemment. Lorsqu'un regard audacieux se posait sur elle, elle me demandait de la serrer fort sans jamais me dire pourquoi.

Le soleil était presque au zénith quand la route déboucha des arbres dans la clairière. Je roulai sur l'herbe et m'arrêtai, soulagé d'avoir fait aussi vite. Après avoir relevé le frein à main, je jetai un coup d'œil sur la caravane, m'attendant à voir la silhouette familière d'Elsa. Et là, mon sentiment de satisfaction s'évanouit. Sous le clair soleil d'automne, je distinguai des volutes de fumée au-dessus de notre habitation, fins panaches s'échappant par la porte entrebâillée.

Des feuilles rougeoyantes tombaient sans bruit sur l'herbe. J'écoutai stupidement le silence frémissant. Puis je me précipitai vers la porte et l'ouvris à la volée.

Un brouillard âcre m'enveloppa, me fit suffoquer et tousser. Un tourbillon de brume s'était formé sous le plafond. J'ouvris la porte en grand et agitai les bras pour y voir plus clair. Le brouillard se dissipa un peu, et je vis avec soulagement qu'il n'y avait pas le feu. Notre déjeuner était en train de brûler sur la cuisinière. Trois côtelettes — je les revois encore — carbonisées dans une poêle noircie, des haricots verts dans une casserole brunie là où il y avait eu de l'eau, et dans le four, où je le trouvai plus tard, un amas grumeleux et calciné qui avait dû être le premier cake d'Elsa... la surprise qu'elle m'avait annoncée.

La panique s'empara de moi.

« Elsa ! » appelai-je.

Il n'y eut pas de réponse.

« Elsa ! répétai-je. Elsa ! »

Mais seul le grésillement de la casserole troublait le silence, et dehors un faible écho se réper-

cuta dans les bois. J'éteignis les brûleurs. Le grésillement persista, comme pour me défier, puis
cessa. Je me tournai avec appréhension vers la
porte donnant sur le coin-salle à manger au
fond et m'arrêtai net à la vue de la table soigneusement mise avec assiettes, fourchettes et couteaux. Mais toujours pas d'Elsa. Et pour cause.
Elle ne pouvait être là, sinon le déjeuner n'aurait
pas brûlé.

Tout en essayant de comprendre ce qui était
arrivé, je rejetai d'emblée une douzaine d'hypothèses. Jamais elle n'aurait laissé brûler notre
repas pour effectuer une course. Il n'y avait pas
non plus de voisins qui auraient pu l'accaparer.
Nous étions seuls. Soudain, dans le silence,
j'entendis un bruit à peine perceptible, comme
une faible respiration. Derrière le rideau qui
masquait notre lit... Elsa !

Je fis volte-face et écartai le rideau.

Elle était couchée là. Pâle, immobile. Je
m'agenouillai à côté d'elle. Elle respirait à peine.

« Elsa », murmurai-je.

Elle ne bougeait pas, ne proférait aucun son,
et pourtant je savais qu'elle respirait car je
l'avais entendue. Je lui frictionnai les tempes et
les poignets. Je la secouai, doucement, puis
anxieusement. Elle remua un peu.

J'aurais voulu aller chercher un médecin,
mais j'avais peur de la laisser. Soudain, je
me souvins du brandy. Je fouillai dans le placard et, d'une main tremblante, versai une
rasade d'alcool dans un verre. A l'aide d'une
cuillère, j'en introduisis quelques gouttes entre
ses lèvres.

Enfin, j'obtins l'effet escompté. Ses lèvres frémirent. Son expression changea, elle s'étouffa, toussa et ouvrit péniblement les yeux.

Au début, ils étaient vitreux. Une longue seconde s'écoula pendant que je lui serrais les mains. Finalement, comme si elle venait juste de recouvrer la conscience, son regard se remplit d'horreur, et elle gémit.

En la prenant dans mes bras, je fis glisser le drap qui la recouvrait et vis qu'elle était nue... complètement nue.

Son corps portait des traces de coups : marques cruelles aux épaules, sans doute agrippées par des mains calleuses, impitoyables ecchymoses là où de lourds poings l'avaient frappée.

Ces moments-là aux côtés de ma femme ne sont pas faciles à évoquer, tant ils sont chargés de fureur et de honte. Quand enfin elle bougea à nouveau dans mes bras, je resserrai mon étreinte et regardai par-dessus sa tête pour lui dissimuler la souffrance dans mes yeux. Elle grelotta pendant de longues minutes, après quoi elle sanglota piteusement. Finalement, les larmes et le tremblement cessèrent.

D'une voix blanche qui me fit peur, elle dit : « *Il m'a tuée... il m'a tuée.* »

Comment je réussis à démêler l'écheveau de ces terribles heures, je ne m'en souviens plus très bien. Longtemps, je la berçai et la câlinai comme une enfant. Au bout d'un moment, elle parut réagir. Mais quand elle se remit à frissonner, mon indignation grandit ; je perdis mon sang-froid et la bombardai furieusement de questions. « Qui c'était ? répétais-je. Qui ? » Puis : « Quand ? » et « Comment ? » Jusqu'à ce que le brutal récit me fût servi par bribes. Comment un représentant avait frappé à la porte...

« Un représentant ?

— Oui.

— Tu es sûre ? Il avait une mallette, des échantillons ?

— Oui. »

Un représentant. Ce n'était donc pas le prisonnier évadé. Rien de logiquement explicable. Un homme normal, ordinaire.

Comment il avait frappé, l'interrompant dans ses préparatifs ; comment il avait souri benoîtement et s'était faufilé à l'intérieur, la détaillant insolemment pendant qu'il débitait son laïus sur les ustensiles de cuisine. Comment il lui avait touché le bras avant de l'empoigner ; comment, alors qu'elle résistait, il l'avait battue et... et comment elle avait fini par s'évanouir.

Tout en parlant, elle parut succomber à la fascination de l'horreur qui engendra chez elle un calme étrange. Elle répétait : « Il m'a tuée, il m'a tuée... », jusqu'à ce que je sois obligé de l'interrompre. Son regard, remarquai-je, était fixé droit devant elle pendant qu'elle disait et redisait ces terribles paroles, comme si elle voyait cet homme, cette silhouette menaçante, dans quelque lointain inaccessible.

Pas un instant je ne songeai à la police. Une seule impulsion m'animait, un cuisant et douloureux désir de vengeance. « Je le retrouverai ! jurai-je. Je le tuerai. »

Elle saisit ma main comme pour me retenir mais, lorsqu'elle sentit la colère qui m'habitait, son humeur changea brusquement, et elle répondit tout bas : « Oui... oui. » Et, quand je lui demandai, hésitant, si elle viendrait avec moi pour m'aider à le retrouver, elle acquiesça, presque avec enthousiasme, pensai-je.

Nous regagnâmes la ville ; en arrivant, elle écouta attentivement mes instructions, hochant la tête avec un calme quasi inhumain.

« Nous roulerons doucement », lui dis-je. C'est ce que nous fîmes pendant environ une demi-heure, examinant tous les piétons tandis que nous passions et repassions dans les rues paisibles. Le soleil était encore haut dans le ciel quand nous tournâmes pour la troisième fois dans l'artère principale.

Il y avait là quelques voitures en stationnement et une foule clairsemée qui faisait du lèche-vitrines. Un homme se prélassait devant l'hôtel, se curant les dents d'un air indifférent. J'eus l'impression qu'il observait notre lente progression avec curiosité. J'attirai l'attention de ma femme sur lui, mais elle secoua gravement la tête. Soudain, elle m'agrippa le bras. Ses lèvres s'entrouvrirent ; son visage pâlit. Elle désigna un vieux tacot garé à proximité de l'hôtel. Son conducteur était en train de fermer la portière à clé.

« *C'est lui !* » murmura-t-elle.

Mon sang ne fit qu'un tour.

« Tu en es sûre ? » demandai-je finalement.

Elle le suivit des yeux tandis qu'il mettait les clés dans sa poche et se tournait vers l'hôtel.

« *C'est lui*, affirma-t-elle, *c'est lui...* »

Je me garai devant sa voiture et descendis promptement. « Attends-moi ici. Ne bouge pas... » Je jetai un coup d'œil alentour avec une négligence étudiée. L'homme qui lézardait au soleil, notai-je, regardait de l'autre côté. Personne d'autre, semblait-il, ne m'avait remarqué. J'entrai d'un pas nonchalant dans le hall, à quelque distance de mon homme. Je décidai de l'attendre devant l'ascenseur et, comme prévu, il s'arrêta bientôt à côté de moi, triturant distraitement la clé de sa chambre.

La chance me sourit car, une fois dans la cabine, je réussis à entrevoir le numéro de la chambre sur la clé qu'il avait à la main. J'avais projeté de descendre avec lui et de le suivre ouvertement jusqu'à sa porte. Au lieu de quoi, je montai à l'étage du dessus, redescendis par l'escalier, longeai le couloir et frappai à la porte de sa chambre, visiteur inconnu et inattendu.

J'étais calme quand il me répondit. Je lui parlai à travers la porte et me présentai comme étant l'acheteur du grand magasin du coin. Il m'ouvrit.

« Entrez, entrez. »

Son sourire cordial m'horripila.

Je pénétrai à l'intérieur, sortis le marteau de la ceinture de mon pantalon et, comme il se retournait pour me précéder, le frappai de toutes mes forces à la tête.

Un cri retentissant lui échappa, suivi d'un soupir lugubre qui l'accompagna dans sa chute. Il ne bougea plus.

Je contemplai la silhouette recroquevillée, et ma fureur retomba, apaisée par cet unique coup vengeur. Le tic-tac d'une horloge pénétra ma conscience. Mon regard erra, absent, sur la modeste commode, le lit, le téléphone silencieux. Le marteau dans ma main était maculé de sang. Je le remis dans mon pantalon et rabattis le pan de ma veste par-dessus. A l'aide de mon mouchoir, je tournai la poignée de la porte. La curiosité me poussa à regarder une dernière fois la forme immobile sur le plancher. Cela n'avait plus d'importance. Il se passerait peut-être des heures avant que quelque chose n'arrive. On me soupçonnerait peut-être, et peut-être pas. Aucune de ces hypothèses ne me troublait. J'étais passablement à l'abri des soupçons, sauf de la part de cet... cet individu ordinaire. Je sortis rapidement et refermai la porte. Et, une fois cette porte fermée derrière moi, dans ce couloir feutré, je me sentis enfin purifié, lavé de l'obsédante souillure.

Je remontai à l'étage du dessus, appelai l'ascenseur et descendis tranquillement. Dans l'atmosphère endormie de la petite ville, ma sortie nonchalante de l'hôtel passa totalement inaperçue.

Elsa était toujours dans la voiture, le regard rivé droit devant elle, comme je l'avais laissée.

« C'est fait », déclarai-je.

Elle se tourna à peine vers moi et hocha lentement la tête. Elle ne dit qu'un seul mot : « Bien. »

Pauvre Elsa. La honte et le choc lui avaient forgé une carapace que je ne pouvais percer. Elle resta assise en silence dans la voiture tandis que, de retour sur le lieu de notre campement, je raccrochai la caravane et me préparai au départ. Même le déjeuner que je lui préparai, elle n'y toucha presque pas ; elle grignota une bouchée ou deux et se remit à fixer le vide. Peut-être que loin de cet endroit sinistre...

Le soir était déjà tombé lorsque nous finîmes

par nous arrêter. Je dépassai rageusement une douzaine de bourgades, pressé d'arriver dans la grande ville qui s'étendait à présent au-dessous de nous, au pied de la montagne. J'espérais trouver dans ses rues animées une diversion à notre secret douloureux, oublier l'horreur dans un bar ou dans un théâtre, peut-être pendant une bonne nuit de repos. Finalement, la tension de cette terrible journée prit le dessus. Une bonne nuit de sommeil, je ne voulais rien de plus. Mais pas dans cette caravane. Pas encore.

Elsa acquiesça avec indifférence. Nous avançâmes et nous mêlâmes à la circulation. On garerait la caravane sur un parking et on descendrait dans le meilleur hôtel. On prendrait un bain chaud, on dînerait dans la chambre, on ferait monter une bouteille de vin... Et une bonne nuit, une bonne nuit de sommeil... « Ça te va ? » lui demandai-je.

Je crus voir son visage s'adoucir ; en tout cas, une larme brilla dans son œil. J'eus aussitôt envie de la prendre dans mes bras, de la caresser, de la réconforter. Je montrai l'hôtel dont nous approchions.

« Que dirais-tu de celui-là ? »

Son regard suivit mon doigt tendu. Elle pâlit. Elle m'agrippa par le bras ; ses lèvres s'entrouvrirent. Elle regardait droit devant elle. Ô Seigneur ! Elle regardait droit devant elle en me montrant un homme dans la rue.

« *C'est lui !* murmura-t-elle. *C'est lui...* »

COMME UN MOUCHERON
SUR LE PARE-BRISE

Lawrence Block

Il y a deux Rodeway Inns à Indianapolis, mais Waldron connaissait seulement celui de la West Southern Avenue, du côté de l'aéroport. Il se faisait un devoir de s'y arrêter chaque fois que c'était possible sans s'écarter de son itinéraire ou sans prendre du retard sur l'horaire. Il comptait une dizaine de motels parmi ses préférés ; certains faisaient partie d'une chaîne, et un ou deux étaient indépendants. Le Days Inn, par exemple, au sud de Tulsa, se trouvait juste en face d'un excellent restaurant. Le Quality Court, à la sortie de Jacksonville, avait un personnel sympathique et de gros pains de savon dans la salle de bains. Il ne savait pas toujours très bien pourquoi un motel figurait sur sa liste. Ce devait être une question d'habitude, comme la marque des cigarettes qu'il fumait, et cette habitude était largement dictée par des considérations pratiques. C'était plus simple d'acheter chaque fois des Camel que de se creuser la tête pour savoir ce qu'on avait envie de fumer. Plus simple d'écouter WJJD dans les environs de Chicago jusqu'à perdre la fréquence, et passer ensuite sur KOMA à Omaha, que de triturer le bouton en se demandant quel genre de musique on voulait écouter et sur quelle station on pouvait bien la trouver.

Cependant, ce n'était pas uniquement par habitude qu'il faisait halte au Rodeway d'Indianapolis lorsqu'il était dans les parages. Car on y accueillait bien les camionneurs, sans pour autant recréer l'ambiance d'un relais routier. Il y avait bien sûr un parking à part pour les poids lourds, mais aussi un hall d'accueil ouvert vingt-quatre heures sur vingt-quatre, exclusivement réservé aux routiers, avec un ou deux papys dans les fauteuils, et de la musique country à la radio. Le café, toujours chaud, était offert gracieusement ; c'était du vrai café, pas de la lavasse brunâtre provenant d'un quelconque distributeur.

Les chambres elles-mêmes étaient propres et spacieuses, et les lits confortables. Il y avait une immense piscine intérieure avec un jacuzzi et un sauna. Un bon bar, un restaurant correct... et, avant de reprendre la route, on s'offrait un dernier café dans la salle des camionneurs au fond.

Quelquefois, il arrivait qu'on fasse une touche au bar ou bien au bord de la piscine. Sinon, il restait toujours la télé couleurs sans supplément de prix et la ligne directe pour téléphoner à la maison. Pas de quoi faire un détour de cinq cents kilomètres, mais ça valait la peine d'inclure cette étape dans son itinéraire.

Il entra dans la salle des routiers du Rodeway vers neuf heures par une chaude soirée de juillet. La pièce était climatisée, mais comme la porte restait toujours ouverte, l'air conditionné restait sans effet. Lundy, qui se balançait dans son fauteuil, leva les yeux sur lui.

« Salut, vieux. D'où tu sors ?

— De mon camion. »

Réponse rituelle à la question rituelle.

« J'm'en doute. T'es gris comme ce bureau. Sers-toi un café. A mon avis, t'en as besoin.

— Ce qu'il me faudrait, c'est deux doigts de bourbon et une demi-heure de jacuzzi.

— Et ce que la TWA peut nous offrir de mieux à deux heures d'ici. Ça, on en a tous besoin, mais en attendant, bois un café. »

Waldron se versa une tasse, souffla sur le liquide pour le refroidir et regarda autour de lui. Outre Lundy, petit homme guilleret aux lunettes cerclées de métal et dont l'une des chaussures avait une semelle compensée, trois autres routiers se trouvaient dans la salle. Deux, comme Waldron, buvaient du café dans des gobelets en plastique. Le troisième sirotait une canette de bière Hudepohl.

Waldron remplit la fiche de l'hôtel, paya avec sa carte Visa et empocha la clé avec le reçu. Puis il s'assit et avala une gorgée de café.

« Les gens conduisent n'importe comment », dit-il.

Un murmure d'assentiment lui répondit.

« A une soixantaine de kilomètres d'ici, j'étais sur la... Bon sang, qu'est-ce que j'ai, je n'arrive même plus à me rappeler ce fichu numéro...

— Du calme, vieux.

— Du calme, oui. » Il reprit sa respiration, but du café, souffla dans la tasse. Le café avait déjà refroidi, mais c'était devenu un réflexe. « Deux gosses dans une Toyota. J'ai cru au début que c'étaient deux garçons, mais c'étaient un garçon et une fille. Je roulais dix kilomètres au-dessus de la vitesse autorisée, sans forcer. Ils me doublent dans une montée et hop ! une queue de poisson. J'ai dû écraser le frein pour ne pas emboutir leur pare-chocs arrière.

— Ces gens-là, ils savent pas conduire, observa l'un des buveurs de café. On se demande où ils ont eu leur permis.

— Dans une pochette-surprise, répondit le buveur de bière.

— Alors j'ai klaxonné, poursuivit Waldron. Juste un petit coup, quoi. Et le gars au volant, il a fait pareil.

— Un coup de klaxon ?

— Exact. Puis le voilà qui ralentit. Cent, quatre-vingt-dix, quatre-vingts... il se traîne devant moi. Moi, j'attends, je lui fais un appel de phares, je le double et me rabats un bon moment après.

— Et lui, il te redouble, fit l'autre buveur de café qui jusque-là n'avait pas ouvert la bouche.

— Comment le sais-tu ?

— Il te refait une queue de poisson ? » Waldron hocha la tête.

« Je crois que je m'y attendais, quand je l'ai vu me dépasser. J'ai levé le pied et, quand il s'est rabattu, j'ai freiné, mais comme il n'était pas tout près, je n'ai pas pris la peine de klaxonner.

— Moi, j'aurais klaxonné, dit le buveur de bière. Je me serais arc-bouté sur le klaxon.

— Ensuite, il a ralenti à nouveau, fit le second buveur de café. Je me trompe ?

— C'étaient des amis à toi, ou quoi ?

— Ils ont ralenti ?

— Jusqu'à une allure d'escargot. Du coup, j'ai appuyé sur le klaxon. La fille s'est retournée et m'a montré son doigt. » Il avala le reste de café. « Je me suis mis en colère. J'ai donné un grand coup d'accélérateur et déboîté... seulement, cette fois, ils n'ont pas voulu me laisser passer. Ils calquaient leur vitesse sur la mienne, vous comprenez ; quand j'accélérais, ils roulaient plus vite, quand je ralentissais, ils allaient plus doucement. Ils me regardaient et riaient. La fille était à moitié vautrée sur les genoux du garçon. Elle a baissé son chemisier, ou le haut de sa robe, je ne sais pas... je n'avais encore jamais vu ça. Les yeux me sortaient de la tête...

— Comme dans un dessin animé.

— Ouais. Et je me disais : ah, les imbéciles, parce que, voyez-vous, il me suffisait de donner un coup de volant. Où seraient-ils allés ? Sur le bas-côté ? Ils n'auraient pas eu le temps. Je leur aurais roulé dessus. Je les aurais écrabouillés comme un moucheron sur le pare-brise. Splatch, plus rien.

— Ça me plaît bien », dit Lundy.

Waldron prit une inspiration.

« J'ai failli le faire.

— Failli, à quel point ?

— Je le sentais dans mes mains. » Il tendit ses paumes, façonnées pour serrer le volant. « Je sentais cette envie dans mes mains, tourner le volant et les ratatiner. Je voyais déjà la scène. J'avais cette image en tête, et je me voyais repartir, m'éloigner tranquillement de l'épave en feu. »

Lundy siffla.

« Et j'ai pensé : mais c'est un meurtre ! Cette pensée, elle m'est bien montée au cerveau, mais je m'apprêtais quand même à le faire, tant pis pour moi. Mes mains... (il fléchit ses doigts)... mes mains étaient près de tourner le volant, et puis c'est parti d'un coup.

— La Toyota est partie ?

— Non, *l'idée* est partie. J'ai freiné pour me rabattre derrière eux ; là-dessus, j'ai vu une aire de repos et j'y ai bifurqué, vite. J'ai coupé le moteur et allumé une cigarette. J'étais tout seul. L'endroit était désert, et je me disais que s'ils revenaient, je les accueillerais avec le cric. J'en ai un à l'avant, à côté de moi. J'ai été le chercher et je me suis promené le cric à la main, histoire de me tenir prêt.

— Tu les as revus ?

— Non. C'étaient juste deux gosses qui faisaient les andouilles, pour se mettre en condition sans doute. Après, ils allaient se défouler sur le siège arrière.

— Je les envie pas, dit Lundy. Pas sur le siège arrière d'une Toyota merdique.

— Ce qu'ils savent pas, fit Waldron, c'est qu'ils sont passés à deux doigts de la mort. »

Ils étaient tous là à le regarder. Le second buveur de café, un brun à l'œil cave, sourit.

« Tu le crois vraiment ?

— Je te le dis, j'ai failli...

— Failli jusqu'où ? Tu y as pensé, mais tu ne l'as pas fait.

— J'ai bien pensé me taper Jane Fonda, dit Lundy, mais je ne l'ai pas fait.

— J'allais le faire, répondit Waldron.

— Et tu as changé d'avis.

— Ben oui. » Il fit tomber une cigarette de son paquet et prit le briquet de Lundy pour l'allumer. « Je ne sais pas d'où me venait cette colère. J'étais suffisamment enragé pour tuer. Pourquoi ? Parce que la fille m'a nargué ? Parce qu'elle a montré ses...

— Parce que t'avais la trouille, suggéra le premier buveur de café.

— La trouille de quoi ? J'ai une remorque de trente tonnes derrière moi. Je transporte des matériaux de construction, comment pourrais-je avoir la trouille d'une Toyota ? C'est pas ma faute si je les dégomme. » Il ôta la cigarette de sa bouche et la contempla. « Mais tu as raison. J'avais peur de les heurter et de les tuer ; ça m'a fichu en colère, et j'ai bien failli le faire.

— Peut-être que tu aurais dû », observa quelqu'un. Waldron, qui fixait toujours sa cigarette, ne vit pas qui c'était. « Les routes sont pleines d'amateurs et de gens qui se croient drôles. Peut-être qu'il faudrait leur donner une leçon.

— Les écraser, ajouta un autre. Tu l'as dit, comme un moucheron sur le pare-brise.

— J'suis qu'un moucheron sur le pare-brise de la vie, fredonna Lundy d'une voix de fausset discordante. Qui c'est qui chantait ça, ou l'ai-je inventé ?

— Dolly Parton, suggéra le buveur de bière.

— Ce que j'aurais aimé être un moucheron sur son pare-brise ! » soupira Lundy.

Waldron prit son sac et s'en fut à la recherche de sa chambre.

Huit ou dix semaines plus tard, il mangeait une omelette au lard dans un restaurant sur la route à la sortie de Bordentown, dans le New Jersey. La salle, conçue à la manière d'une locomotive Diesel, était décorée avec de la peinture d'aluminium. Waldron lisait le journal que quelqu'un avait laissé sur la table. Ce fut par hasard que l'article lui tomba sous les yeux.

Un camping-car avait plongé par-dessus le garde-fou au fond du fossé sur un embranchement de l'autoroute du côté de Gatlinburg, dans le Tennessee. Le conducteur, un enseignant du collège Ozark à Pine Bluff, dans l'Arkansas, avait survécu malgré de graves blessures à la poitrine et aux jambes. Sa femme et son bébé avaient péri dans l'accident.

Selon le conducteur, un poids lourd avait surgi « de nulle part » et poussé la camionnette dans le fossé. « Comme un chasse-neige qui nous aurait dégagés pour nettoyer la route », déclara-t-il.

Comme un moucheron sur le pare-brise, pensa Waldron.

Il relut l'article et referma le journal. Sa main tremblait quand il prit sa tasse de café. Il reposa la tasse, inspira profondément à plusieurs reprises, puis souleva la tasse, sans trembler cette fois.

Il se revit dans la salle des routiers au Rodeway Inn. Lundy se balançant dans son fauteuil, les pieds en l'air avec sa chaussure à semelle compensée, le buveur de bière, les deux buveurs de café. Avait-il seulement retenu leurs noms ? Il ne s'en souvenait plus, n'arrivait même plus à fixer leur image dans sa mémoire. Mais il entendait leurs voix. Ainsi que la sienne, spéculant sur un acte comme celui dont il venait de lire la description.

Seigneur Dieu, aurait-il donné des idées à quelqu'un ?

Il sirota son café sans toucher au contenu de son assiette. Il aimait le lard, surtout bien grillé, croustillant sur les bords. Mais il laissa refroidir son omelette. Ce buveur de café, celui avec les yeux enfoncés, était-ce lui qui avait parlé ? Waldron se rappela la colère contenue dans les mots, et autre chose encore, qui ressemblait à la soif du sang.

Evidemment, le prof aurait pu rêver le poids lourd. S'endormir au volant et inventer cette histoire pour occulter le fait qu'il avait quitté la route et tué sa propre famille. Rejeter la faute sur le routier fantôme.

C'était l'explication la plus probable.

Néanmoins, à partir de ce moment-là, Waldron garda un œil sur les journaux.

« Salut, vieux, dit Lundy. D'où tu sors ? »

C'était par un froid après-midi de décembre, avec un ciel bas et un vent du nord-ouest à vous transpercer jusqu'aux os. Le jour déclinait rapidement à cette époque de l'année, mais il faisait encore clair. Waldron s'était arrêté de bonne heure, spécialement pour faire halte au Rodeway.

« J'ai fait surtout la côte, répondit-il. Pas mal de livraisons du côté de Baltimore. »

Evidemment, il y avait eu quelques voyages transcontinentaux, mais chaque fois, il s'était débrouillé pour contourner Indianapolis ; à une ou deux reprises, il avait même modifié son planning pour l'éviter, tout comme il avait fait des pieds et des mains pour y arriver aujourd'hui.

« Ça fait un bail, dit Lundy.

— Six mois.

— Tant que ça ?

— La dernière fois, je suis venu en juillet.

— Ça fait cinq mois, non ?

— C'était début juillet. Disons cinq mois et demi.

— Un an et demi, si tu veux. Si ta femme me le demande, je jurerai que tu n'as jamais mis les pieds ici. Café ? »

Il y avait un autre routier assis devant une tasse, un barbu aux cheveux longs avec une veste de trappeur. La remarque de Lundy le fit rire. Waldron se servit et s'installa discrètement dans un coin pour écouter la radio et les plaisanteries échangées par les deux hommes. Quand le type à la veste de trappeur sortit, Waldron se pencha en avant.

« La dernière fois que je suis passé, dit-il.

— C'était en juillet, si on en croit tes calculs.

— J'étais à cran ce soir-là. Y avait un petit rigolo qui s'était amusé à me coller sur la route.

— Puisque tu le dis.

— Y avait trois routiers ici, plus toi. L'un d'eux buvait de la bière, et les deux autres, du café. »

Lundy le regarda.

« Ce qu'il me faudrait, c'est leurs noms.

— Tu plaisantes ?

— Ce ne doit pas être dur à trouver. Tu as le registre. J'ai vérifié la date, c'était le 9 juillet.

— Minute. » Lundy se renversa dans son fauteuil et posa les pieds sur le bureau métallique. Waldron jeta un coup d'œil sur la semelle compensée. « Un soir de juillet, fit Lundy. Que diable est-il arrivé ?

— Souviens-toi. J'avais failli avoir un accident à cause d'un petit malin qui m'avait fait une queue de poisson et s'est amusé à me coller. J'étais tellement en colère que j'avais eu envie de le tuer.

— Et alors ?

— J'avais eu envie de le tuer avec le camion.

— Et alors ?

— Tu ne te souviens pas ? J'ai dit quelque chose, et tu en as fait une chanson. J'ai dit que j'aurais pu le tuer comme un moucheron sur le pare-brise.

— Ça me revient, répondit Lundy, intéressé. "Rien qu'un moucheron sur le pare-brise de la vie", c'est la chanson qui m'est venue à l'esprit ; pendant dix ou douze jours, je n'ai pas pu me la sortir de la tête. Maintenant, je vais en avoir encore pour dix ou douze jours, c'est garanti. Ne me dis pas que tu veux traîner ma pomme à Nashville pour faire de moi une star.

— Je veux, répliqua Waldron posément, que tu consultes le registre pour savoir qui il y avait dans cette salle ce soir-là.

— Pourquoi ?

— Parce qu'il y en a un qui le fait. »

Lundy le dévisagea.

« Qui tue les gens. Avec un camion.

— Tue les gens avec un camion ? Tue les chauffeurs, les propriétaires ou quoi ?

— Qui se sert de son camion comme d'une arme. Il pousse les gens hors de la route. Les écrabouille.

— Comment sais-tu tout ça ?

— Regarde. » Waldron sortit une enveloppe de sa poche, la déplia et étala des coupures de presse sur le bureau de Lundy. Sans ôter ses pieds du bureau, Lundy se pencha pour parcourir les articles. « Y en a de partout, fit-il au bout d'un moment.

— Je sais.

— Ce sont peut-être des accidents.

— Ça fait beaucoup de chauffards qui prennent la fuite après un accident. Paraît qu'il y a une loi contre ça.

— Chaque fois, ce pourrait être un accident différent.

— Peut-être, acquiesça Waldron. Mais ça m'étonnerait. Moi, j'appelle ça un meurtre ; c'est un seul homme qui en est responsable, et je sais qui c'est.

— Qui ?

— Du moins, je crois le savoir.

— Tu vas me le dire ou c'est un secret ?

— C'est pas le buveur de bière. Mais l'un des deux gars qui buvaient du café.

— Voilà qui réduit notre champ d'investigation. Y en a pas beaucoup, des types qui roulent en camion et qui boivent du café.

— Je pourrais presque le décrire. Les yeux

enfoncés, brun, le teint basané. Il avait une façon de parler... j'entends encore sa voix.

— Qu'est-ce qui te fait penser que c'est lui ?

— J'en sais rien. Tu vas chercher ton fichier ? »

Mais Lundy ne voulut pas le faire, et Waldron fut obligé d'user de persuasion. Entre-temps, il y eut trois arrivées coup sur coup, et deux des hommes s'attardèrent devant leur café. Après leur départ, Lundy poussa un soupir et dit à Waldron de surveiller la boutique. Il sortit en clopinant et revint dix minutes plus tard avec une pile de fiches.

« Le 9 juillet, annonça-t-il, se laissant tomber dans son fauteuil et jetant les fiches sur son bureau. Tiens, tu veux jouer au rami ? Il y a assez de cartes pour ça. »

Pas tout à fait. Il y avait eu quarante-trois entrées répertoriées à cette date-là. Une bonne moitié des noms étaient connus de l'un ou de l'autre : ils furent donc éliminés d'emblée. Mais il restait encore une vingtaine de possibilités, des noms qui ne leur disaient rien... et Lundy expliqua que leur homme n'avait pas forcément rempli une fiche.

« Peut-être qu'il partageait la chambre d'un autre, ou alors il était passé juste pour boire un café et tailler une bavette. Tous les soirs, on a des gars qui s'arrêtent pour s'offrir un café gratis, ou bien ils font une pause repas et repassent ici pour dire bonjour. Là, t'en as plus que vingt, mais il n'est pas nécessairement dans ces vingt-là. Si t'en as assez de faire de la route, vieux, t'as qu'à travailler avec Sherlock Holmes. Achète-toi une casquette et une pipe, personne ne verra la différence. »

Plongé dans les fiches, Waldron lisait les noms et les adresses.

« Chercher un homme qui n'est peut-être même pas là-dedans et qui n'a sans doute rien fait, de toute façon... Et puis, que feras-tu, si tu le retrouves ?

— J'en sais rien.

— En quoi ça te regarde, d'ailleurs ? »

Waldron ne répondit pas tout de suite.

« C'est moi qui lui ai donné l'idée, dit-il finalement.

— En parlant de moucheron sur le pare-brise ?

— Exact.

— Mais c'est débile. D'où tu sors, vieux ? J'entends ce genre de discours un jour sur deux. Un type arrive, en pétard contre un imbécile qui a failli l'envoyer dans le fossé, et jure que la prochaine fois, au lieu de quitter la route, il passera directement par-dessus l'enfant de pute. Même à supposer qu'il y ait quelqu'un derrière tout ça... (il tapota les coupures de presse)... ce qui m'étonnerait fort, l'idée ne vient sûrement pas de toi. Mon paternel, quand il lavait sa voiture et qu'il se mettait à pleuvoir, il assurait que c'était lui qui avait provoqué la pluie. Tu me fais penser à lui, tu sais.

— Je l'imagine très bien, dit Waldron. Assis au volant, avec une pluie fine qui tombe, les essuie-glace qui marchent par intermittence. Je le vois sourire.

— Juste avant de pousser un gogo dans le ravin.

— Je le vois comme si j'y étais. L'autre jour...
(il feuilleta les articles)... dans l'Illinois, la voiture de sport. D'après un témoin, le camion a tout simplement roulé dessus.

— Comme on marche sur quelqu'un, fit Lundy, songeur.

— Quand j'y pense...

— Tu peux pas savoir s'il l'a fait exprès. Tous ces cachets que vous avalez, vous autres. Tu sais pas non plus si c'est le même homme qui fait ça, tu sais pas si c'est lui, et de toute manière, tu sais pas qui c'est. Tu sais pas si c'est toi qui lui as mis cette idée en tête, et même s'il y a un bon Dieu, c'est pas toi de toute façon, alors pourquoi te rendre malade ?

— Ma foi, t'as pas entièrement tort », dit Waldron.

Il alla dans sa chambre, se doucha, enfila son maillot de bain et prit une serviette. Il passa du sauna à la piscine, puis au jacuzzi et de nouveau à la piscine. Il fit quelques longueurs et s'allongea dans un transat au bord du bassin. Les yeux clos, il écouta un homme à l'accent chantant de montagnard donner une leçon de natation à son petit garçon. Il avait dû s'assoupir car lorsqu'il rouvrit les yeux, il était seul dans la zone de la piscine. Il retourna dans sa chambre, reprit une douche, se rasa, mit des habits propres et descendit au bar.

C'était une pièce agréable... lumière tamisée, fauteuils confortables et tabourets hauts. Le décorateur l'avait aménagée à la manière d'une bibliothèque. Çà et là, il y avait des étagères avec de vrais livres. Du moins, Waldron le supposait-il. Car il n'avait jamais vu personne les lire.

Il s'installa au bar avec un verre de bourbon et des cacahuètes grillées. Une heure plus tard, il était en conversation et trente minute après, de retour dans la chambre, au lit avec une certaine Claire qui se disait assistante du directeur de la boutique de souvenirs de l'aéroport. Elle lui avoua avoir un faible pour les routiers. Elle en avait même épousé un et, bien que le mariage ait tourné court, ils étaient restés amis. « Quelqu'un qui conduit pour gagner sa vie, y a des chances pour qu'il soit prévenant, attentionné et sûr de lui, si tu vois ce que je veux dire. »

Waldron revit les yeux bruns enfoncés au-dessus du volant. Ainsi que le lent sourire.

Par la suite, ses fréquents voyages transcontinentaux l'amenèrent à s'arrêter souvent au Rodeway. C'était une étape bien pratique, et le jacuzzi était très attirant durant les mois d'hiver. C'était une excellente détente après toutes ces heures de route.

Ce qui l'attirait aussi, c'était Claire. Il ne la voyait pas chaque fois, mais si c'était la bonne heure, il lui passait un coup de fil, et il leur arrivait de se retrouver. Elle venait boire un verre ou nager dans la piscine, et un soir, il mit un veston et l'emmena dîner en ville, au King Cole.

Elle savait qu'il était marié, mais n'en concevait ni jalousie ni remords. « Mon ex, disait-elle, ce n'est pas ce qu'il faisait sur la route qui m'a séparée de lui. C'est ce qu'il ne faisait pas à la maison. »

A la mi-mars, il retrouva son homme. Mais ce n'était pas du côté d'Indianapolis.

C'était un relais routier à la sortie est de Tucumcari, au Nouveau-Mexique, et il n'avait absolument pas prévu de s'y arrêter. Il avait pris un petit déjeuner, voilà un moment déjà, dans un Tex-Mex entre Gallup et Albuquerque ; à l'arrivée à Tucumcari, un gargouillis dans l'estomac lui fit comprendre qu'il était temps de faire une pause casse-croûte. Il choisit un endroit qu'il ne connaissait pas. Il ne savait même pas s'il avait un nom. Sur les panneaux, on lisait seulement : GAS-OIL et : BIENVENUE AUX ROUTIERS. Il descendit de la cabine, fit un tour aux toilettes, puis entra boire une tasse de café dont il n'avait pas particulièrement envie.

Ce fut à ce moment qu'il le vit.

Jusque-là, il avait pu se représenter les yeux, le sourire et deux mains sur le volant. Maintenant, la vision s'élargissait, incluant une tête ronde aux cheveux coupés en brosse, au front dégarni, une mâchoire de bouledogue, des épaules massives. Perché sur un tabouret au comptoir, l'homme lisait une revue en buvant du café. Waldron s'arrêta et le regarda.

L'espace d'un instant, il faillit tourner les talons. Puis cela lui passa. Il s'assit sur le tabouret voisin et commanda un café. La serveuse le lui apporta, mais il n'y toucha pas. A côté de lui, l'homme aux yeux enfoncés lisait un article sur la pêche dans les Keys de Floride.

« Belle journée », dit Waldron.

L'homme leva les yeux, hocha la tête.

« On s'est déjà rencontrés, je crois, l'été dernier. A Indianapolis, au Rodeway Inn.

— Je suis effectivement passé par là.

— C'était dans la salle du fond, il y avait trois hommes, quatre avec Lundy. L'un d'eux buvait une Hudepohl.

— T'as une sacrée mémoire.

— C'est une soirée qui m'est restée en tête. J'avais eu chaud sur la route, et je suis arrivé en râlant. Un connard dans une voiture s'était amusé à me coller ; j'étais tellement furieux que j'avais eu envie de le pousser dans le fossé, de le dégommer.

— Je me rappelle ce soir-là. » L'homme sourit exactement comme dans le souvenir de Waldron. « Maintenant je me souviens de toi. »

Waldron but une gorgée de café.

«" Comme un moucheron sur le pare-brise", poursuivit l'homme. C'est ce que tu disais. Pendant un moment, chaque fois qu'un insecte atterrissait sur la vitre, ça me revenait, ton histoire. Tu l'as retrouvé ?

— Qui ça ?

— Celui qui t'a collé sur la route ?

— Je l'ai jamais cherché.

— T'étais suffisamment en pétard pour le faire. Ce soir-là, en tout cas.

— Ça m'a passé.

— C'est souvent comme ça. »

Il y avait tout un échange de non-dits entre eux, or Waldron brûlait d'en avoir le cœur net.

« En fait, c'est toi que je cherchais.

— Ah oui ?

— Y a des choses qui me tracassent. Une pensée qui me trotte dans la tête et me lâche plus

pendant cent kilomètres. A force, ça me bar-
bouille l'estomac.

— Là, je ne te suis plus.

— Ce dont on a parlé l'autre soir. Ce que j'ai
raconté, histoire de causer, toi, tu m'as pris au
mot. » Waldron serrait et desserrait les poings.
« Je lis les journaux. Je vois les articles, je les
découpe. » Il croisa le regard de l'homme. « Je
sais ce que tu fabriques.

— Ah oui ?

— Et c'est moi qui t'en ai donné l'idée.

— Tu crois ?

— J'arrive pas à me débarrasser de cette pensée. Elle me poursuit tout le temps. Je la chasse,
elle revient.

— Tu finis ton café ? » Waldron regarda sa
tasse et la reposa, à moitié pleine.

« Allez, viens. »

L'homme sortit la monnaie et la posa sur le
comptoir pour régler les deux consommations.

Waldron conservait ses coupures de presse
dans une enveloppe kraft, dans une poche latérale de son sac. Le sac voyageait sur le plancher
de la cabine, sous le siège du passager. Les deux
hommes se tenaient maintenant à côté du
camion, le dos au soleil. Le routier parcourait
quelques-uns des articles, et Waldron gardait le
reste à la main.

« Tu en lis, des journaux ! »

Waldron ne répondit pas.

« Tu crois donc que je tue les gens. Avec mon
camion.

— C'est ce que j'ai pensé ces derniers mois.

— Et maintenant ?

— Je continue à le penser.

— Tu considères donc que c'est moi, le coupable. Et que tu as tout déclenché parce que t'étais en rogne contre un chauffard dans l'Indiana. »

Waldron sentait le soleil sur sa nuque. Tout était silencieux ; il entendait seulement le bruit de sa propre respiration.

« Celui-là, c'est moi, dit l'homme. Une fourgonnette de dépannage, une entreprise d'électricité ou quelque chose du même genre. Je l'ai poussé droit dans le fossé. Je doute qu'il s'en soit tiré, mais je suis pas resté pour voir et je lis pas tellement les journaux. » Il posa l'article sur la pile. « Y a quelques cas là-dedans où c'était moi. »

Waldron crut que sa poitrine allait éclater, comme si son cœur, transformé en un morceau de ferraille, avait été soumis à l'attraction d'un aimant.

« Mais le reste, ajouta l'homme, il aurait fallu que je travaille nuit et jour, pardi, sans débander. T'as qu'à faire le calcul. Y en a qui sont des accidents, exactement comme c'est écrit là.

— Et les autres ?

— Les autres, ce sont des gars comme toi et moi qui ont besoin de se défouler de temps en temps. Tu t'imagines qu'il y a un seul responsable, et tout ça, à cause de toi. Te bile pas, vieux. Ça m'était déjà arrivé une fois ou deux avant de te rencontrer. Et j'étais pas le premier routier à y avoir pensé, ni le premier à l'avoir fait.

— Pourquoi ?

— Pourquoi on fait ça ? »

Waldron hocha la tête.

« Quelquefois, pour apprendre à vivre à un enfant de salaud. Et quelquefois... Tu vas jamais à la chasse ?

— J'y ai été il y a longtemps, avec mon paternel.

— Tu te souviens de ce que t'as ressenti ?

— Seulement que j'ai eu peur tout le temps. Peur de me tromper, de manquer mon coup ou de faire du bruit, et de mettre papa en colère.

— Alors, t'as jamais aimé ça ?

— Non.

— Eh bien, c'est pareil que la chasse. On veut voir si on en est capable. Y a que toi et lui, c'est comme une danse, et puis plus personne, y a que toi qui restes. C'est comme la corrida, comme tirer sur un oiseau en plein vol. Y a quelque chose de beau là-dedans. »

Waldron était sans voix.

« Ça arrive pas tous les jours, dit l'homme. C'est juste une façon de s'amuser, voilà tout. Y a pas de quoi en faire un plat. »

Il roula toute la journée, sur la route 66 en direction de l'est, l'esprit en effervescence et l'estomac en capilotade. Il s'arrêtait souvent pour boire un café ; assis dans son coin, il évitait d'adresser la parole aux autres camionneurs. N'importe lequel d'entre eux pouvait être un assassin, pensait-il. A un moment, il se figura même qu'ils étaient tous des criminels, des tueurs impunis qui sillonnaient le pays en écrasant tout sur leur passage.

Il savait qu'il devrait manger ; deux fois, il commanda un plat et n'y toucha pas. Il buvait du café, fumait des cigarettes et reprenait la route.

A un moment, au dîner, il tendit la main vers un journal que quelqu'un avait abandonné sur place. Puis il se ravisa. En regagnant son camion, il sortit l'enveloppe kraft avec les coupures de presse de son sac et la jeta dans une poubelle. Fini de découper les articles... Pendant quelque temps, il ne lirait même plus les journaux car il aurait tendance à chercher uniquement ce qu'il ne tenait plus vraiment à y trouver.

Il continua à rouler. Il envisagea de s'arrêter lorsque le ciel s'obscurcit, puis changea d'avis. Dormir était hors de question. Quitter l'autoroute plus longtemps qu'il ne le fallait pour avaler une gorgée de café semblait impossible. Une fois ou deux, il alluma la radio et l'éteignit presque aussitôt ; la musique country qu'il aimait habituellement lui paraissait incongrue. Il se brancha alors sur la CB : il l'écoutait rarement ces jours-ci, et le bavardage qu'il entendit lui apparut comme une mascarade. Ces individus qui tuaient les gens par jeu causaient entre eux dans un jargon sportif... il trouvait ça insupportable.

Vers quatre heures du matin, il était sur un tronçon d'autoroute dans le Missouri ou peut-être dans l'Iowa... il ne savait plus très bien, ses pensées se bousculaient dans le désordre le plus total. Le vaste terre-plein masquait les phares des voitures venant en sens inverse. Le trafic était quasiment nul : il avait l'impression d'être tout seul sur la route, vaisseau fantôme des camionneurs ou personnage d'une chanson de

Dave Dudley, condamné à hanter les autoroutes désertes jusqu'à la fin des temps.

De quoi devenir cinglé.

Il y eut des lumières dans le rétroviseur. Quelqu'un arrivait à toute allure, pleins phares. Waldron se rabattit sur la droite, en serrant le bas-côté.

L'autre véhicule déboîta et roula à sa hauteur. L'espace d'un fol instant, il crut que c'était l'homme aux yeux enfoncés, le tueur venu pour lui. Mais ce n'était même pas un poids lourd, c'était juste une voiture particulière qui zigzaguait plus ou moins à côté du camion. Qu'est-ce qui lui prenait, à ce connard ?

La voiture le doubla en un éclair, et alors il comprit.

Ce type-là était saoul.

Il dépassa Waldron, se rabattit brusquement et faillit sortir de la route avant d'avoir redressé le volant. Incapable de rouler droit, il se déportait tantôt sur la droite, tantôt sur la gauche ; à lui seul, il occupait toute la chaussée.

Un vrai danger public, le salaud, pensa Waldron.

Il ôta le pied de l'accélérateur et regarda les feux arrière de l'auto s'éloigner et disparaître au loin. Une fois qu'il les eut perdus de vue, alors seulement il accéléra et reprit sa vitesse de croisière.

Ses pensées se remirent à vagabonder le long de quelque chemin obscur et, quand il revint à lui, il s'aperçut qu'il roulait plus vite que la normale, au-dessus de la vitesse limite. Mais il continua à rouler vite.

Pourquoi ?

La vue des feux arrière lui fit comprendre la raison inconsciente de son attitude. Il cherchait le conducteur ivre, et il l'avait trouvé. Il reconnaissait ses feux. De toute façon, il aurait reconnu sa manière de conduire en zigzag, faisant jaillir les gravillons sur le bas-côté avant de se déporter sur la voie de gauche, et ainsi de suite.

Ces chauffards-là étaient dangereux. Ils causaient des accidents tous les jours, et les flics ne pouvaient pas les empêcher de prendre le volant. Regardez-moi ce taré, non mais regardez-le, il prenait toute la place, il allait se tuer, c'est sûr, s'il ne tuait pas quelqu'un d'autre d'abord.

Une descente rectiligne s'amorçait devant lui. Waldron transportait des appareils électroménagers ; il était chargé à bloc, un poil au-dessous du poids maximum autorisé. A ce compte-là, et dans une pente en ligne droite, rien ne pouvait l'arrêter.

Il regarda la voiture qui louvoyait devant lui. Personne d'autre devant, personne dans le rétroviseur. Quelque chose palpita dans sa poitrine. En un éclair, il revit la paire d'yeux enfoncés et le sourire entendu.

Il écrasa la pédale de l'accélérateur.

BÉNISSEZ CETTE MAISON

CHRISTIANNA BRAND

Ils étaient si beaux... elle aurait dû les reconnaître au premier coup d'œil, devait penser la vieille femme par la suite. Elle aurait dû savoir qui ils étaient. Si calmes, si immobiles face à ses récriminations stridentes : le garçon en jean moulant, tenant son imperméable au-dessus de sa tête sous la pluie fine du soir ; la fille aux cheveux longs qui tombaient comme un voile sur son ventre proéminent en forme de poire. Mais, bien que sa méfiance se fût dissipée, elle ne désarmait pas pour autant. « Que faites-vous ici ? Vous n'avez pas le droit de stationner sous ma fenêtre. »

Ils auraient pu répondre que la rue appartenait à tout le monde. Mais la fille dit seulement, contrite : « Nous n'avons pas d'endroit où dormir.

— Pas d'endroit où dormir ? » Elle jeta un regard sur la main sans bague qui serrait les pans du manteau étriqué. « Vous ne pouvez pas rentrer chez vous ?

— Nous ne sommes pas de Londres, répliqua le garçon.

— Vous avez bien dormi quelque part la nuit dernière.

— On a été obligés de partir. Notre logeuse, Mrs. Mace, a déménagé, et son neveu voulait la maison pour lui. Nous avons cherché pendant des jours et des jours. Personne ne nous accepte.

— A cause du bébé, dit la fille. Au cas où il arriverait, vous comprenez. »

Il n'en fallait pas plus pour réveiller sa méfiance.

« Ben, ce n'est pas la peine de me regarder. Je n'ai qu'un garni, ici, au sous-sol. Les autres pièces servent de débarras ; elles sont toutes condamnées. Et là-haut... eh bien, c'est plein.

— Mais bien sûr, dit la fille. On n'y pensait même pas. On dort dans la voiture.

— Dans la voiture ? » Du haut des marches qui menaient au sous-sol, elle les scrutait à la lueur du réverbère, drapée dans un châle pour se protéger de la pluie. « Vous ne pouvez pas la laisser dormir là-dedans, fit-elle en s'adressant au garçon. Pas dans son état.

— Je sais bien. Mais comment faire ? C'est pourquoi on a cherché un coin tranquille.

— Evidemment, si on vous dérange, ajouta la fille, on ira ailleurs.

— C'est une voie publique », dit-elle, parfaitement illogique. Pauvres enfants, c'était bien triste, et en même temps, ils avaient quelque chose de... si beau, si calme et serein, inexpressif, presque incolore, comme des statues dans une vieille église obscure, illuminées par des cierges en... oui, en période de Noël. Comme des statues dans une crèche de Noël. « Si vous avez besoin de quelques shillings... », hasarda-t-elle.

Mais ils se récrièrent aussitôt. « Non, non, de l'argent, on en a, suffisamment en tout cas. Et il peut trouver du travail dans la matinée, ce n'est pas ça. C'est simplement... enfin, fit la fille en ponctuant ses explications d'un geste lent, on vous l'a déjà dit. Le bébé arrive, et personne ne veut de nous. On nous répond : Désolé, on n'a pas de place. »

Etait-ce là qu'elle avait compris ?... quand elle s'entendit déclarer, presque malgré elle : « Il y a bien une espèce de remise au fond du jardin... »?

Ce fut peut-être la tension — l'incertitude, la longue journée passée à chercher un logement, l'espoir qui s'amenuisait —, mais le bébé naquit dans la nuit. Ils n'eurent guère le temps d'appeler le médecin ou la sage-femme, mais Mrs. Vaughan, qui était experte en la matière, mit l'enfant au monde, s'occupa de la jeune maman — étonnamment résistante, malgré son allure fragile ; calme, résignée, apparemment insensible à la douleur — et finit par l'installer confortablement sur un vieux matelas dans la remise, recouvert de draps propres. « Quand vous serez en état de bouger... on verra. » Et au garçon, elle demanda sèchement : « Qu'avez-vous là ? »

Il avait fabriqué entre-temps une sorte de berceau à partir d'une caisse en bois qu'il avait capitonnée et remplie de coussins de plumes provenant de leur voiture. Il ne lui avait rien pris ; tout était à eux.

« Regarde, Marilyn... pour le bébé.

— Oh, Jo, répondit-elle, tu es un vrai charpentier ! Tu as toujours été doué de tes mains. »

Joseph. Et Marilyn. Joseph le charpentier, doué de ses mains. Et un petit garçon, né dans une dépendance parce qu'il n'y avait pas de place ailleurs pour l'accueillir... Elle se mit lentement sur ses genoux épais et arthritiques à côté du matelas et, le cœur empli d'une frayeur sacrée, prit le bébé à sa mère. « Je vais le coucher dans la caisse. Il y sera bien. » Et elle ajouta entre ses dents : « Ce ne sera pas la première fois. »

Le lendemain, le garçon lui laissa de l'argent pour acheter les produits de première nécessité et sortit. Le soir, il rentra comme prévu pour annoncer qu'il avait trouvé du travail sur un chantier. Dans sa main couturée, il portait un petit bouquet de fleurs défraîchies qu'il divisa scrupuleusement en deux, la moitié pour Marilyn, la moitié pour Mrs. Vaughan, « en attendant mieux ». Il garda juste une violette qu'il plaça dans le minuscule poing marbré du bébé. « En attendant mieux, pour toi aussi », dit-il.

Ils ne lui donnèrent aucun nom... D'autres jeunes couples, pensait-elle, auraient passé des heures à choisir « quelque chose d'original » ou l'auraient baptisé d'après une idole du pop, quelque vaurien aux cheveux longs et à la lèvre pendante vociférant des insanités et esquissant des cabrioles obscènes sous l'emprise de la drogue. Non, eux, c'était « le bébé », « le petit ». Peut-être, pensait-elle, n'osaient-ils pas le nommer, n'osaient-ils pas s'avouer, même entre eux...

Car la grande question qui la préoccupait était : *Que savent-ils au juste ?*

A ce propos, que savait-elle elle-même ? Le Divin Enfant était déjà né, voilà très longtemps. De vagues notions d'un second avènement lui traversèrent l'esprit, mais n'était-ce pas normalement un fait majeur, clairement reconnaissable, un événement terrible, présageant la fin de toute chose ? La Fin. Et l'autre avait été le Commencement. *Peut-être, se disait-elle, qu'il pourrait y avoir un nouveau Commencement. Vu que le monde ne tourne pas rond, peut-être qu'il y aura une seconde chance...*

Il y avait fort longtemps qu'elle n'avait pas mis les pieds à l'église. Dans le temps, oui : elle avait élevé ses deux filles dans la religion catholique, les avait lavées et pomponnées chaque dimanche pour la messe... couvent, catéchisme, le grand jeu. Et tout ça pour qu'elles épousent deux G. I. sans foi ni loi pendant la guerre et les suivent en Amérique... pour le meilleur ou pour le pire, elle n'en savait rien et ne s'en souciait plus ; voilà des années qu'elle était sans nouvelles d'elles. Mais maintenant... Elle mit son vieux chapeau froissé et s'en fut en clopinant à St. Stephen.

Ce fut comme si elle redevenait écolière, comme si toute son enfance se refermait sur elle : être là, agenouillée dans la touffeur obscure derrière le rideau, face au profil couronné de la barrette noire surmontée d'un pompon, penchée sur la petite grille en fer forgé qui les séparait. « Au nom du Père, du Fils et du Saint-Esprit... Oui, mon enfant ? »

Il lui parla gentiment, avec douceur, pendant

que les pénitents qui attendaient trépignaient dehors et se disaient, entre deux fermes résolutions de s'amender, que la vieille devait avoir un sacré paquet de péchés à confesser. De hasard il parla, de coïncidence, du fait de porter le Divin Enfant dans son cœur sans chercher à... enfin... à rationaliser les choses. Elle le remercia, fit par habitude le signe de croix et partit. « Les autres non plus ne L'avaient pas reconnu », se dit-elle.

De retour dans sa chambre, elle vit le visage paisible penché sur le bébé qui dormait dans son berceau en bois, et... n'y avait-il pas comme une lumière au-dessus de sa tête ?

Le jour de la paye, Jo rapporta des fleurs à la maison. Mais le vase fut renversé presque aussitôt ; les fleurs et l'eau se répandirent sur le plancher... il n'y avait plus la moindre petite place dans la pièce exiguë, maintenant que Marilyn se levait et s'installait dans le fauteuil à côté de la caisse en bois, avec les affaires du bébé qui accaparaient peu à peu tout l'espace disponible. La voiture servait de débarras pour tout ce qui ne relevait pas d'un usage quotidien.

« Pendant le week-end, annonça Jo, je vais nous chercher un logement.

— Un logement ? » répéta-t-elle, comme si cette idée ne l'avait pas effleurée. En fait, elle l'avait redoutée. « Marilyn ne peut pas encore trop bouger.

— Mais d'ici la fin de la semaine ?

— Vous avez été tellement gentille, dit Marilyn. On ne va pas vous prendre votre chambre. Il faut qu'on trouve ailleurs. »

Mais ce ne fut pas facile. Jo passa toutes les

soirées qui suivirent à explorer le voisinage ; à la mention du bébé, les cœurs et les portes se fermaient. « Je ne veux pas que vous partiez, protesta-t-elle. Je n'ai plus personne, moi... j'aime bien vous avoir ici. » Elle s'agenouilla, comme elle le faisait souvent, devant la caisse-berceau et ajouta avec adoration : « Et je ne supporterais pas de Le perdre... Lui. » Sur ce, elle alla acheter un lit d'occasion qu'elle fit installer dans la remise et céda son propre lit à Marilyn, trop heureuse de dormir sur un matelas par terre, à côté du berceau improvisé, si bien que quand l'enfant remuait dans la nuit, c'était elle qui l'apaisait et le berçait pour l'endormir. *Est-ce qu'il sait tout ?* se demandait-elle dans le noir. *Comprend-Il, malgré Son jeune âge, la divinité en Lui ? Comprend-elle que c'est moi qui Le tiens dans mes bras ? M'assoirai-je un jour à la droite du Seigneur parce que, ici-bas, j'ai élevé le Fils unique engendré par le Père... ? (Enfin, Son second Fils... ?)* Tout cela était bien compliqué. Et elle n'osait pas poser de questions.

Elle n'avait pas d'amies proches ces temps-ci, mais finalement, un soir, au Chien, légèrement pompette, elle confia à Nellie : « Tu ne devineras jamais qui j'ai chez moi. »

Nellie éclusa sa cinquième bière brune et avança une supposition grivoise.

« Un garçon et une fille », dit Mrs. Vaughan sans y prêter attention. « Avec un Enfant. » Elle pensa à lui, couché dans son lit en bois. « Sa petite tête... Derrière Sa petite tête, on voit comme... une lumière. Ça brille dans le noir... une sorte de rond de lumière.

— Continue à picoler, et tu verras un rond de lumière autour de *moi* », décréta Nellie. Et au patron, après que Mrs. Vaughan, quelque peu chancelante, fut repartie chez elle, elle glissa : « J'ai l'impression qu'elle perd la boule. Sérieusement.

— Elle m'a l'air très bien », répondit le patron qui ne tenait pas à ce que les habitués de la maison perdent la boule.

« Ils en ont après son bas de laine, déclara Nellie à la cantonade. Vous allez voir. Eux et leur Enfant Jésus. C'est à son pognon qu'ils en veulent. »

Et elle mit au point un petit stratagème. « Dis donc, Billy, toi qui travailles sur le même chantier que son Jo... Parle-lui un de ces quatre de l'argent de la vieille. Elle le garde dans un bas, pour son enterrement. Elle a peur qu'on la mette dans la fosse commune. Tout le monde en a peur, c'est normal. Mais elle, ça la ronge carrément. »

Billy profita de la première pause café pour aborder Jo. « Paraît que tu crèches chez la mère Vaughan, du côté du Chien ? C'est son bas de laine qui t'intéresse, hein ? » Il feignit de connaître l'endroit où elle le cachait. « T'as qu'à le remplir avec autre chose. Comme ça, elle mouftera pas jusqu'à votre départ. On fait un tiers deux tiers, si je te dis où c'est ? »

Il leva les yeux sur Jo, pour la première fois, et croisa son regard, un regard presque... terrible.

« Il est rentré directement, raconta Mrs. Vaughan à Nellie au pub ce soir-là, et... "Paraît que vous avez de l'argent chez vous, Mrs. V., qu'il m'a dit. Si c'est vrai, faudrait que vous le mettiez ailleurs, et que tout le monde le sache. Vous qui vivez seule, ce n'est pas prudent de vous exposer aux risques d'un cambriolage." » Et il lui avait expliqué comment le déposer sur un compte d'épargne à la poste, pour que personne en dehors d'elle ne puisse y toucher. Il n'y avait là que quelques livres sterling péniblement économisées pour son enterrement. « Je supporterais pas d'aller dans la fosse commune, avec tous ces inconnus...

— La fosse commune, c'est rien, dit Nellie. C'est à l'asile que tu vas finir, si tu ne fais pas attention. Toi avec tes Marie et Joseph... Ils sont venus en voiture, hein, pas à dos d'âne ?

— Tu n'as pas d'yeux pour voir. Tu ne vis pas avec eux.

— Ils ont vécu ailleurs avant toi. Leurs autres logeuses, elles avaient pas des yeux pour voir, elles ? »

Comment s'appelait-elle déjà... Mrs. Mace ? Mrs. Mace avait-elle des yeux pour voir, avait-elle reconnu, avant même la naissance du bébé... ?

« B'sûr que non, déclara Nellie avec humeur. Elle les a virés, non ?

— Oh non, pas elle. Elle est partie à la campagne ; c'est son fils ou quelqu'un d'autre qui a eu besoin du logement. »

Si seulement quelqu'un avait vu Mrs. Mace, l'avait consultée...

« Vous ne la voyez jamais, votre ancienne logeuse ? leur demanda-t-elle négligemment. Elle habite loin ?

— Non, pas trop, mais avec le bébé et tout...

Mais quand même, Marilyn, dit Jo, il faudrait qu'on aille lui rendre visite un de ces jours. On vous emmènera, proposa-t-il à Mrs. Vaughan. Ça vous fera une promenade, et l'endroit est très joli, avec des fleurs, des arbres partout et un petit ruisseau.

— Ce serait avec grand plaisir. Au fait, s'enquit Mrs. Vaughan, finaude, elle vous aimait bien, cette Mrs. Mace ?

— Elle était très gentille avec nous, répondit Marilyn. Très gentille.

— Et le bébé ? Elle n'a pas été... choquée ?

— Choquée ? Elle était ravie », fit Jo. Et il employa une expression étrange : « Doucement ravie. »

Elle savait donc. Mrs. Mace *savait*. Un désir impérieux grandit dans la poitrine anxieuse de Mrs. Vaughan de voir Mrs. Mace, de discuter avec elle, de l'interroger, d'en parler en long et en large. Maintenant qu'elle s'y était habituée, que le premier impact de son propre émerveillement incrédule s'était atténué, il lui devenait de plus en plus difficile de comprendre que les autres ne partagent pas sa foi. « Je vous le dis, je vois une lumière au-dessus de Sa tête ! »

Elle se confiait à des inconnus dans le bus, à de vagues connaissances qu'elle rencontrait en allant faire les courses. Ils feignaient l'intérêt et s'empressaient de suivre leur chemin. « La pauvre... encore une qui travaille du chapeau », disaient-ils en ricanant, comme tous ceux qui se trouvent face à un phénomène dépassant le cadre de leur expérience. Elle devenait un objet de curiosité, un objet de risée.

La nouvelle parvint aux oreilles de son propriétaire qui habitait le quartier. Il vint à la maison et, plus tard, parla au garçon :

« Je lui ai dit, vous ne pouvez pas continuer à vivre comme ça dans une seule pièce, ce n'est pas sain.

— Il y a la remise, répondit Jo. Je dors dans la remise.

— Tu ne tiendras pas bien longtemps », commenta l'homme avec un rictus.

Billy avait déjà vu ce regard-là, sur le chantier. Mais le garçon se contenta de répliquer calmement :

« C'est impossible d'avoir une autre chambre, n'est-ce pas ? Elle dit qu'elles servent de débarras.

— Débarras ou non, elles sont toutes louées... le reste ne me concerne pas. A ce propos, ajouta l'homme, patelin, vous faites ce que vous voulez, ce n'est pas mon affaire. Seulement... trois personnes plus un gosse pour le prix d'une...

— Si ce n'est que ça, je vous payerai la différence. C'est dans mes moyens. Le problème, c'est que je ne trouve pas ailleurs, pour le prix que je peux mettre.

— Ben, ça restera entre nous. Mais je me demande bien comment vous faites, dit-il pendant que le garçon fouillait dans son portefeuille. La vieille a perdu les pédales. C'est quoi, cette histoire que votre gamin a une lumière au-dessus de la tête ?... et que ta copine est... » A nouveau ce même regard, étrange, presque effrayant. « Enfin, comme Jésus et tout le bazar. Elle est folle.

— Elle a des idées à elle, dit le garçon. Cela ne signifie pas qu'elle est folle. »

Mais tout le monde n'était pas de cet avis. La femme du marchand de légumes entreprit Marilyn un jour qu'elle était sortie faire des courses, laissant Mrs. Vaughan en adoration devant le bébé. « Tout le monde dit qu'elle perd la boule. Vous ne devriez pas rester là-bas, avec le bébé et tout. Ça pourrait être dangereux. »

Si belle et paisible, le visage serein auréolé d'un voile de cheveux longs et raides.

« Mrs. Vaughan... dangereuse ? Elle est gentille. Elle ne nous fera pas de mal ; elle nous aime.

— Elle nous a raconté l'autre fois que le bébé dort avec les bras... eh bien, en croix. D'après elle, c'est parce qu'il sait déjà comment il va mourir. Non, mais franchement ! C'est un blasphème.

— Il lui arrive effectivement de dormir comme ça.

— Comme tous les bébés. Et elle dit qu'il brille. Qu'il y a toujours une lumière au-dessus de sa tête.

— J'ai mis une fois la lampe par terre pour qu'il ne l'ait pas dans les yeux. Et ça a donné comme une lueur à travers une fissure dans le bois. On le lui a expliqué.

— Mais elle n'a pas écouté. Et moi, je vous répète que ce n'est pas bien. Tout le monde jase. On dit... » Il fallait du courage pour persister, face à ce calme impavide. « On dit que vous devriez faire venir un docteur. »

Naturellement, Mrs. Vaughan regimba devant la suggestion de consulter un médecin.

« Pour quoi faire ? Je ne suis pas malade. Je n'ai jamais été aussi bien. » Mais elle ne cacha pas son inquiétude. « Vous pensez que je ne vais pas bien ?

— On vous trouve juste un peu pâle, c'est tout.

— Je ne suis pas pâle, je me porte comme un charme. Même mon arthrite m'a lâchée ; je n'ai presque pas eu mal ces jours-ci. »

Et pour cause. Seule avec Lui, elle avait pris la petite main pour la poser sur ses genoux enflés, puis l'avait promenée, ferme et douce, sur ses propres doigts noueux.

« Regarde-les, avait-elle dit à Nellie le lendemain soir au pub. Ils ont diminué de moitié. Et les jointures ont dégonflé.

— Je vois pas de différence », rétorqua Nellie. Et, apercevant Mrs. Hoskins du côté des cabinets, elle se hâta de la rejoindre. « Complètement siphonnée ! déclara-t-elle à Mrs. Hoskins. Je me sens pas en sécurité avec elle. Qui sait si elle va pas dérailler et me cogner dessus ? Il faut que ça cesse. »

Une seule chose menaçait de faire basculer la raison de Mrs. Vaughan, c'était l'idée que sa chère petite famille puisse s'en aller un jour. Aussi, si Jo cherchait un autre logement maintenant, il n'en soufflait pas mot. A ceux qui lui suggéraient qu'elle devrait les laisser partir, qu'un jeune couple avait besoin d'intimité, elle répliquait que ce n'était pas « comme ça » entre eux, que Marilyn était « différente ». Tout de même, ils étaient jeunes et ne méritaient pas de s'encombrer d'une vieille femme ; elle se battit donc pour déménager dans la remise et leur laisser sa chambre. Il y avait un lit là-bas à présent, et par ce temps sec et ensoleillé, elle y serait très bien. Elle aurait volontiers passé ses soirées au pub pour leur permettre de se retrouver, mais le Chien n'était plus ce qu'il avait été ; les gens étaient moins chaleureux, ils la regardaient d'un drôle d'air, et, quelquefois, elle les soupçonnait de se moquer d'elle derrière son dos parce qu'elle prétendait héberger Dieu. Ça ne la dérangeait pas trop, non. Autrefois non plus, personne n'avait cru en Lui. *Je vais leur prouver, moi,* pensait-elle. Elle regardait les enfants jouer dans la rue ; en cas de chute, elle ramenait la malheureuse victime avec ses bleus et ses égratignures à la maison et la persuadait de laisser le bébé toucher l'endroit douloureux avec sa menotte. « Ça va mieux, hein, mon lapin ? demandait-elle anxieusement. Ça ne saigne déjà plus... et depuis que le Bébé t'a touché, tu as beaucoup moins mal. N'est-ce pas... dis-le-moi ? — Oui », acquiesçaient les enfants en se trémoussant, pressés de s'échapper. « C'est dangereux, disaient les mères, massées à l'entrée d'une boutique pour échanger leurs craintes. A force de les attirer chez elle, on ne sait pas comment ça va tourner. » Finalement, une délégation s'en fut voir Jo.

« Vous devriez lever le camp tous les deux et la laisser tranquille. Vous la rendez chèvre avec vos histoires.

— C'est justement ce que nous ne pouvons pas faire. La moindre allusion à notre départ la contrarie.

— Ce serait le coup de grâce, concéda Mrs. Hoskins qui savait tout par Nellie, au Chien. Ça risque de l'achever.

— Et elle n'aura plus personne pour s'occuper d'elle.

— Vous n'allez pas passer votre vie dans cette chambre ?

— Si nous pouvions louer une maison et l'emmener avec nous... Mais on ne trouve rien, rien qui soit dans nos prix, sans parler d'un logement assez grand pour nous quatre.

— Quoi... deux gamins comme vous, s'encombrer définitivement d'une vieille folle ? Ce n'est pas possible.

— Elle s'est bien encombrée de nous, dit Jo. Où serions-nous sans elle ? »

Cependant, la nécessité de trouver une solution s'imposait vivement. L'obsession de Mrs. Vaughan grandissait de jour en jour. Elle ne supportait pas de perdre le bébé de vue, escortait Marilyn quand celle-ci l'emmenait prendre l'air et décourageait, presque menaçante, les curieux qui tentaient d'entrevoir l'enfant devenu célèbre. S'ils étaient là pour l'adorer, très bien. Sinon...

« Si vous ne prenez pas de mesures », dit finalement la femme du marchand de légumes à Jo, je m'en chargerai. Elle terrorise tout le quartier.

« Elle ne ferait pas de mal à une mouche. Elle s'imagine que notre bébé... n'est pas comme les autres. Ce n'est pas un crime, non ?

— On ne sait jamais », déclara le marchand de légumes, solidaire de sa moitié, même s'il aimait bien Mrs. Vaughan, comme tout le monde d'ailleurs, en temps ordinaire. » Ça leur arrive de perdre la tête. Pourquoi ne pas l'emmener chez un docteur ou bien à l'hôpital ?

— Elle n'ira pas.

— On peut les y obliger, fit la femme. La

camisole de force et tout. On vient les chercher dans un fourgon matelassé. » En tout cas, répéta-t-elle, si rien n'était fait, et vite, elle téléphonerait elle-même à la police, et qu'ils règlent la question comme ils l'entendent. « A cause d'elle, les clients ne viennent plus à la boutique. Ça ne peut plus durer. »

Jo promit d'agir rapidement et, plus tard, convoqua une petite réunion de mécontents.

« Bon, j'ai fait comme vous m'avez dit. Je suis allé à l'hôpital ; là-bas, on m'a envoyé chez un spécialiste, et je lui ai tout raconté. On va la mettre dans une maison, comme ça elle ne se méfiera pas trop. Elle y sera placée en observation, c'est ce qu'on m'a expliqué... il y aura des psychiatres et tout, et on lui donnera un traitement. Il dit que c'est probablement temporaire et que ça se soigne.

— Eh bien, tu vois ! Toi et Marilyn pourrez chercher autre chose pendant ce temps, et à son retour, si vous n'êtes plus là, elle reprendra une vie normale.

— Nous partirons de toute façon, même si nous ne trouvons pas ailleurs. Il est hors de question que ça recommence.

— Ces choses-là, c'est long en général. Vous aurez le temps de vous retourner.

— Ce n'est pas très joli, dit-il, nous chez elle, et elle à l'asile.

— A supposer que vous arriviez à l'y emmener. Comment allez-vous vous y prendre ?

— J'y ai pensé, répondit-il. Notre ancienne logeuse...

— Ah oui, cette Mrs. Mace dont elle parle sans cesse ! "Mrs. Mace comprendrait, qu'elle dit toujours. Mrs. Mace était au courant..." Vous allez lui dire qu'elle va voir Mrs. Mace ?

— C'était mon idée. Mrs. Mace vit maintenant à la campagne, et cette maison est à la campagne aussi. A vingt-cinq, trente kilomètres. Je peux l'y conduire en voiture. Si elle croit que Mrs. Mace est là-bas, elle viendra. A mon avis, ça va marcher. »

Il ne s'était pas trompé. Pour pouvoir parler à Mrs. Mace, Mrs. Vaughan était prête même à abandonner pour quelque temps son précieux Bébé. Il y avait tant de choses déconcertantes que Mrs. Mace pourrait l'aider à éclaircir. L'histoire du second avènement, par exemple, et puis les Rois mages n'étaient pas venus, pas même un berger avec un agneau laineux dans les bras, et qu'en était-il d'Hérode tuant tous les nouveau-nés ? Evidemment, à notre époque moderne, qu'auraient-ils fait d'un agneau vivant... et de toute façon, on ne tuait plus les bébés. Mais il devait bien y avoir quelque chose pour remplacer ces événéments, quelque chose de... comment disait-on déjà ?... de *sibbolique*, et il était important de savoir le reconnaître. Mrs. Mace comprendrait, du moins prêterait une oreille complaisante, et elles pourraient en parler à leur aise. Elle les avait connus avant même que le bébé ne soit en route ; les ailes de Gabriel, porteur du message, l'avaient frôlée : je vous salue, Marie, pleine de grâces, le Seigneur est avec vous... Elle s'empressa de rassembler ses quelques hardes et de les ranger dans une valise en carton.

« Tu veux bien t'occuper de la maison, Marilyn, mon lapin, pendant un jour ou deux ?

J'aimerais causer un bon moment avec Mrs. Mace. Tu crois qu'elle acceptera de m'héberger ?

— C'est une grande maison, un peu comme un hôtel, dit Jo. Mais très jolie, avec plein d'arbres et de fleurs partout. Et beaucoup de gens très sympathiques, ajouta-t-il prudemment.

— Je pensais que c'était un cottage ! C'est Mrs. Mace que je veux voir, moi. Pourrai-je rester avec elle ?

— Mais oui, bien sûr. Nous lui avons écrit, improvisa Jo, pour lui raconter à quel point vous avez été gentille avec nous.

— Gentille... moi ? Quand on pense à tout ce que vous avez fait pour *moi* ! Que c'est moi, l'élue. Pourtant, la dernière fois... ce n'était qu'un tenancier de pub, non ? »

Il lui vint alors à l'esprit qu'en fait, ils auraient peut-être dû se garer devant le Chien ce soir-là, quelques numéros plus loin... et que c'était seulement par erreur qu'ils avaient atterri chez elle. « Enfin, peu importe, même si je n'étais pas digne d'être élue, c'est quand même moi qui vous ai accueillis... et vous ai reconnus. Au premier coup d'œil. Jamais je ne l'oublierai. » Si beaux, si tranquilles et discrets, là, sous la pluie fine du soir, Marie et Joseph, et la promesse du Divin Enfant. Et ils étaient restés tels quels : calmes, doux, attentionnés, réservés, aussi inexpressifs qu'elle était émotive et exubérante, presque incolores, presque impersonnels... différents des autres êtres humains, des gens ordinaires comme elle, et pourtant, vivant avec elle dans cette pièce exiguë... la Mère et le Protecteur du Fils de Dieu, et le Verbe fait chair. Elle s'agenouilla et baisa la main minuscule. « Je reviendrai, mon petit Seigneur. Je Vous aimerai et Vous servirai toujours, Vous le savez bien. Simplement, je veux tout savoir sur Vous, tout éclaircir, je veux interroger Mrs. Mace. » Et, sans remarquer les regards qui l'épiaient derrière les rideaux tirés, regards torves, apitoyés ou seulement soulagés, elle grimpa dans la vieille auto à côté de Jo et partit.

Marilyn était en train de s'occuper du bébé quand il rentra à la maison.

« Mais tu as tout rangé, fit-il, stupéfait du changement. Tu as dû trimer comme un forçat.

— Ça m'a évité de penser. » Elle ne posait toujours pas la question qui lui brûlait les lèvres. « Je dois avouer que, sans Mrs. Vaughan, il y a plus de place ici. Pas autant que chez Mrs. Mace...

— Nous ne pouvions pas rester chez Mrs. Mace, puisque son neveu voulait la maison.

— Je sais, c'était juste pour parler. » Et elle demanda enfin : « Tout s'est bien passé ?

— Oui, sans un murmure. Elle a été un peu surprise, bien sûr, en arrivant là-bas, mais j'ai insisté sur le fait qu'elle allait voir Mrs. Mace.

— Tu as retrouvé le chemin sans difficulté ?

— Oui. C'est un très joli coin, idéal, au milieu des bois.

— Et Mrs. Mace ?

— Toujours là, sans problème. A mon avis, elle doit se sentir un peu seule. Elle sera contente d'avoir de la compagnie.

— Elles vont bien s'entendre. » Elle esquissa

son petit sourire froid, tranquille et impersonnel et changea le bébé d'épaule, de sorte que sa tête duveteuse se presse, douce et chaude, contre sa joue. « Ma foi, son vœu a été exaucé. On ne peut pas appeler ça une fosse commune.

— Non, rien qu'elle et Mrs. Mace au milieu de ces jolis bois, comme je lui ai dit, avec les fleurs, le ruisseau et tout. » Il s'approcha et suivit du bout de l'index le minuscule sillon sur la nuque tendre du bébé. « Dommage qu'on ait dû l'éjecter. C'était une brave vieille. Seulement voilà, c'est tellement dur de se loger... il nous fallait cette chambre.

— Oui, dit-elle. Surtout maintenant qu'on a le gosse. »

LE REVOLVER

ANN CAROL

« Il court ! lança Derek en dribblant le ballon sur le ciment craquelé de la cour de récréation déserte. Il saute ! » Rapide et agile, il contourna son ami Jerry et bondit. « Il shoote et... » Il regarda le ballon passer à travers l'anneau et acheva avec un sourire : « ... paf ! droit au but !

— Droit dans le pétrin, tu veux dire. » Jerry ramassa le ballon et le coinça sous son bras. « Tourne-toi. »

Se retournant, Derek vit deux hommes qui franchissaient le portail de l'école. Il bruinait, et tous deux portaient un imperméable. Ils avaient l'air calmes et marchaient nonchalamment, presque comme s'ils se promenaient. Mais Derek ne fut pas dupe. Avant même que le plus grand ne plonge la main dans sa poche, il sut que c'étaient des flics.

C'est à propos du revolver, pensa-t-il. *Forcément.* Il paniqua un instant et dut se rappeler qu'il l'avait jeté.

« Derek Robinson ? demanda le plus grand.

— Ouais.

— Inspecteurs Kramer et Reed. » Il tira la main de sa poche pour faire miroiter son insigne. « Peut-on discuter deux minutes ? On a quelques questions à te poser.

— A quel sujet ?

— Si tu venais dans mon bureau ? »

Reed désigna un banc dans un coin de la cour.

Le sang de Derek ne fit qu'un tour. *Le revolver, c'est sûr*, pensa-t-il. Avec un rapide coup d'œil en direction de Jerry, il suivit les policiers au fond de la cour et s'assit sur le banc. Kramer prit place à son côté. Reed resta debout, regardant autour de lui.

Kramer alla droit au but :

« C'est à propos du revolver, Derek. »

Le visage en feu, Derek demanda :

« Quel revolver ? »

Kramer soupira :

« Celui que tu as apporté hier en classe. »

Les yeux rivés sur le bâtiment d'en face, Reed ajouta :

« Et avant ça, celui que Max Cooper t'a vu enfouir sous ton blouson. »

Max Cooper tenait la charcuterie devant laquelle Derek passait tous les jours en allant à l'école. *Super*, pensa-t-il. *Ce type m'a vu.*

« Beaucoup de gens t'ont vu avec une arme, dit Kramer. Et nous la retrouverons, Derek, tu peux y compter. Alors ne te complique pas la vie et tâche de coopérer.

— O. K... O. K. J'avais un revolver.

— Bien. Où l'as-tu dégoté ?

— Je l'ai trouvé dans un terrain vague. » Derek hocha la tête en repensant à la crainte et à l'excitation qui s'étaient emparées de lui quand il l'avait découvert. « Je n'en croyais pas mes yeux. Un 38, là, juste devant moi !

— Parce que tu connaissais le calibre ? » Kramer haussa un sourcil. « Où as-tu appris ça ?

— Que croyez-vous ? Ce n'est pas le premier flingue que je rencontre dans les parages.

— Mais le premier que tu as trouvé dans un terrain vague.

— Ouais. »

Le sourcil de Kramer remua à nouveau.

« Et tu l'as apporté à l'école ?

— Ouais. Ecoutez », dit Derek en se redressant sur le banc dur. « C'était débile, O. K. ? Je le sais. C'est pour ça que je m'en suis débarrassé. Je l'ai balancé au moment de rentrer chez moi, à l'endroit où je l'avais découvert.

— Où est-il, ce terrain vague ? »

Reed sortit un carnet.

« Au coin de la Quatrième. Il est envahi de mauvaises herbes. C'est là que je l'ai ramassé et je l'ai remis à la même place. Vous n'avez qu'à chercher et vous le retrouverez.

— Nous le retrouverons, c'est sûr, dit Kramer. Mais revenons un peu en arrière. Tu l'avais toujours sur toi après l'école. C'était à trois heures... trois heures et demie ? »

Derek hocha la tête.

« Trois heures.

— Tu as donc quitté l'école. Qu'as-tu fait ensuite ?

— Joué au basket. Mangé un morceau de pizza. Comme d'habitude, quoi ! »

Reed rangea le carnet dans sa poche.

« Cambrioler une quincaillerie à seize heures trente, ça fait partie de tes habitudcs ? »

Il s'exprimait tranquillement, presque négligemment. Mais son regard était aussi gris et froid que le ciel.

Derek sentit son visage s'enflammer à nouveau ; son cœur battait la chamade. Il voulut se lever, mais craignit que ses jambes ne se dérobent.

« C'est ridicule ! » Il s'efforçait de paraître décontracté, tout en sachant que sa voix trahissait sa peur. « J'ai jamais cambriolé une quincaillerie. C'est ridicule, répéta-t-il.

— "Dix-sept ou dix-huit ans. Cheveux châtains, lut Kramer sur un petit bloc-notes. Un mètre soixante-quinze environ, soixante-dix kilos. Vêtu d'un jean et d'un blouson rouge et noir à capuchon, à l'emblème des Bulls". » Il s'interrompit et examina le blouson de Derek. « Baskets blanc et noir. » Il baissa les yeux sur les chaussures de Derek et referma son bloc-notes. « Armé d'un revolver de calibre 38.

— Ça colle parfaitement, observa Reed avec calme. Ne trouves-tu pas, Derek ? »

Derek savait qu'il n'avait aucune raison d'avoir peur, mais sa voix trembla malgré lui.

« Ça colle, ouais. Mais ce n'était pas moi. Je n'ai rien à voir avec ce cambriolage.

— Peut-être, admit Kramer. Revenons à ce que tu as fait après l'école, O. K. ?

— Je vous l'ai déjà dit. » Derek regarda Jerry qui, à l'autre bout de la cour, lançait le ballon dans le panier qu'il manquait à chaque coup parce qu'il gardait un œil sur le petit groupe autour du banc. Brusquement, sa peur se dissipa. Lorsqu'il reprit la parole, ce fut d'une voix forte et assurée parce qu'il disait la vérité. « On est sortis à trois heures. On a joué un peu au basket, puis on est allés manger une pizza.

— On ?

— Jerry et moi. » Il désigna son ami d'un signe de la tête. « On a pris une pizza chez Luigi, vous pouvez demander à Jerry. C'était vers quatre heures. » Il se leva enfin, sachant que ses genoux ne flageoleraient pas comme ceux d'un vieillard. « Et ensuite, on est allés faire un tour du côté de la voie ferrée

Il y eut une pause ; les deux inspecteurs se regardèrent.

« Avec le revolver ? » s'enquit Reed d'une voix plus calme que jamais.

Derek hocha la tête.

« Et qu'avez-vous fait là-bas ?

— On a tiré sur des boîtes de conserve. »

Il n'en avait pas parlé parce qu'il ne voulait pas s'appesantir sur le sujet. Mais cela n'avait plus d'importance à présent. Puisqu'ils recherchaient un cambrioleur, ils ne lui tiendraient sûrement pas rigueur d'un petit exercice de tir. Surtout qu'il n'avait plus l'arme en sa possession.

« Voyons si j'ai tout bien compris, dit Kramer. En sortant de chez Luigi, vous êtes allés sur la voie ferrée pour tirer sur des boîtes de conserve avec le calibre 38 que tu avais trouvé.

— Ouais, c'était vers quatre heures et demie, cinq heures moins le quart, répondit Derek.

— Avez-vous tiré sur autre chose en dehors des boîtes de conserve ?

— Boîtes et bouteilles. C'est tout.

— Tu n'avais pas peur que quelqu'un entende les coups de feu ? » demanda Kramer.

Derek secoua la tête.

« On attendait qu'un train passe.

— Très futé, acquiesça Kramer. Jerry s'est-il servi du revolver, lui aussi ?

— Non. Seulement moi.

— Et ensuite ? fit Reed.

— Une fois qu'on a eu vidé le chargeur, on s'est séparés. Chacun est rentré chez lui. Et j'ai jeté le revolver dans le terrain vague où je l'avais trouvé. » Il enfouit ses mains dans ses poches. « Demandez à Jerry. On était ensemble chez Luigi. Plein de gens m'ont vu là-bas. Et Jerry était avec moi sur la voie ferrée aussi.

— Vers quatre heures et demie, cinq heures moins le quart ? dit Kramer.

— Ouais. »

Tandis que Kramer se levait du banc et se dirigeait vers Jerry, Derek respira profondément. Il n'était peut-être pas encore complètement tiré d'affaire, mais en tout cas, on ne pouvait l'accuser de cambriolage. Ce n'était pas lui, et il l'avait prouvé.

En revenant, Kramer gratifia Reed d'un signe de la tête.

« C'est confirmé », dit-il.

Derek poussa un soupir de soulagement.

« Je peux partir maintenant ?

— J'en doute, répliqua Reed.

— Mais je vous ai raconté ce qui s'est passé, et ça a été confirmé ! cria-t il. Je n'ai cambriolé personne !

— Ça, nous le savons, dit Reed.

— Alors ?

— Alors, hier après-midi, à seize heures quarante, une balle perdue provenant d'un revolver de calibre 38 a traversé la vitre du train D, atteignant une jeune femme à la tête. » Reed considéra Derek avec froideur. « Tu n'as cambriolé personne, Derek. Tu as tué quelqu'un. »

QUESTION DE CHANCE

Liza Cody

Assis contre un pan de mur écroulé, il avait l'air presque normal. On le voyait bien grâce à la pleine lune. Une belle lune avec des nuages fins comme des cheveux de vieille dame lui balayant le visage.

J'observai l'homme pendant deux ou trois minutes, mais il ne bougea pas. C'était logique, après tout. Visiblement, il n'était pas du coin — il était trop bien habillé —, et je me demandai ce qu'il faisait là. Quand on s'habille comme lui, on ne fréquente pas cette partie de la ville.

Il n'était pas mort depuis longtemps. Parce qu'il avait toujours ses chaussures aux pieds. Quand on meurt ici, on ne garde pas ses chaussures plus de dix minutes. Et son portefeuille, on ne le garde pas dix secondes, qu'on soit vivant ou mort.

Sur ce, je jetai un rapide coup d'œil à droite et à gauche, pour voir si personne n'était tapi dans l'ombre. Si j'avais vu quelqu'un de plus grand que moi, je n'aurais pas quitté ma planque. Par une nuit de pleine lune, les ombres sont plus noires qu'un corbillard, et je savais que je n'étais pas la seule personne à traîner dehors. Mais aux Tranchées, il n'y a que les grands qui ont du cran, et un grand serait déjà en train de fouiller la dépouille. J'émergeai donc de derrière mon tas de gravats et me ruai sur le corps.

Je l'atteignis en un clin d'œil et l'agrippai par le revers gauche. Sept hommes sur dix sont droitiers ; on a donc sept chances contre trois de trouver quelque chose de valable dans la poche intérieure gauche. J'y plongeai prestement la main et sortis mon butin.

A ce moment-là, j'entendis du bruit : craquement de bois pourri, effritement de poussière de brique. J'arrachai la montre de son poignet et, presque du même geste, enfouis la main dans la poche de son veston. Puis je me redressai et pris mes jambes à mon cou.

Je décampai des Tranchées car, bien qu'il y ait plein de cachettes par là, les gens dont je voulais me cacher les connaissaient aussi bien que moi. Les Tranchées, c'est bien quand on veut fausser compagnie aux roussins. Voler un cadavre, ce n'est pas très joli, et je ne tenais pas à me donner toute cette peine pour me faire voler à mon tour.

En courant, on était à deux minutes de High Street. Je m'arrêtai en chemin sous un réverbère pour examiner ce que j'avais dans la main. Le portefeuille, c'était de l'épaisse peau de serpent ; la montre, de l'or massif, et la monnaie, rien que des pièces d'une livre et de cinquante pence. Pour une fois dans ma courte existence, j'avais ramassé le jack-pot.

Mais on ne change pas ses habitudes à cause

d'un simple coup de chance, et quand je vis tous ces contribuables grassouillets qui faisaient leurs emplettes de Noël dans High Street, je tendis la main à mon habitude.

« Auriez-vous un peu de monnaie, s'il vous plaît ? disais-je comme toujours. Pour une tasse de thé. Pour un lit pour la nuit. Pour un repas chaud. »

Et, comme toujours, ils crachaient au bassinet ou bien me conseillaient de chercher du travail. C'était bien, ce soir-là. Je suis plus performante quand je ne suis pas sous pression et, le temps d'arriver à la bouche de métro, j'avais amassé un bon petit pécule. Mais on ne compte pas ses gains en public. Je sautai donc dans la rame de métro, direction Paddington.

Ma sœur a une chambre à Paddington. Elle-même vit à Camberwell avec son petit ami ; cette chambre, c'est juste pour ses affaires. Je me méfie du jules de ma sœur, mais elle, j'ai confiance en elle, jusqu'à un certain point ; c'est pourquoi je me rendis à son adresse professionnelle. On y croise de drôles de zèbres, mais comme on ne risque pas de tomber sur son jules, ça m'arrange. Lui aussi, ça l'arrange, si vous voulez tout savoir : il ne m'aime pas plus que je ne l'aime.

Quand on avait débarqué en ville, Dawn et moi, on dépendait l'une de l'autre ; on n'avait personne sur qui compter. Mais depuis qu'elle l'avait rencontré et qu'il l'avait mise au turbin, elle n'avait plus besoin de moi comme avant, et nos chemins s'étaient séparés.

L'ennui avec Dawn, c'est qu'il lui faut un homme. Elle dit que seule, elle ne se sent pas exister. C'est important pour elle, de se sentir exister ; je n'ai donc pas à la critiquer. Mais ses hommes, ça a toujours été un désastre. En un sens, j'ai de la chance d'avoir une grande sœur comme Dawn : elle me sert d'exemple. Je préférerais mourir plutôt que de devenir comme elle.

Malgré tout, c'est ma sœur, et nous avons essuyé bien des tempêtes ensemble. Surtout cette année, quand nous sommes arrivées en ville. Et avant ça, quand maman nous avait virées, ou plutôt quand elle avait viré Dawn à cause du bébé. Et ensuite, quand le copain de Dawn l'avait virée, toujours à cause du bébé.

Je n'avais jamais eu aussi faim que l'an passé, quand je m'étais occupée de Dawn. Finalement, elle perdit le bébé, à mon grand soulagement, je dois dire. Je ne sais pas comment nous nous en serions sortis à trois. Je doute qu'elle l'aurait bien supporté, d'ailleurs. C'est bien plus dur de se trouver un homme avec un petit bébé sur les bras.

Enfin, tout ça, c'est de l'histoire ancienne, et maintenant, Dawn a un local professionnel à Paddington.

J'attendis dehors et, quand je fus sûre qu'elle était seule, je montai et frappai.

« Crystal ! dit-elle en ouvrant la porte. Qu'est-ce que tu fais là ? Tu devrais faire plus attention... je pourrais avoir du monde.

— Mais tu n'en as pas. »

Elle me fit entrer, plissant le nez et resserrant son kimono autour d'elle. Je n'aime pas ce kimono... il est tout chaud et collant. Depuis qu'elle s'est fait faire un balayage, Dawn porte des couleurs qui iraient très bien à un arbre en automne, mais qui lui donnent un aspect dur et criard.

« Bon sang, fit-elle, ce que tu as l'air crado. Tu ne peux pas te faire couper les cheveux ? Et ce manteau, on dirait qu'il y a un nid de rats là-dessous. »

J'enlevai le manteau, mais ce qu'il y avait en dessous ne lui plut pas non plus.

« Qu'est-ce que ça pue !

— Je me suis lavée la semaine dernière, répondis-je. Mais j'ai besoin de ta salle de bains. »

Je voulais me retirer dans un coin tranquille pour faire l'inventaire de mon butin.

« Tu ne peux pas rester ici, protesta-t-elle, inquiète. J'ai quelqu'un qui doit venir dans une demi-heure. »

Je m'assis dans sa salle de bains et examinai la montre du mort. Elle portait la marque Cartier, et c'était vraiment de l'or. *Ça, c'est de la qualité*, pensai-je, un peu triste. Normalement, un homme avec une montre pareille ne devrait pas finir à poil aux Tranchées. Car c'était comme ça qu'il devait être maintenant, pâle et nu au clair de la lune. Personne n'allait le reconnaître sans son manteau, son costume et ses chaussures. Car désormais il ressemblait à n'importe qui. Nous sommes pour le recyclage, aux Tranchées.

Pour me ragaillardir, je regardai le portefeuille et, quand j'eus fini de compter, je découvris que j'avais sept cent quarante-trois livres et quatre-vingt-neuf pence. Dont la moitié étaient inutilisables.

Vous me voyez changer un billet de cinquante livres ? Un chat avec de la crème sur les mous-

taches a plus de chances d'être cru s'il dit avoir
trait une vache que moi affirmant avoir acquis
ce billet par des moyens honnêtes. Je ne pouvais
même pas mettre la montre au clou. Un seul
coup d'œil sur cette montre, et n'importe quel
prêteur sur gages me faisait coffrer. S'il était
scrupuleux. Car un escroc m'en donnerait des
clopinettes. D'une manière ou d'une autre, je
l'avais dans le baba.

J'empruntai la brosse à dents de ma sœur et
m'aspergeai de déodorant avant de réémerger.
On ne sait jamais à l'avance quand on va trouver de l'eau propre, alors autant profiter des
occasions quand elles se présentent à vous.

« Rends-moi un service, Crystal, dit-elle en
me voyant. Dégage d'ici avant de faire peur aux
chevaux.

— J'ai un cadeau de Noël pour toi. »

Et je lui tendis la montre.

« Tu es cinglée, Crystal. » Elle fixait la montre
comme si elle avait vu une araignée dans son lit.
« A qui l'as-tu chipée ?

— A personne. Je l'ai trouvée. »

C'était la stricte vérité, puisque le type était
mort. Ce n'était pas à lui, car il n'était plus là
pour la réclamer. Quand on est mort, on n'existe
pas. Point final. Les morts ne portent pas de
montres.

Mais malgré son cadeau de Noël, Dawn ne me
permit pas de rester pour la nuit. C'est drôle, si
je n'avais pas eu sept cent quarante-trois livres
et quatre-vingt-neuf pence dans ma poche, je ne
le lui aurais même pas demandé. Si j'avais eu
seulement quatre-vingt-neuf pence sur moi,
j'aurais volontiers couché dehors.

Mais être en possession de quelque chose, c'est dangereux. On se fait pigeonner. C'est comme d'être jolie. Si vous ne me croyez pas, regardez Dawn. Elle est jolie, et elle se fait pigeonner depuis l'âge de onze ans. Ça ne lui a attiré que des ennuis. Elle a toujours eu besoin de quelqu'un pour la protéger. Je suis contente de n'être pas jolie.

Il y a un hôpital dans Harrow Road ; j'allai donc là-bas. Comme je n'arrivais pas à me décider, je m'installai aux urgences jusqu'à ce qu'ils m'éjectent. Dommage qu'il n'y ait pas plus d'endroits où l'on puisse s'asseoir la nuit pour réfléchir tranquillement. C'est dur de réfléchir en crapahutant, et quand on a froid ou qu'on a faim, on n'a pas du tout la tête à penser.

Au bout d'un moment, il me vint à l'esprit que le mieux était de retourner là où j'avais dormi la nuit d'avant. Certains vont trouver débile de se repointer quelque part après une descente de police, mais puisqu'ils étaient venus la veille, me dis-je, ce soir-là j'y serais au calme.

Le 27 Alma-Tadema Road est une maison condamnée. C'est imprudent de s'y risquer, paraît-il. Il y a des trous dans le toit et des trous dans le plancher, mais du moment qu'on n'a pas bu, qu'on fait attention et qu'on n'allume pas de feu, on n'a rien à craindre. Le problème, la nuit dernière, c'étaient les deux poivrots : l'un d'eux avait pris froid juste avant le lever du jour.

En arrivant, je m'aperçus qu'on avait cloué de nouvelles planches sur la porte d'entrée et les fenêtres du rez-de-chaussée. Il était possible d'y pénétrer, mais ça allait prendre du temps. Comme il y avait encore du monde dans les parages, il était plus sûr de revenir un peu plus tard, si je voulais m'offrir un vrai roupillon.

Je poursuivis mon chemin en direction des quais. Ça fait une bonne trotte, et quand je me retrouvai là-bas, j'avais faim. En fait, j'ai faim tout le temps. Dawn dit que je dois avoir des vers. Ce n'est pas impossible, mais à mon avis, c'est plus une question d'âge. Quelqu'un comme Bloody Mary marche autant que moi, mais il lui faut deux fois moins de carburant. Elle a cessé de grandir depuis belle lurette.

Il y a plein de femmes comme Bloody Mary, mais si je parle d'elle, c'est parce que je la croisai ce soir-là sur les quais, soufflant comme un phoque derrière son Caddie.

« Oh, mes pauvres veines ! », fit-elle, et nous continuâmes ensemble. Je ralentis un peu le pas pour qu'elle puisse suivre. « Y a la buvette aux Arcades qui est ouverte, dit-elle. Je boirais bien un coup. »

Autrefois, elle chantait dans la rue ; elle arpentait Oxford Street en beuglant *It's Only a Paper Moon*, la main tendue... mais à la suite d'une mauvaise bronchite l'année dernière, elle n'avait plus de voix.

Aux Arcades, je nous payai à chacune une tasse de thé et un sandwich au saucisson.

« On a eu des rentrées, Crys ? » demanda Johnny Pavlova.

C'est lui qui tient la buvette, et il a le droit de poser des questions car, de temps à autre, quand il n'y a personne dans les parages, il m'offre une tasse. Comme il le dit toujours, il n'est pas une institution charitable, mais il suffit de le prendre au bon moment et il vous régale sans problème.

Tout de même, cela m'incita à la prudence.

« C'est Noël, déclarai-je. L'humeur est à la générosité dans High Street.

— Dans High Street ? T'étais pas sur le chantier de démolition, par hasard ? Paraît qu'on y a trouvé un macchabée les fesses à l'air, ce soir.

— Ah bon ? répondis-je comme si je m'en fichais royalement. Je ne suis pas au courant. Je travaillais dans High Street, c'est tout. »

J'allai m'asseoir à côté de Bloody Mary sous les Arcades. Johnny Pavlova n'aime pas nous voir traîner trop près de sa buvette. Il dit qu'on coupe l'appétit aux honnêtes gens.

« Regarde-moi cette lune », fit Bloody Mary en resserrant les pans de son manteau.

La lune était plus petite et plus haute dans le ciel maintenant, mais on y voyait toujours aussi clair.

« Où c'est que tu crèches ce soir, Crystal ? » questionna-t-elle.

Je savais à quoi elle pensait. Avec une lune pareille, on gèle à cette époque de l'année.

Juste à ce moment-là, Brian la Grosse Tête se faufila pour s'asseoir entre nous, si bien que je n'eus pas besoin de répondre. Occupé comme toujours à cracher ses poumons, il ne parla pas tout de suite. A mon avis, il est en train de mourir. On ne vit pas longtemps en toussant comme il tousse. Il allait à la fac à Edimbourg, mais comme il se droguait, il avait échoué à tous ses examens. Il se débrouillait bien ici, en ville, car il faut dire qu'il est très mignon. Seulement, les toxicos ne gardent pas leur belle gueule, pas

plus qu'ils ne tiennent leurs promesses. Aujour-
d'hui, il a la figure comme un violon et des
ulcères plein les bras et les jambes.

Lorsqu'il eut repris son souffle, il demanda :
« Tu me laisses un peu de ton thé, Crystal ? »

Nous avions déjà fini de boire. Mais Brian
avait l'air si malheureux que j'allai chercher
deux autres tasses, une pour lui et une pour
Bloody Mary. Pendant qu'ils sirotaient leur thé,
je m'éclipsai.

« Fais attention à toi, Crystal », dit Johnny
Pavlova tandis que je passais devant lui. Et il me
lança un drôle de regard.

La première chose à faire quand vous péné-
trez par effraction dans une maison, c'est de
chercher une autre sortie. Une bonne maison
doit avoir plusieurs issues, car on ne va pas courir comme un dératé pour prendre la même
porte que les roussins.

La maison d'Alma-Tadema Road avait une
porte de cuisine qui donnait sur le jardin. Avant
d'aller me coucher, je déclouai les planches qui
la condamnaient. Et je m'assurai que le portefeuille en peau de serpent était bien à l'abri.

J'avais bien calculé mon coup : il n'y avait personne en dehors de moi. Un tas de cendres
humides marquait l'emplacement où les poivrots avaient allumé leur feu ; elles formaient de
petits tourbillons dans le courant d'air. Autrement, rien ne bougeait.

Je fis le tour du propriétaire pour ramasser
tous les papiers et chiffons qui me tombaient
sous la main, puis je me roulai en boule dans
mon nid et fermai les yeux.

La nuit ne me réussit pas. C'est quand je suis

désœuvrée et que je n'ai pas la maîtrise de mes pensées que les mauvais souvenirs et les cauchemars surgissent de mon cerveau. C'est dur de garder le moral quand on est toute seule dans le noir ; il faut donc que je sois très, très fatiguée pour m'allonger et fermer les yeux. Parfois, je me répète des choses jusqu'à ce que je m'endorme — comme les paroles d'une chanson ou d'un poème appris à l'école —, encore et encore, afin qu'il n'y ait pas de place pour les divagations.

Je devais être très fatiguée cette nuit-là car je décrochai en plein milieu de *What's Love Got to Do with It*. Dawn passait et repassait cette chanson à l'époque où nous vivions encore à la maison. Elle la passait si souvent que je finissais par grimper aux murs. Mais ce sont des chansons comme celle-là, des chansons dont je ne me rappelle même pas avoir retenu les paroles, qui m'aident à tenir le coup nuit après nuit.

A un moment, j'entendis quelqu'un tousser. J'ouvris les yeux, mais il faisait encore noir, et la toux venait vers moi. *Brian la Grosse Tête*, pensai-je en me détendant. Il faut se méfier des gens qui vous approchent quand vous êtes seule dans le noir.

« Il fait froid, dit-il quand il m'eut trouvée. Un froid de canard. »

Il se glissa dans mon nid. J'étais bien au chaud et je n'avais pas envie de partir, mais je savais que sa toux me tiendrait éveillée.

« Un câlin, Crystal ? fit-il. Faut que je me réchauffe.

— Casse-toi », répliquai-je.

Ses mains me faisaient penser à une fourche.

Il y a des gens qui font ça pour se tenir chaud. Mais pas moi. J'en ai trop vu... j'aimerais mourir innocente.

Il se remit à tousser. Puis il dit :

« T'as du pognon, Crystal ?

— De quoi me payer une tasse de thé demain matin. »

Je n'avais vraiment pas envie de partir. C'était l'un de mes meilleurs nids, et je trouvais injuste de devoir le céder à Brian.

« On te cherche. Quelqu'un t'a vue aux Tranchées.

— C'était pas moi. Qui m'a vue ?

— Tu connais ce petit môme ? Marvin, il s'appelle, je crois. Eh bien, on l'a battu comme plâtre. Et il leur a dit qu'il t'avait vue.

— A qui ? »

Je m'assis.

« Recouche-toi. Faut que je me réchauffe. »

Il m'attrapa et m'obligea à m'allonger, mais comme il ne fit rien d'autre, je ne bougeai pas.

« D'après Johnny Pavlova, tu as du pognon, déclara-t-il au bout d'un moment. Ils l'ont interrogé, lui aussi. »

J'attendis qu'il ait fini de tousser.

« Qui, ils ? La rousse ?

— Non, pas eux. »

Il sait quelque chose, pensai-je. Puis : *Il a parlé à Johnny Pavlova, il a parlé à Marvin, et Marvin m'a vue aux Tranchées. Peut-être que Brian a parlé à ceux qui me cherchent.*

« Ce sont eux qui t'envoient, Brian ? demandai-je. Ils t'ont envoyé à ma recherche ? »

Une quinte de toux le plia en deux.

« Tu ne comprends pas, Crystal, fit-il enfin.

J'ai besoin de pognon. J'ai perdu ma dope, et je n'ai pas eu une piquouse depuis des jours. »

Et voilà l'histoire. Je le plantai là et m'éclipsai dans la cuisine. Brian avait raison : il faisait un froid de canard. Et moi aussi, j'avais raison : quand on a des biens en sa possession, on se fait pigeonner. Avant de sauter la clôture, je balançai le portefeuille en peau de serpent dans le jardin. Puis je rebroussai aussitôt chemin et le ramassai. Le fait de me débarrasser du portefeuille n'empêcherait personne de me chercher. Ne pas l'avoir sur moi ne me protégerait pas. Marvin ne l'avait pas, et il s'était fait assommer. Je me demandais pourquoi c'était Marvin qu'ils avaient tabassé. Peut-être parce qu'il avait pris les chaussures du mort, ou bien son pardessus. Ils avaient vu un petit môme avec un grand manteau et ils avaient reconnu le manteau.

On ne m'avait jamais recherchée jusque-là. Je n'intéressais personne. Je songeai à m'enfuir... quelque part dans le Nord, ou alors dans l'Ouest. Mais la première fois que je m'étais enfuie, j'étais avec Dawn. Et ce fut dur parce qu'on ne connaissait pas la ville. On avait mis un temps fou à s'acclimater.

Je réfléchissais tout en marchant. La lune avait disparu, et le ciel avait cet aspect gris sale qu'il prend avant le lever du jour. J'avais le nez qui coulait à cause du froid. Et j'avais faim. J'allai au Kashmir où l'on vend des plats à emporter. Le Kashmir, c'est bien, parce qu'il y a une poubelle à dix pas. Il se trouve qu'à l'heure de la fermeture des pubs, beaucoup de gens veulent manger indien, mais comme ils ont bu, ils commandent trop et jettent les restes dans cette poubelle. Il m'arrive souvent d'y prendre mon petit déjeuner. Le Kashmir a un énorme avantage : même si la nourriture a eu le temps de refroidir, les épices, ça vous réchauffe merveilleusement. De ce point de vue, la cuisine indienne, c'est ce qu'il y a de mieux en ville.

Considérablement ragaillardie par le petit déjeuner, je trouvai une vitrine éclairée et m'assis sur le pas de la porte. Ce fut là que je pus enfin examiner le portefeuille à loisir. Avant, chez Dawn, j'avais seulement compté l'argent, que j'avais réparti entre les différentes poches de mon manteau. Maintenant, j'inspectai les cartes de crédit, les cartes de lecteur et autres papiers professionnels.

D'habitude, je ne m'intéresse pas à ces choses-là puisque je ne peux pas m'en servir. Mais cette fois-ci, j'avais l'impression que le seul moyen de me sortir du pétrin était de les rendre. Le mort des Tranchées avait beau être mort, il n'en était pas moins dangereux.

Son nom était Philip Walker-Jones. Il était membre d'un club privé, d'un cercle de bridge et d'un cercle d'échecs. Il avait deux cartes professionnelles : Data Services Ltd. et Safe Systems Plc. Il était deux fois directeur général, et là était l'astuce, vu que les deux sociétés avaient le même siège social dans Southwark Road. Southwark Road n'était pas bien loin de l'endroit où je l'avais découvert. Peut-être qu'il avait quitté le bureau pour mourir sur le chemin du métro. Mais ça n'expliquait pas sa présence aux Tranchées. Des gens comme lui ne vont jamais aux Tranchées.

Je repensai à Philip Walker-Jones, affalé au

clair de lune contre un pan de mur en brique. On aurait dit qu'il s'était assis là pour reprendre son souffle. Seulement, il n'était pas en train de se reposer. Il était mort. Son corps ne portait aucune marque apparente. Il ne donnait pas l'impression d'avoir été descendu... non, il était juste assis, très bon chic, bon genre.

Le petit Marvin devait l'épier, tout comme moi, et comme quelques autres sans doute, en attendant le moment propice pour tenter leur chance. Seulement voilà, on s'était tous trompés.

Je n'avais pas très envie de retourner du côté des Tranchées, mais si je voulais rendre le portefeuille, je n'avais pas vraiment le choix. Comme il était trop tôt pour les transports en commun, j'y allai à pied. Un bon petit déjeuner, ça vous remet les idées en place ; aussi, tout en marchant, je réfléchissais.

Je ne m'y connais guère en « *data* » en « *systems* », à part le fait que c'est lié à l'informatique, mais je sais en revanche que dîner dans un club, jouer au bridge ou aux échecs implique forcément une position assise. Philip Walker-Jones n'avait pas de carte d'entrée dans une piscine ou dans un club de squash et, s'il passait tout son temps assis, c'est qu'il n'était peut-être pas très en forme. Or, s'il n'était pas en forme et qu'il s'était mis à courir brusquement, il aurait très bien pu succomber à un arrêt cardiaque.

Satisfaite de mes déductions, j'avais atteint le fleuve sans m'en apercevoir. Pendant que je traversais, il me vint à l'idée que pour s'intéresser à l'informatique, au bridge et aux échecs, il fallait avoir une grosse tête. A ma connaissance, les gens qui ont une grosse tête portent des lunettes et n'ont pas l'habitude de courir. Une vraie grosse tête ne s'aventurerait pas aux Tranchées à la tombée de la nuit, à moins d'être poursuivie. Un homme qui a peur, qui n'est pas en forme et qui se retrouve à cavaler aux Tranchées a toutes les chances de mourir d'une crise cardiaque. Rien de plus facile.

Je frissonnai, mais pas seulement à cause du vent glacial qui soufflait du fleuve. Car si Philip Walker-Jones avait des raisons d'avoir la frousse, j'en avais aussi.

Rends-le, ce malheureux portefeuille, pensai-je, *et vite. Dis : « Voici votre argent, laissez-moi tranquille. » Et détale.* Ça, je sais faire.

Je m'arrêtai pour prendre un verre de lait en guise de carburant. Et je fouillai dans mes poches à la recherche de quelques billets de cinquante livres que je remis dans le portefeuille pour faire plus crédible.

Je me sentais plutôt bien. Ma décision était prise ; ce portefeuille, c'était comme si je ne l'avais déjà plus. Si bien qu'en arrivant dans Southwark Road, je ne pris même pas la peine de raser les murs. Il faisait jour à présent ; il y avait du monde dans la rue, et de la circulation... comme d'habitude, personne ne faisait attention à moi.

Tout de même, j'évitai de passer par les Tranchées. Je descendis Southwark Road, fière comme Artaban, en regardant les numéros et les plaques. Et, quand je vis l'inscription SAFE SYSTEMS PLC, j'allai droit vers la porte.

C'était une porte neuve dans un vieux bâtiment, et elle était fermée à clé. Il était peut-être encore trop tôt. Comme je n'ai pas de montre, je ne suis pas de près les horaires de bureau. Pendant que je me demandais si je n'allais pas me rabattre sur la station de métro pour voir l'heure et boire un thé, la porte s'ouvrit de l'intérieur. J'eus si peur que je faillis détaler. Mais ce n'était qu'une jeune femme, et normalement, je n'ai pas de problèmes avec les femmes. Celle-ci avait les yeux rouges et la mine réellement lugubre. Elle avait également un vilain bleu sur la pommette, qui me fit penser au petit Marvin.

« Où allez-vous comme ça ? » demanda-t-elle. Pas très aimable, mais surtout l'air ailleurs.

« Chez SAFE SYSTEMS PLC.

— Que désirez-vous ? Les bureaux sont fermés. Au fait, n'avez-vous jamais entendu parler d'eau et de savon ?

— J'ai quelque chose pour Safe Systems. »

Et je lui tendis le portefeuille.

« Ô mon Dieu ! »

Elle fondit en larmes.

Nous étions là, l'une en face de l'autre, moi avec le portefeuille à la main, et elle pleurant toutes les larmes de son corps.

« Je n'en veux pas, déclara-t-elle finalement. Gardez-le. » Elle tenta de claquer la porte, mais je coinçai mon pied à l'intérieur.

« Et j'en fais quoi ?

— Arrangez-vous pour le perdre. » Comme je l'empêchais de refermer la porte, elle ajouta : « Ne m'approchez pas avec ça, espèce de petite gourde. Jetez-le à l'eau... ou donnez-le à Steve, je m'en fiche. Moi, je tire l'échelle. »

Elle rabattit la porte sur mon pied, et je bondis en arrière. La porte claqua, et je me retrouvai seule.

J'étais si surprise que je restai bouche bée et ne vis pas le grand gaillard qui s'approcha par-derrière et posa la main sur mon épaule.

« C'est toi, Crystal ? s'enquit-il de toute sa hauteur.

— Ah non, répondis-je. Je la connais pas. »

Je glissai discrètement le portefeuille sous mon manteau.

« Et que fais-tu à la porte de ce bureau ? dit-il sans lâcher prise.

— La dame, elle me donne quelquefois des pièces. »

Je regardai ses pieds. Ça ne sert à rien de les regarder dans les yeux. Si vous voulez savoir ce qu'un type a en tête, regardez ses pieds. Le colosse était fermement campé sur les siens. L'idée qu'il sache mon prénom ne me plaisait guère.

« Comment tu t'appelles alors ? »

Je faillis dire « Dawn » et me retins de justesse.

« Comment ?

— Doreen. Qui c'est qui me cherche ? »

Si c'était lui, Steve, je lui donnerais le portefeuille et me sauverais.

« Brigadier de police Michael Sussex. » C'était encore pire que je ne le pensais. Maintenant, même la rousse connaissait mon nom. J'en eus une suée malgré le froid. « J'ai quelques questions à te poser. »

Il resserra ses doigts sur mon épaule.

« Je sais rien. Sur quoi ? »

— Sur ce que tu as fait hier soir. Et qui tu as vu.

— J'ai rien vu du tout. »

Je commençais à avoir les chocottes.

« Mais bien sûr. Allez, viens. Je t'offre le petit déjeuner, et après on pourra causer. »

Il sourit. Jamais, au grand jamais, ne vous fiez à un roussin quand il sourit.

Ça ne m'était encore jamais arrivé, une chose pareille. Si vous voulez tout savoir, je n'ai pratiquement pas adressé la parole à un policier de ma vie. Je cours beaucoup trop vite.

« Où habites-tu, Crystal ? »

Il m'entraînait avec lui.

« Mon nom, c'est Doreen. »

J'essayai de me dégager de sa grosse pogne.

« Où habites-tu... Doreen ? »

Ce qu'il faut savoir avec la rousse, c'est qu'ils posent des questions et que vous y répondez. Vous êtes obligé de répondre, sinon ils s'énervent. C'est comme les assistantes sociales. S'ils veulent une réponse, inventez-en une, mais gardez la vérité pour vous. Je donnai au brigadier Michael Sussex l'adresse d'une auberge de jeunesse à Walworth.

Il se dirigeait vers les Tranchées, or je n'avais aucune envie d'aller là-bas. « J'ai déjà pris mon petit déjeuner, déclarai-je. Faut que j'y aille, j'ai rendez-vous avec mon assistante sociale. »

Ce fut une erreur car il voulut savoir qui était mon assistante sociale et à quelle heure je devais y aller. Un mensonge en entraîne un autre. Mieux vaut ne pas leur parler du tout : ainsi, on ne risque pas de se couper.

Au bout d'un moment, il demanda :

« Tu n'es pas un peu jeune pour vivre seule... Doreen ?

— J'ai dix-huit ans. »

J'étais déprimée. Je n'avais pas dit un seul mot de vrai à cet homme, depuis qu'il avait posé la main sur mon épaule. Mais comment faire autrement ? J'avais parlé une fois à une assistante sociale, et elle avait essayé de nous placer, Dawn et moi, sous tutelle. Plus jamais. On nous aurait séparées, et Dawn n'aurait pas pu se trouver un homme. Pensez ce que vous voulez de son jules, mais il lui a déniché un boulot, et elle gagne plutôt bien sa vie. Elle se sent exister. On ne peut pas se sentir exister sous tutelle.

Nous étions arrivés près des Tranchées. Pour une fois, l'endroit avait l'air désert : pas de poivrots, pas de feux, pas un seul d'entre nous en train de fouiller les ordures déposées pendant la nuit. Ce n'est qu'un grand chantier de démolition, en fait, mais comme personne n'est pressé de reconstruire, il sert de refuge à toutes sortes de gens.

Le brigadier Michael Sussex s'arrêta.

« Nous avons trouvé un cadavre ici, hier soir. »

Je ne dis rien. Je ne voyais pas le pan de mur auquel le mort était adossé, mais je savais qu'il était là.

« Oui, poursuivit-il comme s'il avait l'esprit ailleurs. Nu comme un ver, il était. Quand mon heure viendra, j'espère être là où personne ne pourra me dépouiller. »

Je continuais à regarder ses pieds. Même ses bottes semblaient avoir la tête ailleurs. Alors, je détalai.

Je me dégageai de sa poigne, me faufilai entre deux passants, sautai par-dessus les barbelés et atterris aux Tranchées.

C'était le dernier lieu où j'avais envie d'être, mais je n'avais pas le choix.

Il s'élança à ma poursuite et, tandis que je courais dans les gravats, j'entendais ses pieds marteler le sol. Il était drôlement rapide pour un homme de sa corpulence.

« Arrête ! » hurla-t-il. Je continuai à courir. Par ici, par là, par-dessus les briques, entre les tas d'immondices, à travers une cave, le long des marches. Et pendant tout ce temps, j'entendais ses pieds et son souffle. Impossible de le semer.

Je commençais à fatiguer quand j'aperçus la canalisation de l'égout. Je piquai un sprint et plongeai dedans, la tête la première. C'était la seule issue que j'avais trouvée. Le seul endroit où il ne pouvait pas me suivre.

Le seul endroit d'où je ne pouvais pas sortir.

Je connais cet égout. Je m'y suis déjà réfugiée pour me protéger du vent. Il ne mène nulle part. A une dizaine de mètres de l'ouverture, il forme un coude, et ensuite, c'est tout humide et bouché avec de la terre.

Enfin, bon gré mal gré, je me glissai dedans et rampai. Il n'y avait pas beaucoup d'espace, même pour moi. Pour pouvoir me retourner, il fallait d'abord que j'atteigne le coude.

Il faisait noir comme dans un four, dans ce tuyau. Il aurait dû y avoir un cercle de lumière à l'entrée, mais celle-ci était bloquée par la tête et les épaules du brigadier Michael Sussex.

« Ne fais pas l'idiote, Crystal. Sors de là ! » Sa

voix résonnait « Je veux seulement bavarder avec toi, dit-il. Je ne te ferai pas de mal. »

Il ne me ferait pas de mal tant que je serais dans la canalisation, et lui, à l'extérieur.

« Venez me chercher », répondis-je.

Si l'endroit n'avait pas été aussi sombre et humide, j'aurais jubilé sans retenue.

« Je ne sais pas ce que tu as en tête, Crystal, mais tu risques de gros ennuis. Moi, je peux t'aider. »

Je faillis éclater de rire.

« Je connais pas de Crystal. Comment pouvez-vous m'aider ?

— Tu as des ennemis. Les mêmes que l'individu qui est mort ici. Tu lui as pris quelque chose, et maintenant ils te cherchent. Ces gens-là ne rigolent pas, Crystal. Tu as besoin de mon aide.

— Je connais pas de morts. Et j'ai rien pris à personne. C'est quoi que j'aurais barboté ?

— Tu me fais perdre mon temps.

— Très bien. Dans ce cas, je m'en vais. »

Je ne pouvais pas aller bien loin, mais il n'était pas censé le savoir.

« Attends. Ne t'en va pas avant d'avoir entendu ce que j'ai à te dire. » Il se tut. C'était bien ce que je pensais. On leur dit des choses, et eux, ils se feraient hacher menu plutôt que de vous rancarder en retour. « Tu es toujours là ? s'enquit-il finalement.

— Toujours. Mais plus pour longtemps. Je commence à moisir.

— Bien. Tu ne vas pas comprendre, mais je t'explique quand même. Le défunt était analyste-programmeur.

— C'est quoi, ces bêtes-là ?

— Il était expert en informatique. » Le brigadier Michael Sussex poussa un soupir. Je l'entendis à l'autre bout du tuyau. Les bruits se propagent dans les canalisations. « Il créait des programmes pour ordinateurs. Des logiciels antivirus. Mais surtout, il concevait des programmes verrouillés par un code secret. » Il soupira à nouveau. « Tout ceci n'a aucun sens pour toi. Alors, sois gentille, sors de là et donne-moi ce code.

— Quel code ? »

Il avait raison. Je n'y comprenais rien. Je pataugeais dans la mélasse. Je pensais avoir des ennuis parce que j'avais pris le portefeuille. J'avais bien essayé de le rendre, mais la femme n'en avait pas voulu. C'était déconcertant. A-t-on jamais entendu parler de quelqu'un qui refuse l'argent qu'on lui donne ?

« Peu importe lequel, s'emporta-t-il. Ce type-là, ce Philip Walker-Jones, travaillait pour de drôles d'individus. Ces gens-là ne consignent plus leurs transactions dans des livres ou des registres. Oh non ! Ils les collent sur une bande ou une disquette, où un flic lambda ne saurait les trouver. Tout ça, c'est de la putain de haute technologie, quoi ! »

Il avait l'air excédé... parce que j'étais hors d'atteinte ou parce qu'il ne s'y connaissait pas plus que moi en haute technologie, je n'aurais su le dire.

Soudain, j'entendis des pas, et quelqu'un demanda :

« Que faites-vous là-dedans, chef ?

— Je prends un putain de bain de boue,

répondit le brigadier Michael Sussex. Ça ne se voit pas ?

— Vous l'avez perdue ?

— Bien sûr que non. C'est un nouveau style d'interrogatoire. Sur les ordres d'en haut : "Faites-le dans un putain d'égout." »

Son ton accablé me donna envie de rire.

« Tu es toujours là ? dit-il.

— Non, répondis-je. Au revoir. »

Et je m'enfonçai dans le coude du tuyau, les genoux sous le menton pour ne pas être vue.

« Merde ! lâcha le brigadier Michael Sussex. Tu l'as fait déguerpir, espèce d'abruti. »

Je l'entendis ahaner et jurer, puis il dit :

« Tire-moi de là, Hibbard. »

D'autres ahans, d'autres jurons, et sa voix me parvint de plus loin :

« Où débouche-t-il, ce putain de tuyau ?

— Aucune idée, chef. Dans le fleuve, si ça se trouve.

— Eh bien, va voir, putain de bordel ! Et si tu l'aperçois, ne la perds pas de vue, ou je te colle à la circulation avant que tu aies fini de dire "carafe de cristal".

— Vous êtes sûr que c'est bien elle ? » demanda Hibbard.

Il n'avait pas l'air pressé d'inspecter les Tranchées à la recherche de l'autre bout du tuyau.

« Tu as lu le signalement... il ne peut pas y en avoir deux comme elle. »

Cette façon de parler me déplut, tout comme le jeu de mots avec mon prénom. J'étais gelée et trempée jusqu'aux os, mais je n'avais pas l'intention de sortir, pas si on me traitait de la sorte.

Chacun resta donc où il était : lui dehors, aux Tranchées, et moi recroquevillée au fond de mon tuyau en attendant qu'il se décourage et parte. De temps en temps, il éclairait l'intérieur avec une lampe de poche... histoire de s'occuper, je pense. Mais je ne mouftais pas.

A d'autres moments, il faisait les cent pas en marmonnant des mots orduriers. Il me rappelait le jules de ma mère, quand il nous soupçonnait de lui avoir piqué quelque chose. On en était tous là, à l'époque. Lui se servait dans le sac à main de maman, et Dawn et moi lui faisions les poches. Nous nous cachions sous l'escalier, pendant qu'il tempêtait et nous promettait la raclée du siècle. Il m'arrivait aussi de me cacher pour échapper aux surveillantes de l'école.

J'ai l'habitude de me planquer. Il suffit d'avoir un peu de patience et le ventre bien plein. Mais ne vous risquez pas dans un endroit froid et humide... ça demande beaucoup de talent, et je le déconseille aux débutants.

Finalement, Hibbard revint. Ce coup-là, il avait l'air moins sûr de lui.

« Elle a dû filer depuis longtemps, déclara-t-il. Je n'ai pas trouvé où ça débouche.

— Ça débouche bien quelque part, répondit le brigadier Michael Sussex. Sers-toi de ta radio. Demande du renfort. Fais un putain d'effort. »

Il resta où il était, et moi aussi.

Un peu plus tard, Hibbard dit :

« Et si on faisait venir les pelleteuses pour retourner ce foutu chantier une bonne fois pour toutes ? »

A un autre moment, le brigadier Michael Sussex lança :

« Passez-moi ce putain de périmètre au peigne fin. Elle a pu le laisser tomber ou le planquer. »

Lui aussi semblait las et frigorifié.

« Tout ça pour ce putain de code, fit-il. Si on ne le retrouve pas, tout notre dossier part en eau de boudin. Pourquoi ce connard n'a-t-il pas choisi un autre endroit pour casser sa pipe ?

— Comment peut-on être sûr qu'il l'avait sur lui ? demanda Hibbard. Et comment peut-on être sûr que c'est elle qui l'a maintenant ?

— Nous savons qu'il l'avait parce qu'il devait me l'apporter. Et nous savons que c'est elle qui l'a parce qu'elle a chipé son portefeuille. Nous avons récupéré tout le reste et, à moins qu'il ne se le soit fait tatouer sur son putain de crâne sous sa putain de chevelure, il ne peut pas être ailleurs.

— Et s'il l'avait en tête, tout simplement ? dit Hibbard. S'il l'avait retenu par cœur ?

— Un numéro de vingt-cinq chiffres ? Allons, un peu de sérieux. Il a dit qu'il l'avait noté et qu'il allait me le communiquer. Toi, tu voudrais rentrer déjeuner, voilà tout. Eh bien, on se passera tous de déjeuner tant que je n'aurai pas cette gamine. »

On resta donc sans déjeuner. Seulement, le brigadier Michael Sussex nous avait tous mis à la diète pour rien. Car je n'avais sur moi aucun numéro à vingt-cinq chiffres.

Mais à quoi bon se préoccuper de ce qu'on n'a pas, surtout quand votre vraie préoccupation, c'est ce que vous pourriez avoir ? Moi, j'avais peur d'attraper une pneumonie. Quand on tombe malade, on ne peut pas se nourrir. Quand on ne se nourrit pas, on s'affaiblit, et après, soit on vous expédie à l'hôpital, soit vous mourez. Ça s'est déjà vu.

Et je vous dirai encore ceci : il m'arriva une drôle de chose quand je sortis de l'égout. Ce n'était rien en fait. Mais sur le coup, j'y crus, et ça me fit très peur.

J'étais devenue vieille.

Ça se passa quand je jetai un coup d'œil hors du coude et ne vis pas le rond de lumière au bout du tuyau. Je tendis l'oreille, mais rien ne bougeait dehors. Et je crus tout à coup que j'étais devenue aveugle et sourde.

J'essayai de remuer, mais j'étais tellement engourdie par le froid que je mis un temps fou à me hisser jusqu'à l'ouverture. Tant pis si le brigadier Michael Sussex m'attrapait. Je l'appelai, d'ailleurs, d'une voix faible et enrouée. Croyez-le ou non, j'avais envie qu'il soit là. Je voulais qu'il m'aide, sincèrement, parce que je pensais que j'étais aveugle, et j'avais peur.

Mais il n'était pas là. Il faisait noir à l'extérieur, et il pleuvait des cordes. Et j'avais du mal à me redresser. Les genoux fléchis, j'étais courbée en deux. Je n'avais plus de force dans les jambes. J'aurais été incapable de courir, même avec une meute de chiens à mes trousses.

Petite vieille dans le noir, le dos voûté, je traînais les pieds en regardant les flaques dans la boue. Et je pensais à Bloody Mary, telle qu'on la voit aux premières lueurs du jour. J'en connais même des plus âgées qu'elle, qui n'ont pas besoin de se baisser pour fouiller dans les poubelles parce qu'elles sont déjà pliées en deux.

Bien sûr, j'eus vite fait de reprendre mes esprits. Ma circulation se rétablit ; je frictionnai mes jambes pour les dégourdir. Et je compris qu'il faisait réellement noir. Je n'avais pas été frappée de cécité. Mais j'avais toujours aussi peur.

Même droite, je me sentais désemparée. Même avec sept cent quarante-trois livres et quatre-vingt-neuf pence en poche. J'avais la rousse sur le dos. Ainsi que les salopards qui avaient tabassé le petit Marvin. Et je n'avais nulle part où aller. J'étais vieille et malade, j'avais besoin d'aide. Ce qu'il me fallait, décidai-je, c'était un bon pigeon.

Cette idée me ravigota un peu. Pas beaucoup, remarquez, parce que je n'avais rien mangé depuis ce curry au lever du jour, et un estomac vide, c'est la déprime assurée. Mais je me repris et partis à la recherche de mon pigeon. Ou plutôt de ma pigeonne.

Je ne connaissais pas son nom, mais je savais où la trouver. C'était à l'autre bout de la ligne nord. Pour rien au monde, ce soir-là, je ne me serais déplacée à pied. Je pris donc le métro et m'en allai traîner devant une librairie.

A un moment, je crus l'avoir repérée, mais elle serra ses paquets contre elle et accéléra le pas. Ce fut une erreur que je mis sur le compte de la faim. Généralement, je ne me trompe pas quand il s'agit de femmes d'un certain âge.

Finalement, je l'aperçus. Elle portait un imperméable beige et une écharpe écossaise. Un parapluie vert à la main, elle se débattait avec ses achats de Noël.

« Je vous aide à porter vos sacs, m'dame ? » proposai-je

Elle hésita. Je la connaissais. C'est celle qui ouvre son sac à main avant même qu'on demande. Elle ne vous sermonne pas sur la nécessité de chercher du travail ou le fait de dépenser son argent en alcool. Elle prend un air désolé et vous regarde vous éloigner.

Elle hésita, mais finit par me donner un sac. Pas le plus lourd. Elle est gentille. Elle aimerait me faire confiance. Du moins, elle aimerait ne pas se méfier de moi. Je la connaissais. Elle était ma pigeonne.

« Merci beaucoup, dit-elle. La voiture est juste là, au coin. »

Je la suivis et attendis sous la pluie battante pendant qu'elle se dépatouillait avec son parapluie et ses clés de voiture. Je mis son sac dans le coffre et l'aidai à ranger le reste.

Elle me regarda et hésita à nouveau. Oh non ! il ne lui serait pas venu à l'idée de partir sans me donner quelque chose. Simplement, elle cherche toujours à le faire le plus poliment possible.

« Merci beaucoup », répéta-t-elle, et elle se remit à fouiller dans son sac. Une fois qu'elle eut sorti la monnaie, je déclarai : « Je ne veux pas de votre argent, m'dame. Merci quand même.

— Oh ! mais je ne vais pas te laisser repartir comme ça. »

La mine piteuse, je me contentai de secouer la tête.

« Qu'y a-t-il ? » demanda-t-elle en prenant son air désolé.

C'était le moment ou jamais.

« J'ai de l'argent, m'dame, mais je ne peux pas le dépenser. »

Et je lui montrai un billet de cinquante livres. Elle regarda le billet, puis leva les yeux sur moi.

« Je sais ce que vous pensez. C'est justement pourquoi je ne peux pas le dépenser. J'aimerais m'acheter des vêtements parce que, accoutrée comme je suis, je ne trouverai jamais de travail. Mais dès que j'entre quelque part, on me regarde comme si je l'avais volé et on se précipite pour appeler la police. Personne ne fait confiance à des gens comme moi. »

Elle me regardait toujours, moi et l'argent.

« Je ne voudrais pas paraître indiscrète, mais où as-tu eu un billet de cinquante livres ?

— C'est une gentille dame qui me l'a donné. Elle a dû le confondre avec un billet de cinq. C'était vraiment une très gentille dame, car personne ne m'avait encore donné un billet de cinq livres. Mais quand j'ai voulu me payer une tasse de thé et un cornet de frites, le serveur est allé téléphoner à la police, et je me suis rendu compte alors qu'elle s'était trompée.

— Je comprends.

— Ça m'étonnerait. Avoir de l'argent, c'est pire que ne rien avoir du tout.

— C'est ce que je vois. Que puis-je faire pour toi ? »

Je la tenais enfin. « S'il vous plaît, m'dame. Aidez-moi à le dépenser. Tout ce que je veux, c'est un bon manteau et une paire de chaussures. Il y a une œuvre de bienfaisance juste à l'angle ; on y vend des fripes. Ça fait un moment que je passe devant, mais je n'ose pas y aller toute seule. »

Elle était bonne comme du pain blanc, ma dame pigeonne. Elle m'acheta un gros manteau de laine pour seulement deux livres et parla aux femmes dans la boutique pendant que je choisissais des jeans et des tricots.

Les vêtements étaient tous de bonne qualité, offerts probablement par des âmes charitables de son espèce. Elles ne sont pas du genre à donner des vieux chiffons aux bonnes œuvres. Et je vais vous dire une chose : ma pigeonne était aux anges. Comme si elle avait réalisé un vieux rêve. Quelqu'un avait réellement besoin de son aide pour une raison qu'elle approuvait entièrement. Elle n'avait pas à s'inquiéter de ce que je dépense son argent en drogue ou en alcool, car ce n'était pas son argent et je le dépensais devant elle pour m'acheter des habits.

Même les vendeuses rayonnaient derrière leur comptoir quand j'émergeai d'entre les portants, les bras chargés. Elle avait dû leur narrer mon histoire en douce, pendant que j'avais le dos tourné. Voilà pourquoi j'avais véritablement besoin de son aide. Sans elle, ces charmantes personnes m'auraient flanquée à la porte. Elles auraient eu peur que je leur pique leur charité.

Il tombait toujours des hallebardes quand nous sortîmes de la boutique. Cette fois, je portais seule tous les sacs.

J'allais la quitter quand elle me dit :

« Surtout ne le prends pas mal, mais ce qu'il te faudrait, c'est un bain chaud et un endroit où te changer. » Elle avait débité ça d'un trait, comme si elle craignait vraiment de me froisser.

« J'habite là-haut, fit-elle. Il y en a pour deux minutes.

— Nan. Je vais salir les sièges de votre voiture.

— Aucune importance. S'il te plaît. »

Pourquoi pas ? pensai-je. Elle méritait sa récompense.

Elle me fit couler un bain chaud et y vida des litres d'huiles parfumées. Elle me donna son shampooing et toute une pile de serviettes propres. Après quoi, ma gentille pigeonne me laissa seule dans sa salle de bains.

Je jure qu'elle avait les larmes aux yeux quand je sortis vêtue de mes nouveaux habits.

« Crystal, déclara-t-elle, tu n'es plus la même personne. » C'était exactement ce que je voulais entendre. « Tu ressembles tout à fait à ma propre fille quand elle était plus jeune. » Tant mieux, car la rousse et les salopards qui avaient rossé Marvin n'en avaient pas après quelqu'un qui ressemblait à la fille de ma pigeonne. Et personne n'allait moufter en la voyant avec un billet de cinquante livres. La fille de ma pigeonne ne risquait pas de se transformer en petite vieille qui n'avait pas besoin de se baisser pour fouiner dans les poubelles.

Et moi non plus, pensai-je, *s'il ne tient qu'à moi*.

Elle me prépara une omelette aux pommes de terre et, quand je partis, me donna un billet de cinq livres et son parapluie vert.

C'était une honte, franchement, de lui avoir

barboté son savon. Mais on ne se débarrasse pas de ses vieilles habitudes du jour au lendemain.

Elle voulait même me reconduire en voiture. Mais je refusai. Elle était charmante, mais je doute qu'elle aurait compris pour Dawn. Les charmantes dames, ce n'est pas leur style.

Je pourrais donner des cours sur la manière d'exploiter un pigeon, et la leçon finale serait : ne tirez pas sur la corde. Car si vous tirez trop sur la corde et leur laissez le champ libre, ils feront ce qu'ils jugeront bon pour vous, et non ce que vous leur demandez. Si ma pigeonne en avait trop su sur Dawn et sur ce qui se passait en réalité, elle aurait contacté les services sociaux, et tout aurait recommencé. Et, de charmante dame, elle serait devenue une vieille peau de vache envahissante.

Je lui avais en fait rendu service. Je suis sûre qu'elle préfère être une charmante dame plutôt qu'une vieille peau de vache.

En me voyant frapper à la porte de Dawn à Paddington, personne n'aurait dit que j'avais passé la journée dans un égout. Dawn, en tout cas, ne se rendit compte de rien.

« Mince, Crystal, fit-elle en ouvrant. Tu as l'air de sortir de l'école snobinarde qui se trouvait en face de la nôtre. »

Je compris ce qu'elle voulait dire par là, et ça ne me plut guère. Mais je tombais bien. Elle n'avait personne ; dans ses moments de liberté, elle s'allongeait pour lire des bandes dessinées ou écouter des disques. Et comme maintenant j'étais toute propre et respectable, elle ne fit aucune objection à ce que je m'asseye sur son lit. « Tu as toujours besoin d'une bonne coupe de cheveux. »

Elle sortit ses ciseaux et sa trousse de manucure, et nous nous installâmes sur le lit pour qu'elle me coupe les cheveux et me fasse les ongles. Si elle voulait, Dawn pourrait être esthéticienne. Le problème, c'est qu'elle n'irait jamais au bout de la formation et que le salaire ne lui suffirait pas. Elle a pris goût à son confort de gagneuse, ma Dawn.

C'était un peu comme dans le temps... Dawn et moi, en train d'écouter des disques pendant qu'elle me trifouillait les cheveux. Je ne voulais pas gâcher ces instants, mais il fallait bien que je lui demande, pour la montre.

Car dans la salle de bains de la charmante dame, j'avais fouillé une fois de plus le portefeuille de Philip Walker-Jones.

« Quoi, la montre ? » dit Dawn.

Et elle fit le tour de mon pouce avec sa petite lime à ongles.

« C'était de l'or véritable, lui rappelai-je. Ton cadeau de Noël.

— Je ne vais pas porter une montre d'homme. »

Par moments, Dawn aime bien se donner des airs.

« Où est-elle ? demandai-je.

— Tu veux la récupérer ? Il est beau, ton cadeau de Noël, si tu veux le récupérer ! »

Nous nous regardâmes.

« Si tu tiens vraiment à le savoir, Crystal, j'allais l'offrir à mon ami pour Noël.

— Ce n'était pas pour lui. C'était pour toi.

— Une montre d'homme ? » Et elle rit. « Je

voulais faire graver son nom sur le boîtier. "Avec mon éternel amour, Dawn." Mais il n'y avait pas la place. Avec tous ces chiffres derrière, le bijoutier m'a dit que je perdrais trop d'or si je les faisais effacer.

— Ah ! » J'étais contente de moi. Rien de tel qu'un bon repas chaud pour vous aider à réfléchir. Ça m'avait effleuré juste après que j'eus enfourné ma dernière bouchée d'omelette aux pommes de terre. « Y en avait vingt-cinq, je párie, dis-je.

— Des tas de chiffres. » Elle rangea la lime à ongles dans sa trousse de manucure. « Si tu veux tout savoir, Crystal, je l'ai mise au clou. Et je lui ai acheté un vrai briquet en or à la place. »

Elle me donna le ticket du mont-de-piété.

Elle n'avait pas obtenu grand-chose pour une montre en or massif. Dawn n'a aucun sens pratique, contrairement à moi, si bien qu'elle s'était fait arnaquer. Au fond, ça n'avait pas beaucoup d'importance. D'abord, ce n'était pas sa montre, et ensuite, j'aurais moins à payer pour la récupérer. A supposer que je veuille la récupérer.

Pauvre Dawn. Elle a besoin de moi pour prendre soin d'elle. Elle n'en a pas conscience, vu qu'elle a son jules. Elle n'est pas comme moi. Elle ne veut pas s'occuper d'elle-même. Ce n'est pas son boulot. Et si je lui racontais ce que j'avais fait aujourd'hui pour résoudre mes problèmes, elle me traiterait d'imbécile.

Mais voyons les choses comme elles sont : j'avais réussi à semer le brigadier Michael Sussex. Je m'étais habillée pour qu'il ne me reconnaisse pas, si jamais je tombais nez à nez avec lui. Pas plus que Brian la Grosse Tête. Pour qu'il ne puisse pas me désigner aux salopards qui avaient battu le petit Marvin. J'avais pris un bain et mangé une omelette aux pommes de terre. J'avais assez d'argent pour dormir dans un lit autant de nuits que je voulais. Et maintenant, j'avais la montre.

Ou je pouvais l'avoir à n'importe quel moment. Mais elle était plus en sécurité là où elle se trouvait. Je ne savais toujours pas pourquoi ce code avait autant d'importance, mais j'étais sûre qu'il me serait utile un jour ou l'autre.

Je vis Dawn qui me regardait.

« Ne t'y crois pas trop, Crystal. Tu as peut-être l'air de sortir d'une école snobinarde, mais au fond, tu es exactement comme moi. »

C'était ce qu'elle croyait.

LA MORT D'UN JOUEUR

Stuart Dybek

Après que trop de balles étaient parties sans jamais revenir, nous allâmes voir. Ce n'était pas tout près... il jouait toujours à la limite du champ. Nous l'aperçûmes finalement : de loin, il ressemblait à la serviette qu'on laisse quelquefois tomber pour les joueurs de la deuxième base.

Il était difficile de dire depuis combien de temps il se trouvait là, couché face contre terre. S'il avait joué à l'intérieur du carré, sa présence ou son absence ne seraient sûrement pas passées inaperçues. Le carré suppose un certain degré de communication, des échanges constants, rassurants, entre les membres d'une même équipe. Mais il était loin à l'extérieur (on serait tenté de dire en marge). Le carré est réservé aux boute-en-train, aux bavards, aux mâcheurs de chewing-gum ; le champ, aux solitaires, aux spectateurs, aux rêveurs qui préfèrent contempler le trèfle et chasser les moustiques plutôt que de brailler à tue-tête. Les gens en général, d'ailleurs, se partagent entre le carré et le champ. Même si on n'a pas toujours le choix. Il n'avait pas forcément choisi de jouer dans le coin droit du champ ; il l'avait accepté, c'est tout.

Il y eut plusieurs hypothèses sur les causes de sa mort. D'emblée, il fut communément admis qu'il avait été tué d'une balle. Tirée probablement d'une auto qui passait ; ce pouvait être cette bande qui se faisait appeler les Jokers et qui jouait au softball sur un diamant de béton avec des bases peintes au centre de la cité, ou bien les Seigneurs Latins, qui eux ne pratiquaient aucun sport. Ce pouvait être un pervers avec un télescope de la fenêtre de sa chambre, ou un tireur fou embusqué dans le château d'eau, ou un terroriste muni d'un silencieux qui tirait de la grenaille, ou alors ce pouvait être un accident, une balle perdue, résultat d'un cambriolage, d'une fusillade ou d'une tentative d'assassinat survenus à quelques kilomètres de là.

Peu importait qui avait appuyé sur la gâchette ; il semblait plus plausible d'attribuer sa mort à une balle plutôt qu'à une cause naturelle, comme par exemple une crise cardiaque. La mort n'est jamais naturelle quand on est jeune : elle est toujours violente. Il peut arriver, bien sûr, qu'un gamin meure d'une crise cardiaque. Seulement, ce n'était pas son genre. C'était un calme, certes, mais pas du style à écouter en permanence le souffle au cœur dont sa famille lui rebattait les oreilles depuis qu'il était en âge de jouer. Ce ne pouvait pas non plus être une leucémie. Il n'était pas assez sportif pour mourir de ça. S'il devait être emporté par une leucémie, il aurait joué au centre du carré.

Non, l'hypothèse du coup de feu était la meilleure, même s'il n'y avait aucune trace de blessure. Et si c'était, s'interrogeaient certains, un projectile surpuissant se déplaçant à une vitesse telle que le trou se refermait après son passage ? Cette explication, cependant, ne satisfaisait pas tout le monde. D'autres hypothèses furent avancées, rumeurs devenues légendes au fil des ans. Il avait fait une allergie à une piqûre d'abeille. Il avait été foudroyé au cours d'un soudain et insolite orage électrique. A force de mâchonner des brins d'herbe, il avait absorbé une trop forte dose d'insecticide. Ondes soniques, radiations, pollution... Quelques-uns d'entre nous se plaisaient à penser que c'était tout simplement en plongeant pour attraper une balle au ras du gazon qu'il s'était rompu le cou.

Il y avait bel et bien une balle de base-ball dans le creux de son gant quand nous le retournâmes. Coincé sous le corps, le gant était recouvert d'une pellicule grise presque luminescente. Le même gris se retrouvait sur ses baskets noires, comme s'il avait marché dans la vase, et sur la visière de sa casquette... une casquette en feutre bleu avec un « C » rouge qu'il affirmait être sans rapport aucun avec les Chicago Cubs. C'était peut-être un solitaire, mais il ne tenait pas à ce qu'on l'assimile à des perdants. Sur ce point-là, il manquait d'humour ; il ne connaissait pas la fierté retorse née de la fidélité absolue à une équipe de perdants, il ne connaissait pas cette sorte d'amour. C'était un garçon tout à fait ordinaire, et nous étions là, autour de lui, ne sachant que faire. Entre-temps, les autres lanceurs dispersés aux quatre coins du champ nous avaient rejoints. Quelqu'un, l'arbitre sans doute, suggéra une prière collective. Mais personne n'avait en tête les paroles d'une prière collective. Nous gardâmes donc le silence, le nez baissé, faisant mine de prier, pendant que l'ombre envahissait le gazon. Bientôt, le diamant tout entier fut englouti, et les lumières du terrain s'allumèrent.

Dans la lueur bleuâtre de ces lumières, il ne ressemblait plus du tout à quelqu'un que nous avions connu — rien n'avait l'air tout à fait normal —, et nous creusâmes à la hâte une tombe peu profonde, le recouvrîmes de terre et piétinâmes le sol de toutes nos forces pour que son remplaçant, quel qu'il soit, ne trébuche pas. Un faux pas dans la prime jeunesse, même anodin en apparence, pouvait étouffer dans l'œuf une grande carrière ou bien l'entraver par la suite, comme celle de Mantle avait été entravée par un problème aux genoux. Qui sait combien de célébrités potentielles avaient fini dans les oubliettes de leur quartier ? Aussi, selon l'expression de l'attrapeur, nous « enterrâmes la tombe » plutôt que de risquer d'aggraver la situation. Le joueur suivant avait toutes les chances d'être maladroit lui aussi et, s'il butait sur un monticule, il se romprait le cou à son tour, et le coin droit du champ finirait par passer pour un lieu hanté, une sorte de triangle des Bermudes version tas de sable, peuplé de revenants prêts à saisir au vol des balles fantomatiques, et où seuls les plus désespérés, déjà au bord du suicide, accepteraient de jouer.

Néanmoins, malgré nos efforts, nous ne réussîmes pas à effacer toute trace. C'est coriace, une tombe fraîche. Ses contours demeuraient visibles, surface nue et écorchée qu'on aurait pu prendre pour un cercle de lanceur aberrant, n'était la batte plantée dans la terre avec le gant et la casquette bleue par-dessus. Peut-être n'avions-nous pas voulu l'effacer entièrement : une partie de nous-mêmes reposait là-dessous. Peut-être souhaitions-nous que le nouveau joueur, quel qu'il soit, le remarque et se demande qui avait joué là avant lui, conscient d'être désormais le seul lien palpable entre le passé et le futur. Stèle, épitaphe, fleurs... tout cela serait superflu.

Quant à nous, nous repartîmes, mais il était déjà trop tard... il était temps de rentrer dîner ; les vacances d'été tiraient à leur fin ; on avait d'autres soucis en tête : études, carrière, mariage, famille. Passé trente-cinq ans, on commence à parler de l'autre versant, d'un Phil Niekro grisonnant qui, malgré la quarantaine, n'a pas perdu la main, comme si c'était une sorte de miracle, de Pete Rose qui, à quarante-deux ans, continue à foncer tête baissée, envers et contre tout. Après tout, on a peut-être raison. On se souvient de Mays, quarante-deux ans, quand il avait raté la balle lors des championnats de 73 ; privé de grâce et par là même de toute conviction, l'homme, désemparé, regrette le garçon en lui. Il est triste d'admettre que ça passe aussi vite, mais tout le monde sait que les exceptions sont rares. La plupart des gars sont déjà fichus à dix-sept ans.

LE DÉFI

Carol Ellis

« Tu vas pas te dégonfler, hein ? »

Jim avait la voix sarcastique.

Phil enfouit ses poings sous ses aisselles.

« Je réfléchis, chuchota-t-il.

— Y a pas à réfléchir. Vas-y, un point c'est tout. »

Les yeux rivés sur la maison, Phil grinça des dents. Il l'avait souvent vue côté façade, mais jamais de derrière, et jamais la nuit.

C'était une vieille maison à deux étages qui ne payait pas de mine. Située en haut d'une montée au bout de la rue, un peu à l'écart des voisins, elle était restée vide pendant plus d'un an. Mais ce matin-là, Jim avait vu arriver un camion. Les déménageurs avaient déchargé des cartons, des tapis et des meubles, puis étaient repartis. Maintenant, la maison était à nouveau plongée dans l'obscurité.

« C'est le moment, avait déclaré Jim à l'étude. Les gens qui l'ont achetée ne seront pas là ce

soir. Ils vont sûrement débarquer demain. D'ici
là, on leur aura préparé un petit accueil. »

L'accueil auquel il pensait n'avait rien d'ami-
cal. Ces dernières semaines, Jim et ses deux acolytes, Denny et Mike, s'étaient vantés devant
Phil de leur nouveau passe-temps : ils explo-
raient le quartier, repéraient une maison dont
ils étaient sûrs qu'elle était déserte, y péné-
traient et emportaient quelque chose. Rien
d'important, style téléviseur ou magnétoscope.
Pas même de l'argent. Non, juste un objet insi-
gnifiant : un vase par exemple, ou une photo.
Histoire de prouver qu'ils étaient passés par là.
Jim se délectait à imaginer les propriétaires en
train de s'accuser mutuellement d'avoir déplacé
le vase ou de se demander ce qu'il était advenu
du petit chien de faïence. Lui, Denny et Mike
appelaient ça leurs trophées.

Phil trouvait qu'ils étaient cinglés, et il avait
commis l'erreur de le leur dire.

« Eh bien, justement », répondit Jim. Il sourit, et ses yeux bruns étincelèrent. « C'est un pari
fou, risqué, c'est ça qui est excitant, tu comprends ?

— Non, il ne comprend pas, Jim, déclara
Mike. Le risque, pour Phil, c'est de ne pas faire
ses devoirs. Il aurait trop peur de nous suivre. »

Denny poussa un ululement.

« Pas du tout, rétorqua Phil sans réfléchir.

— Ah oui ? » Le sourire de Jim s'élargit.
« Alors prouve-le, Phillie. Ce soir. »

Phil aurait pu refuser, mais il ne l'avait pas
fait. Il avait relevé le défi. Et maintenant il était
là, planté devant cette maison, essayant de se

convaincre que c'était l'air nocturne qui le faisait grelotter.

Jim lui donna un coup d'épaule. « Allez, vas-y, murmura-t-il. Montre-moi comme tu es courageux, Phillie. Ce n'est qu'une maison vide. »

Phil l'écarta et se coula dans le jardin à travers la haie. Envahi par la végétation, celui-ci était jonché de feuilles mortes qui bruissaient sous ses pas. Les yeux sur la porte, Phil s'efforçait d'ignorer le bruit. Il se répétait qu'il n'y avait personne à l'intérieur et pas de voisins suffisamment proches pour l'entendre.

Arrivé aux marches en bois, il s'arrêta et jeta un coup d'œil par-dessus son épaule. Le visage de Jim n'était qu'une tache pâle à l'autre bout du jardin. Il l'observait, s'attendant à ce que Phil flanche et prenne la fuite.

Phil posa un pied sur la première marche, puis, lentement, sur l'autre. Le bois craqua sous son poids, et son cœur bondit si fort dans sa poitrine qu'il en eut le vertige.

Les deux marches suivantes furent silencieuses. Lorsque Phil agrippa la poignée de la porte à moustiquaire, des gouttes de sueur lui coulaient dans le dos et le long du visage. Tout doucement, il tira le battant qui s'ouvrit dans un grand gémissement. Phil reprit convulsivement son souffle. Il avait le dos et le visage trempés, mais la bouche si sèche qu'il pouvait à peine déglutir.

Dressant l'oreille, il compta jusqu'à dix. Un chien aboyait au loin ; le vent murmurait dans les feuillages.

Prudemment, il essaya la poignée de la porte intérieure. Celle-ci tourna d'un coup sec, avec un bruit de pétard, et la porte pivota sur ses gonds. On avait oublié de la verrouiller.

Phil la rattrapa avant qu'elle ne cogne contre le mur. Ses genoux flageolaient. Il tendit l'oreille. Le chien avait cessé d'aboyer. Il n'entendait plus que le vent et les battements de son cœur.

Vas-y, pensa-t-il. *Vas-y et qu'on n'en parle plus.* Sans lâcher la porte, il se glissa de biais par l'ouverture étroite et se retrouva dans une obscurité totale. Il avait réussi à pénétrer dans la maison.

Parfaitement immobile, il écouta. Une branche qui raclait le toit. Son cœur qui tambourinait à ses oreilles. Le tic-tac régulier, monotone, d'une pendule.

Poussant légèrement la porte, Phil fit un pas, puis un autre. Le sol était dur sous ses tennis. Il n'y avait pas de tapis pour étouffer les bruits. Il n'y voyait toujours rien. Le bras tendu, il lâcha la porte et fit un troisième pas.

Le plancher craqua, et il se figea. Il y eut un déclic ; il ravala une exclamation et se tourna, prêt à détaler. Mais le déclic fut suivi d'un sourd bourdonnement mécanique, et soudain, il comprit ce que c'était. Le réfrigérateur. Pas dans cette pièce-là. Plus loin.

Phil s'avança encore. Sa main tendue heurta quelque chose. Il recula, puis explora l'obstacle à tâtons. C'était un carton, probablement le dernier d'une pile. Avec précaution, il palpa les bords du carton, de bas en haut. Les rabats étaient repliés à l'intérieur, mais il suffisait de les écarter et d'attraper le premier objet qui lui tomberait sous la main.

Lentement, il souleva l'extrémité d'un rabat.

Le carton crissa. Grimaçant, Phil le releva d'un coup et plongea la main à l'intérieur. Ses doigts se refermèrent sur quelque chose de carré et de lisse. Il ne savait pas ce que c'était, il s'en fichait. Il était temps de filer.

Se retournant, il fit un pas vers la porte. Le plancher craqua à nouveau. Tout à coup, il y vit plus clair. Une lumière s'était allumée dans le couloir, et une ombre, une ombre humaine, se profila sur le mur.

« Qui est là ? » C'était une voix féminine, effrayée mais résolue. « Il y a quelqu'un ? »

Phil avait déjà franchi la porte et descendait les marches en trébuchant. Il courut sur les feuilles bruissantes, se faufila à travers la haie et glapit de frayeur à la vue de la silhouette qui se dressa devant lui.

« Ohé, Phillie ! » Jim l'empoigna par le bras. « Tu m'as l'air bien pressé.

— Y a une femme là-dedans ! pantela Phil. Tu m'avais dit que c'était vide !

— Erreur. J'avais dit que c'était *probablement* vide. » Jim se pencha en avant. « Dis donc, moi qui te croyais courageux, j'ai l'impression que tu vas faire dans ton froc. Dépêche-toi de rentrer. » Il rit doucement et s'empara de l'objet que Phil avait pris dans le carton. « Merci pour le trophée. » Et il décampa, laissant Phil rentrer seul chez lui.

Phil découvrit ce qu'il avait volé le lendemain matin, à l'étude, avant l'arrivée du professeur. C'était une petite plaque en bois avec une raquette de tennis sculptée en relief. Sur un ruban métallique était gravée l'inscription :

« Double dames. Première place. Eva Morrisey. »

Jim l'avait agitée sous le nez de Phil aussitôt qu'il était entré. A présent, entouré de Denny et Mike, il se glorifiait d'une victoire qui n'était pas la sienne. « C'était génial ! claironnait-il. Je l'entendais ronfler pendant que je faisais des pointes dans le noir. J'ai même failli monter. J'avais envie de lui piquer un chausson, mais j'ai préféré ne pas tenter le diable. » Il rit. « Ce sera pour la prochaine fois. »

Le sourire aux lèvres, Denny et Mike hochaient la tête avec admiration. Jim jeta un coup d'œil sur Phil. « Pas mal, hein ? » Il se tourna à nouveau vers ses copains. « Phillie s'est dégonflé, surprise, surprise. »

Phil ouvrit la bouche pour répondre, pour leur dire que Jim était un menteur, mais juste à ce moment-là, le professeur entra dans la salle.

Elle s'avança, souriante, vers son bureau quand soudain, elle changea de direction.

Elle s'arrêta devant Jim. Son sourire s'était évanoui. D'une voix que Phil avait déjà entendue, elle déclara :

« C'est moi qui remplace votre professeur ce matin. Je m'appelle Miss Morrisey. » Elle prit la plaque des mains de Jim, la regarda, puis fixa Jim. « Eva Morrisey. »

POURQUOI HERBERT TUA SA MÈRE

Winifred Holtby

Il était une fois une Mère Modèle qui avait eu un bébé Primé. Personne n'avait encore eu un Bébé comme celui-là. C'était un Garçon, bien sûr. Tous les bébés primés sont de sexe masculin, car le moindre défaut en matière d'appartenance sexuelle peut leur faire perdre au minimum vingt-cinq pour cent de leur potentiel de gagnants.

La Mère s'appelait Mrs. Wilkins ; elle avait un mari nommé Mr. Wilkins, mais qui ne comptait pas beaucoup. Il est vrai que c'était le père du Bébé, et le soir de la naissance de son fils, il avait offert la Tournée Générale au Club, non sans s'être assuré au préalable qu'il y avait seulement deux autres membres au bar à ce moment-là, car même s'il faut être un Bon Père et fêter l'événement dignement, les responsabilités familiales vous font penser nécessairement à l'état de votre compte en banque. Mr. Wilkins y pensait très souvent, surtout quand Mrs. Wilkins achetait un exemplaire de *Vogue* ou faisait remarquer que les Simpson, qui habitaient deux portes plus loin, avaient troqué leur Austin contre une Bentley. Les Wilkins ne possédaient même pas une vieille Ford, mais il faut dire qu'il y avait un arrêt de bus juste au bout du chemin, et avant la naissance du Bébé Primé, Mrs. Wilkins se rendit au magasin pour commander un très joli landau.

Mrs. Wilkins était déterminée à être une Vraie Mère Vieux Jeu. Elle n'avait que faire des Femmes Modernes qui Boivent des Cocktails, Fument des Cigarettes et se promènent en voiture à n'importe quelle heure avec des hommes qui ne sont pas leurs maris. Elle croyait à l'idéal de la Véritable Féminité, du Charme Féminin et de l'Instinct Maternel. Un jour, elle remporta même un prix de dix shillings décerné par un quotidien qui tirait à près de deux millions d'exemplaires, pour l'avoir formulé, très joliment, sur une carte postale.

Avant l'arrivée du Bébé, elle s'asseyait tous les après-midi, les pieds en l'air, pour coudre la layette. Elle confectionnait des vêtements longs avec vingt petits plis au-dessus de l'ourlet de chaque petite robe en flanelle brodée, cent vingt-cinq centimètres de l'ourlet aux bretelles, des bonnets douillets et de minuscules voilettes ; elle habilla un couffin de mousseline blanche et de rubans bleus, et elle songeait tout le temps aux violettes, aux myosotis et aux mers d'été afin que son bébé ait les yeux bleus. Quand Mrs. Burton des Acacias lui expliqua que les vêtements longs étaient antihygiéniques, que les draperies autour du couffin servaient de ramasse-poussière et que les yeux bleus étaient plus une question d'hérédité que d'images de myosotis, elle secoua la tête d'une manière charmante et répondit : « Ah, vous autres les femmes intelligentes, vous en savez tellement ! Moi, je m'en tiens seulement à ce que me disait ma chère maman.

— Pourtant, rétorqua Mrs. Burton, de nos jours, les sources d'information ne manquent pas. »

Et elle sortit trois brochures, un livre sur la psychologie infantile et un programme de conférences sur « Santé, Bonheur et Hygiène de Votre Enfant ». Mais Mrs. Wilkins se contenta de soupirer : « Ma pauvre petite cervelle ne pourra pas assimiler tout cela. Je n'ai que l'Amour Maternel pour me guider. » Et elle versa une larme cristalline sur une grenouillère en flanelle.

Mrs. Burton rentra chez elle et dit à Mr. Burton que Mrs. Wilkins était irrécupérable et que son bébé serait probablement affligé de végétations, d'une scoliose, de pieds plats, d'une mauvaise haleine, de jambes arquées, d'indigestion et du complexe d'Œdipe. Mr. Burton répondit : « Tout à fait. Tout à fait. » Et tout le monde fut content.

La seule note discordante vint du jeune Wilkins qui naquit sans aucune espèce de défaut. C'était un garçon splendide, et ses parents débordants de fierté le firent baptiser Herbert James Rodney Stephen Christopher : ils avaient décidé d'un commun accord que tous ces prénoms allaient très bien avec le nom de Wilkins. Il portait pour la cérémonie deux grenouillères, quatre pantalons de flanelle, une robe brodée

avec vingt petits plis cousus main, un manteau
de laine, deux pèlerines et toutes sortes d'acces-
soires utiles et inutiles. Quand il vit la tête du
pasteur et se mit à hurler comme une sirène, ses
tantes déclarèrent : « Il sera musicien, que Dieu
le garde. » Mais sa mère songea : *Quel caractère ! Et quelle compréhension entre nous deux !
Il sait peut-être déjà ce que je pense du pasteur.*

Tant que la nourrice fut là, Mrs. Wilkins et
Herbert s'entendirent à merveille sur l'Amour
Maternel, mais aussitôt après son départ, les
ennuis commencèrent.

« Mon bébé, avait décrété Mrs. Wilkins, ne
restera jamais éveillé à pleurer comme le pauvre
petit bonhomme de Mrs. Burton. Les bébés ont
besoin de câlins. » Aussi, dès que Herbert se
mettait à pleurer, elle le câlinait. Elle le câlinait
de bon matin quand il réveillait Mr. Wilkins et
qu'il voulait son biberon de six heures à quatre
heures. Elle le câlinait à six heures et demie, à
sept heures et demie et à huit heures. Elle le
câlinait une demi-heure par jour pendant trois
jours, et ensuite, elle lui donnait une tape. Aussi
horrible que cela puisse paraître. Elle le nourrissait quand il semblait avoir faim, le montrait
à tous les voisins qui passaient les voir, ne le sortait pas quand il pleuvait — or il pleuvait tous
les jours —, et le berçait pendant qu'elle prenait
ses propres repas et qu'elle ne lui donnait pas
son Nestlé. Et néanmoins, il prospérait.

Mais à force d'entendre des pleurs et de voir
la lessive sécher dans le jardin, les voisins se
plaignirent, et Mrs. Burton déclara : « Evidemment, vous êtes en train de tuer cet enfant. »

Mrs. Wilkins savait que le guide le plus sûr,

c'était l'Instinct Maternel, mais quand son mari lui montra une publicité dans le journal du soir qui commençait par : « Mère, votre enfant pleure-t-il ? » elle la lut. Elle y apprit que les bébés pleuraient parce que leur nourriture ne leur convenait pas. « Le Lait Naturel Machin Premier Age résout les problèmes des mamans. » Convaincue qu'il fallait tout essayer, Mrs. Wilkins acheta un échantillon de Lait Naturel Machin Premier Age et en donna à Herbert. Herbert prospéra. Il devint plus gros, plus rond, plus rose et plus potelé que jamais. Mais il pleurait toujours.

Alors Mrs. Wilkins lut une autre publicité dans le journal du soir. Là, elle apprit que les bébés pleuraient parce qu'ils n'avaient pas assez chaud, et que toutes les bonnes mères devraient acheter des Douillettes Molletonnées Doucine. Comme elle était une bonne mère, elle acheta une Douillette Molletonnée Doucine et y enveloppa Herbert. Herbert continua à prospérer. Et à pleurer.

Elle se replongea donc dans les journaux du soir ; à ce stade-là, Mr. Wilkins et elle ne savaient plus à quel saint se vouer. L'un des voisins menaçait de se plaindre au propriétaire, et Mrs. Simpson faisait marcher sa chaîne stéréo nuit et jour, pour couvrir le bruit, disait-elle. Cette fois, Mrs. Wilkins apprit que les pleurs de son bébé étaient dus à une Mauvaise Elimination : elle lui acheta une bouteille de Nectar d'Hébé pour Enfants Difficiles et lui en donna une cuillerée à café tous les matins. Cependant, il pleurait toujours.

Puis le printemps vint, le soleil se mit à briller,

les plantes à bulbes dans le jardin du numéro sept s'épanouirent, plus belles que jamais ; Mrs. Wilkins sortit Herbert dans le jardin dans son landau, et il cessa de pleurer.

Comme elle était très gentille et très fière d'être mère, elle écrivit immédiatement à la direction du Lait Naturel Machin Premier Age, des Douillettes Molletonnées Doucine et du Nectar d'Hébé pour Enfants Difficiles pour les informer qu'elle avait acheté leurs produits pour Herbert et qu'il ne pleurait plus.

Deux jours plus tard, une charmante jeune femme sonnait à la porte des Wilkins : elle dit qu'elle venait voir Herbert de la part de la société Machin... et quel beau bébé, il respirait la santé, était-il possible de prendre une photo ? Ravie, Mrs. Wilkins pensa : *Evidemment, Herbert est le plus beau bébé du monde. Mrs. Burton va faire une de ces têtes !* Et elle accepta avec plaisir. La jeune femme photographia Herbert vêtu de sa plus belle robe brodée en train de boire du Lait Naturel Machin Premier Age au biberon et partit.

Le lendemain, un gentil vieux monsieur des Douillettes Molletonnées Doucine vint photographier Herbert enveloppé dans une Douillette Doucine. Il faisait chaud ce jour-là, et un papillon vint se poser sur le landau, mais le gentil vieux monsieur trouva cela délicieux.

Le jour suivant, un jeune homme à l'allure d'intellectuel, avec des lunettes à monture d'écaille, vint de la part du Nectar d'Hébé et photographia Herbert couché sur une fourrure devant la cheminée dans le plus simple appareil. En lisant son journal du dimanche,

Mr. Wilkins y vit son propre bébé avec une légende en lettres majuscules · « Mon enfant ne me pose plus de problème, déclare Mrs. Wilkins du n° 7, résidence Le Bocage, SW 10. »

Mrs. Burton le vit également et dit à Mr. Burton : « Pas étonnant, après qu'ils ont enfin retiré toutes ces épaisseurs de laine que le pauvre petit bonhomme avait sur le dos. »

Mais Mr. et Mrs. Wilkins voyaient les choses autrement. Ils emmenèrent Herbert chez un photographe d'art et le firent prendre, vêtu et dévêtu, avec un seul parent, avec les deux, debout, assis ; en toute circonstance, il restait le plus beau bébé que les Wilkins aient jamais vu.

Un jour, ils tombèrent sur une annonce dans un grand journal du dimanche, promettant un prix de dix mille livres au plus joli bébé du monde. « C'est bien, chéri, dit Mrs. Wilkins. Comme ça, on pourra s'acheter une berline. » Car elle savait, bien sûr, qu'Herbert remporterait le concours.

Et elle ne s'était pas trompée. Herbert fut photographié dans dix-huit poses différentes pour le premier tour, puis soumis à un examen individuel pour le deuxième tour et exposé publiquement au Crystal Palace lors des demi-finales ; pour la finale, il fut placé dans un couffin bleu ciel et examiné par trois médecins, deux infirmières, un psychologue pour enfants, une vedette de cinéma et Mr. Cecil Beaton. Après quoi, il fut proclamé le Plus Beau Bébé de Grande-Bretagne.

Ce n'était qu'un début. Bébé Grande-Bretagne devait encore affronter Bébé France, Bébé Espagne, Bébé Italie et Bébé Amérique. Il

signore Mussolini expédia un message spécial à
Bébé Italie, ce que les concurrents des autres
pays jugèrent injuste. L'Etat libre insista pour
envoyer des jumeaux qui furent disqualifiés. Le
président français télégraphia une invitation à
tous les participants afin que le concours ait lieu
à Paris, et les Allemands décrétèrent que la
petite fille élue Bébé Pologne, dans la mesure où
elle était née dans le couloir de Dantzig, était en
fait originaire de Prusse occidentale et devait
être présentée comme telle.

Mais ces complications internationales ne
changeaient rien pour Herbert. Il triompha de
tous ses concurrents et fut couronné Bébé
Monde à la veille de son premier anniversaire.

Pour Mr. et Mrs. Wilkins commença alors une
période réellement fabuleuse. Mrs. Wilkins donnait des interviews à la presse sur « Le pouvoir
de l'amour maternel », « La plus douce chose au
monde » et « Comment j'organise la chambre de
mon enfant ». Mr. Wilkins écrivit quelques
articles émouvants et virils sur « La paternité
face aux réalités de la vie » et « Le fils de
l'homme »... ou plutôt, ils étaient rédigés à sa
place par une fringante jeune personne jusqu'à
ce que Mrs. Wilkins décide d'assister à leurs
séances de travail.

Puis une maison d'édition proposa à Mr. Wilkins d'écrire pour Noël un livre intitulé *Le Père
d'Herbert,* sur les tendres sentiments d'un père,
les pensées pures qui lui viennent à l'esprit
quand il regarde le visage de son fils endormi,
l'émerveillement qu'on éprouve à voir une
réplique miniature de soi-même embellir de
jour en jour, et la délicieuse innocence qui

émane des actes des petits enfants. Mr. Wilkins jugea l'idée bonne, à condition que l'on écrive l'ouvrage en question à sa place et qu'il touche une avance sur les droits d'auteur de trois mille livres minimum à la date de la publication, mais il fallait qu'il en parle d'abord à Mrs. Wilkins. Mrs. Wilkins fut quelque peu froissée. Pourquoi *Le Père d'Herbert* ? De quel droit la Paternité l'emportait-elle sur la Maternité ? L'éditeur mit en avant le succès de *Christopher Robin* de A. A. Milne, de *Jules César* de Lewis Hind, de *Mon Fils Simon* de A. S. M. Hutchinson, sans oublier *Le Petit Oiseau blanc* de James Barrie. « Mais aucun de ces enfants n'était mon Herbert », déclara Mrs. Wilkins, fait indéniable s'il en fut. Finalement, le contrat fut signé pour *Le Livre d'Herbert,* par ses parents.

Ce fut un succès. Un succès ? Un triomphe, une apothéose, un raz de marée. On n'avait encore jamais rien connu de pareil. Ce fut LE cadeau de Noël. Les ventes atteignirent trois cent mille exemplaires avant le 3 décembre. Il fut simultanément publié en feuilleton par l'*Evening Standard,* le *Home Chat* et le *Nursery World.* Mr. Baldwin y fit allusion lors d'un banquet au Palais des corporations. Le prince de Galles employa une plaisanterie tirée du livre dans un discours radiodiffusé sur tout le territoire de l'Empire britannique. La Société des Livres s'abstint de le recommander à ses lecteurs, mais toutes les librairies du Royaume-Uni lui consacrèrent un présentoir spécial, avec des photographies d'Herbert et des exemplaires signés d'un pâté : « Herbert, sa marque » dans un très joli cadre.

Le phénomène Herbert prit de l'ampleur. On mit sur le marché de petits Herbert en savon (déshabillés pour le bain), pour la plus grande joie des enfants. La famille royale accepta gracieusement un Herbert en ivoire, conçu par un sculpteur dévoué pour servir de presse-papiers. On institua une journée nationale en l'honneur d'Herbert pour recueillir des fonds au profit des services pédiatriques des hôpitaux anglais, et l'on commercialisa trente-sept sortes différentes de calendriers, cartes de vœux et buvards à son effigie.

Mrs. Wilkins se sentait récompensée dans sa foi. Voilà, disait-elle, ce que pouvait donner l'amour d'une mère. Mr. Wilkins exigea dix pour cent sur tous les articles vendus. Ils achetèrent une maison de campagne près de Brighton, une Bentley, six robes pour Mrs. Wilkins, un réfrigérateur électrique, et vécurent heureux jusqu'à ce qu'Herbert devienne grand.

Car Herbert grandissait.

A quatre ans, affublé d'anglaises et de falbalas, il posait pour les photographes. A quatorze ans, il portait des tricots, avait les ongles noirs et collectionnait les scarabées. A sa sortie de l'école privée parmi les plus prestigieuses d'Angleterre, il avait une culotte de golf, des boutons, roulait en moto et changeait de cravate trois fois en une demi-heure avant de rendre visite à la fille du buraliste du coin. Il connaissait par cœur le code de conduite du Chic Type. Ses principaux centres d'intérêt dans la vie étaient le protocole, Edgar Wallace et le désir de tourner la page sur son passé. Déjà, avant d'aller à l'école primaire, il avait tenu à se faire appeler James. Son père, conscient qu'un garçon sera toujours un garçon, l'avait soutenu et, lorsqu'il atteignit l'âge adulte, on pouvait difficilement deviner que le jeune James Wilkins, dont la beauté ne sautait pas aux yeux, était Herbert, le Plus Beau Bébé du Monde. Seule Mrs. Wilkins entretenait, dans une chambre fermée à clé, un musée composé de photos d'Herbert, de trophées, de premières éditions, de figurines en savon, de statuettes d'ivoire, de coupes en argent et de cartes de vœux. Le phénomène Herbert était passé de mode ; désormais, une blague de music-hall à son sujet n'arrachait même pas l'ombre d'un sourire à l'auditoire.

Mrs. Wilkins souffrait de cet état de fait. Certes, la fortune de la famille était solidement établie, Mr. Wilkins avait investi en actions les bénéfices de la réussite juvénile de son fils, et leur maison était la plus respectée de tout South Kensington. Mais Mrs. Wilkins avait goûté au nectar de la publicité, et il lui tardait de s'y abreuver à nouveau.

Il s'avéra qu'un soir, alors que (Herbert) James était âgé de vingt-trois ans, il rentra chez lui pour annoncer ses fiançailles avec Selena Courtney, la fille du vieux Courtney dont il honorait l'étude de sa présence environ six heures par jour.

Tout le monde s'en réjouit. Mr. Wilkins était ravi car Courtney, de chez Courtney, Gilbert & Cie, valait près d'un demi-million de livres sterling. Herbert était ravi car il savourait pleinement les plaisirs combinés d'un Premier Amour et du Snobisme Satisfait qui sont, comme chacun sait, l'idéal de tout Honnête Homme.

Les Courtney étaient ravis car ils trouvaient que Wilkins était un jeune homme très bien, dépourvu des tares propres à sa génération. Quant à Mrs. Wilkins... eh bien, ses sentiments étaient mitigés. C'était elle, après tout, qui avait engendré cette merveille, or personne ne semblait se souvenir de son rôle ni juger le fruit de ses entrailles particulièrement réussi. En outre, elle était un peu jalouse, comme une mère modèle a le droit de l'être, de sa future belle-fille.

L'annonce des fiançailles parut dans le *Times*. Les reporters, plutôt indifférents, vinrent à la maison de Kensington. Mrs. Wilkins fut priée de fournir des détails sur la carrière de son fils. « Des anecdotes ? Des accidents ? A-t-il jamais remporté un prix ? » demanda l'un d'eux.

C'en était trop. « Venez voir. » Et Mrs. Wilkins conduisit les visiteurs dans la chambre fermée à clé.

Ce qui se passa là-bas fut bientôt connu du public. Quand, deux jours plus tard, (Herbert) James quitta le bureau pour se rendre chez son futur beau-père, à Belgrave Square, dans l'espoir d'emmener sa fiancée après dîner à une soirée dansante chez lady Soxlet, il tomba sur des affiches qui clamaient : « Bébé idéal pour un mariage ». Sans y prêter attention, il poursuivit son chemin jusqu'à la station de métro. Là, il vit d'autres affiches. « Le plus beau bébé du monde est devenu un homme. » « Le petit Herbert se fiance. »

Toujours à peine conscient du gouffre qui s'ouvrait sous ses pieds, il acheta le journal du soir, où il lut parmi les gros titres : « Herbert

enfin identifié. » Et en dessous, ces mots fatals :
« Le jeune employé de la Cité, Mr. James Wilkins, dont les fiançailles avec Miss Selena Courtney, 299 Belgrave Square, ont été annoncées
il y a deux jours, n'est autre, d'après les
révélations de sa mère, Mrs. Wilkins, qu'Herbert, le Bébé Miracle. » Suivaient les récits
de l'Enfance Idéale, des épisodes tirés de la
Légende d'Herbert, des réclames concoctées à la
hâte par le Lait Naturel Machin Premier Age, les
Douillettes Molletonnées Doucine et le Nectar
d'Hébé pour Enfants Difficiles, le tout illustré
par des photos du petit Herbert. Les éditeurs du
Livre d'Herbert annonçaient une réimpression,
et un quotidien réputé, qui tirait à plus de deux
millions d'exemplaires, promettait de publier
une série d'articles sous le titre : « Mon Herbert
est un homme, par la maman d'Herbert. »

Herbert n'alla pas à Belgrave Square. Il rentra à Kensington. Il ouvrit la porte d'entrée avec
sa propre clé et monta dans le boudoir de sa
mère. Il la trouva riant et pleurant de joie devant
le journal du soir. Elle leva les yeux et vit son
fils.

« Oh, mon chéri ! Je croyais que tu devais
emmener Selena à une soirée dansante ?

— Il n'y a pas de Selena, déclara Herbert
lugubrement. Il n'y a pas de soirée dansante. Il
n'y a que moi et toi. »

Il aurait sans doute dû dire « Toi et moi »,
mais la syntaxe ne figure pas forcément au
nombre des attributs d'un Chic Type.

« Oh, Herbert ! s'écria Mrs. Wilkins, exta-
tique. Mon instinct de mère ne m'avait pas

trompée. Une mère a toujours raison, chéri. Tu m'es revenu.

— En effet », dit Herbert.

Et il l'étrangla avec une corde faite de journaux enroulés.

Le juge lui trouva des circonstances atténuantes : Herbert changea son nom en William Brown et s'en fut planter du thé, du caoutchouc ou autre chose en Malaisie, où Selena le rejoignit deux ans plus tard. Mr. Wilkins vécut jusqu'à un âge avancé en veillant sur ses dividendes, et tout le monde fut finalement très heureux.

LA FILLE QUI AIMAIT
LES CIMETIÈRES

P. D. James

Elle ne conservait aucun souvenir de cette chaude journée d'août 1956, quand elle vint habiter chez sa tante Gladys et son oncle Victor dans leur petite maison à l'est de Londres, au 49 Alma Terrace. Elle savait que c'était trois jours après son dixième anniversaire et qu'elle avait été confiée à la garde des seuls parents qui lui restaient, après que son père et sa grand-mère eurent été emportés par une épidémie de grippe en l'espace d'une semaine. Mais il ne s'agissait que de faits que quelqu'un, à un moment donné, lui avait brièvement résumés. Pour elle, les souvenirs d'enfance remontaient à cette matinée où, se réveillant dans la petite chambre inconnue où le chaton Noiraud dormait encore roulé en boule sur une serviette au pied de son lit, elle s'était approchée pieds nus de la fenêtre et avait écarté le rideau.

Là, devant elle, s'étendait le cimetière, lumi-

neux et mystérieux aux premières lueurs du
jour, clôturé par une barrière métallique et
seulement séparé d'Alma Terrace par un chemin
étroit. La journée s'annonçait tout aussi chaude,
et les rangées serrées de tombes baignaient dans
une légère brume trouée ici ou là par un obélisque et par les ailes des anges en marbre dont
les têtes désincarnées semblaient flotter sur des
particules de lumière moirée. Pendant qu'elle
contemplait, extasiée, ce spectacle enchanteur,
la brume commença à se lever, et le cimetière
tout entier s'offrit à ses yeux : pierre et marbre,
herbe chatoyante, arbres revêtus de leur parure
d'été, tombes fleuries et entrelacs infini de sen-
tiers. Au loin, on distinguait tout juste la flèche
de la chapelle victorienne, étincelant tel le toit
d'un château magique dans quelque conte de
fées depuis longtemps oublié. Dans ces instants
d'émerveillement grandissant, elle se surprit à
frissonner de bonheur, émotion si rare qu'elle
étreignit douloureusement son corps maigre. Ce
fut en ce premier matin de sa nouvelle vie, alors
que le passé disparaissait dans le brouillard et
que l'avenir était inconnu et effrayant, qu'elle fit
du cimetière son jardin secret. Tout au long de
son enfance et de sa jeunesse, il devait rester un
lieu d'enchantement et de mystère, sa demeure
et son refuge.

Ce fut une enfance sans amour, presque sans
affection. Son oncle Victor était le demi-frère
aîné de son père ; cela aussi, on le lui expliqua.
Lui et sa tante n'étaient donc pas à proprement
parler de la famille proche. Le peu d'amour dont
ils étaient capables, ils se le prodiguaient
mutuellement, et encore, plus qu'un sentiment

réel, c'était un pacte de soutien et de réconfort réciproque face au monde hostile qui les guettait derrière les coquets rideaux de leur petit salon étouffant.

Néanmoins, ils prirent soin d'elle aussi consciencieusement qu'elle prenait soin du chat Noiraud. Tout le monde croyait à tort qu'elle adorait Noiraud qui l'avait suivi chez son oncle et sa tante, son unique lien avec le passé, presque son unique bien. Elle seule savait qu'elle le détestait et le craignait. Mais elle le brossait et le nourrissait avec le même soin méticuleux qu'elle apportait à toute chose ; en échange, il lui vouait une obéissance servile et ne la lâchait pas d'une semelle, trottinant à ses pieds dans le cimetière et rebroussant chemin seulement lorsqu'ils arrivaient au portail. Mais ils n'étaient pas amis. Il ne l'aimait pas et savait qu'elle ne l'aimait pas non plus. C'était juste un complice qui l'épiait de ses yeux mi-clos, détenteur d'un secret qui leur était commun. Bien que doué d'un appétit vorace, il ne grossissait pas. En fait, son corps noir et lisse s'allongeait, si bien que, étendu au soleil sur le rebord de la fenêtre, son museau pointu invariablement tourné vers le cimetière, il avait l'air aussi sinistre et irréel qu'un reptile velu.

Par chance, il y avait dans Alma Terrace une entrée latérale pour accéder au cimetière, et elle l'utilisait comme raccourci pour aller à l'école, évitant ainsi les dangers de la grand-route. Le premier jour, son oncle avait observé, dubitatif :

« Ce n'est pas que je sois contre, mais je ne trouve pas ça très sain, qu'une gamine passe chaque jour entre toutes ces rangées de morts. »

Ce à quoi sa tante avait rétorqué :

« Les morts ne vont pas sortir de leurs tombes. Ils sont tranquilles, eux. Elle n'a rien à craindre de ce côté-là. »

Elle avait parlé d'une voix particulièrement forte et hargneuse : c'était une proclamation, semblait-il, presque un défi. Mais l'enfant savait qu'elle avait raison. Elle se sentait en sécurité avec les morts, en sécurité et chez elle.

Les années passèrent, aussi fades et plates que le blanc-manger de sa tante, plus une sensation qu'un goût. Avait-elle été heureuse ? Cette question ne lui avait même pas effleuré l'esprit. Elle n'était pas trop mal vue à l'école, n'étant ni assez jolie ni assez intelligente pour attirer l'attention de ses camarades ou des enseignants ; enfant ordinaire, ayant pour seule particularité d'être orpheline, mais incapable de tirer parti même de cet atout sentimental. Peut-être aurait-elle pu se faire des amies, des fillettes aussi passives et réservées qu'elle, qui auraient apprécié son inoffensive médiocrité. Mais quelque chose chez elle s'opposait à leurs timides avances, son indépendance, son regard inexpressif et indifférent, son refus de s'investir même dans une relation superficielle. Elle n'avait pas besoin d'amis. Elle avait le cimetière et ses habitants.

Quelques-uns étaient ses préférés. Elle les connaissait tous, leur date de décès, leur âge, quelquefois même la cause de leur mort. Elle savait leurs noms ; elle avait appris les stèles par cœur. Pour elle, ils étaient plus réels que les vivants, ces rangées d'épouses et de mères tendrement chéries, de respectables commerçants, de pères regrettés, d'enfants dont les parents à jamais inconsolables pleuraient la disparition. Les tombes récentes ne l'intéressaient guère, même si elle assistait aux enterrements de loin, puis se faufilait en douce pour lire les inscriptions sur les plaques. Mais par-dessus tout, elle aimait les vieux monticules de terre ou les pierres ébréchées, les croix penchées, les mots gravés à demi effacés par les ans. C'étaient les noms de ces morts d'antan qui alimentaient son imagination d'enfant.

Même les changements de saison, elle les vivait dans et à travers le cimetière. Les têtes pourpres et dorées des premiers crocus qui perçaient le sol durci. Avril avec sa débauche de jonquilles. Le cimetière en fête, jaune et blanc, lorsque les familles décoraient les tombes à la période de Pâques. L'odeur d'herbe coupée, les effluves de terre au cœur de l'été, comme si les morts respiraient l'air parfumé et exhalaient leurs propres miasmes mystérieux. Le reflet aveuglant du soleil sur la pierre et le marbre, quand les vieilles femmes dans leurs robes de coton tachées clopinaient pour remplir leurs vases au robinet derrière la chapelle. La vue du cimetière transformé par la première neige de l'hiver, les anges en marbre grotesques sous leurs bonnets de neige étincelante. Postée à la fenêtre au moment du dégel, elle guettait l'instant où l'édifice s'effondrait et où les formes ensevelies redevenaient elles-mêmes.

Une fois, une seule, elle avait posé des questions sur son père pour découvrir, comme cela arrive à tous les enfants, que pour une raison énigmatique connue des seuls adultes, c'était un sujet qu'il valait mieux ne pas aborder. Elle était en train de faire ses devoirs à la table de cuisine, pendant que sa tante préparait le dîner. Levant les yeux de son livre d'histoire, elle demanda : « Où il est enterré, papa ? »

La poêle retomba bruyamment sur le fourneau. La fourchette échappa de la main de sa tante. Elle mit du temps à la ramasser, à la laver, à nettoyer les taches de graisse par terre.

« Où il est enterré, papa ? répéta l'enfant.

— Dans le Nord. A Creedon, près de Nottingham, avec ta maman et ta mamie. Où veux-tu qu'il soit ?

— Je peux aller là-bas ? Pour le voir ?

— Quand tu seras plus grande, peut-être. Ça ne rime à rien de traîner près des tombes. Les morts, ils sont ailleurs.

— Et qui s'en occupe ?

— Des tombes ? Les gens du cimetière. Allez, finis tes devoirs. Je vais avoir besoin de la table. »

Elle n'avait pas parlé de sa mère, sa mère qui était morte à sa naissance. Cet abandon, qu'elle avait toujours cru volontaire, lui inspirait un remords secret. « Tu as tué ta mère. » Quelqu'un, un jour, lui avait dit ces paroles, lui avait légué ce fardeau. Elle s'interdisait de penser à sa mère. Mais elle savait que son père était resté avec elle, qu'il l'aimait, qu'il n'avait pas fait exprès de mourir et de la laisser seule. Plus tard, en cachette, elle retrouverait sa tombe. Elle irait lui rendre visite, non pas une fois, mais toutes les semaines. Elle prendrait soin de la sépulture, planterait des fleurs et tondrait l'herbe comme les vieilles dames du cimetière. Et, s'il n'avait pas de pierre tombale, elle en commanderait une, non pas une croix, mais un obélisque étincelant, le plus haut du cimetière, avec son nom et une épitaphe de son choix. Elle devrait attendre d'être plus grande, le temps de terminer ses études, de trouver un emploi et d'économiser de l'argent. Mais un jour, elle retrouverait son père. Elle aussi, elle aurait une tombe à entretenir. Elle avait une dette d'amour à payer.

Quatre ans après son arrivée à Alma Terrace, l'unique frère de sa tante vint les voir d'Australie. Physiquement, il ressemblait à sa sœur : courtaud, trapu, mêmes petits yeux enfoncés dans un visage lourd et carré. Mais l'insouciante assurance de tonton Ned, sa gaieté chaleureuse juraient tant avec le caractère indécis et réservé de tante Gladys qu'il était difficile de croire qu'ils fussent du même sang. Pendant les deux semaines de son séjour, il emplit la maisonnée de sa voix de stentor à l'accent insolite et de sa présence virile. Il y eut des sorties exceptionnelles : déjeuners dans le West End, sortie au cynodrome, spectacle à Earl's Court. Tonton Ned était gentil avec l'enfant : il lui donnait de l'argent de poche et l'avait même accompagnée un matin à travers le cimetière pour aller acheter son journal de tiercé. Ce soir-là, en descendant dîner sans bruit, elle surprit des bribes de conversation, une conversation d'adultes, incompréhensible sur le moment, mais qu'elle retint et garda en mémoire.

Tout d'abord, la voix tonitruante de son oncle : « On regardait cette pierre tombale ensemble, tu comprends. "A l'époux et au père bien-aimé. Ravi subitement à l'affection des siens le 14 mars 1892." Quelque chose comme ça. Eclats de marbre, urne fissurée, ange énorme, le doigt pointé vers le ciel. Tu vois le genre. Tout à coup, la gamine se tourne vers moi. "Papa aussi, il est mort subitement." Comme ça, de but en blanc. Pourquoi elle a dit ça, hein ? Juste à ce moment-là, j'entends. Bon sang, ça m'a secoué. Je ne savais plus où me mettre. Et elle avait bien choisi l'endroit, un cimetière ! L'avantage, tiens, de venir à Sydney... Tu auras une meilleure vue, ça, je te le promets. »

Se rapprochant à pas de loup, elle tendit l'oreille pour essayer de distinguer, en vain, la réponse marmonnée de sa tante.

A nouveau, la voix de son oncle : « Cette garce ne lui a jamais pardonné d'avoir fait un enfant à Helen. Personne n'était assez bien pour sa précieuse fille. Quand Helen est morte en couches, c'était sa faute aussi. Pauvre pomme, il s'est mis dans un sacré pétrin en s'entichant de cette fille. Trop doux, trop romantique. Ça a toujours été le problème de Martin. »

D'autres murmures inintelligibles, les pas de sa tante allant de la table au fourneau, le raclement d'une chaise. Et la voix de tonton Ned :

« C'est une drôle de gamine, hein ? Vieux jeu. Un peu morbide même, comme qui dirait. Elle a l'air de passer sa vie au cimetière, avec son chat de malheur. Et l'image brisée de son père. Je te jure que ça m'a secoué, quand elle m'a sorti ça. Elle me regarde avec ses yeux à lui, et crac ! "Papa aussi, il est mort subitement." Je pense bien ! Une épidémie de grippe ? Si on veut, on peut appeler ça comme ça. Un nom aussi ordinaire, ça aide. Les gens ne pigent pas. Ça fait combien de temps maintenant ? Quatre ans ? J'ai l'impression que c'est beaucoup plus vieux. »

Seule une partie de cette conversation à demi entendue, incompréhensible, l'avait troublée. Tonton Ned cherchait à les convaincre de le rejoindre en Australie. Elle allait peut-être partir loin d'Alma Terrace, ne plus jamais revoir le cimetière, devoir attendre des années avant d'avoir de quoi retourner en Angleterre et retrouver la tombe de son père. Et comment pourrait-elle s'y rendre régulièrement, comment pourrait-elle l'entretenir en étant à l'autre bout du monde ? Après le départ de tonton Ned, elle mit des mois à pouvoir regarder sereinement les rares lettres qui arrivaient d'Australie.

Mais elle avait eu tort de s'inquiéter. Son oncle et sa tante attendirent octobre 1966 pour quitter l'Angleterre, et ils partirent seuls. Lorsqu'ils lui annoncèrent la nouvelle, un dimanche matin au petit déjeuner, il devint clair qu'ils n'avaient jamais envisagé de l'emmener avec eux. Consciencieux comme toujours, ils avaient retardé leur décision jusqu'à ce qu'elle termine ses études et gagne sa vie comme sténo-dactylo dans une agence immobilière du quartier. Son avenir était assuré. Ils avaient fait tout ce que le devoir leur commandait. Hésitants, la mine un peu honteuse, ils se sentirent obligés de se justifier comme si cela avait une importance, comme si elle se souciait de savoir s'ils restaient ou partaient. Sa tante était de plus en plus incommodée par son arthrite ; ils rêvaient de soleil ; tonton Ned était leur parent le plus proche, et ils ne rajeunissaient ni l'un ni l'autre. Leur projet, qu'ils caressaient depuis des mois à l'abri des portes closes, était de passer six mois à Sydney et ensuite, s'ils se plaisaient en Australie, de demander un permis de séjour. La maison d'Alma Terrace serait vendue pour payer les frais du voyage. D'ailleurs, ils l'avaient déjà mise en vente. Mais ils avaient aussi pris des dispositions pour elle. Quand elle sut de quoi il s'agissait, elle dut baisser le nez sur son assiette pour leur cacher la joie qui la submergea. Mrs. Morgan, trois numéros plus loin, la prendrait volontiers comme locataire, si elle ne voyait pas d'inconvénient à occuper la petite chambre du fond qui donnait sur le cimetière. Si intense était son soulagement qu'elle entendit à peine les paroles de sa tante. Il y avait un petit problème. Tout le monde savait ce que Mrs. Morgan pensait des chats. Il allait falloir faire piquer Noiraud.

Elle devait emménager au 43 Alma Terrace l'après-midi du jour où sa tante et son oncle prenaient l'avion à Heathrow. Ses deux valises contenant tous ses effets étaient déjà prêtes. Dans son sac à main, elle avait soigneusement rangé les maigres preuves de son existence : son acte de naissance, sa carte de Sécurité sociale, son livret d'épargne avec les cent trois livres péniblement économisées pour pouvoir payer le monument de son père. Elle commencerait ses recherches dès le lendemain. Entre-temps, elle emmena Noiraud chez le vétérinaire. Elle fabriqua une caisse avec deux cartons emboîtés l'un dans l'autre, dans lesquels elle avait percé des trous, et s'installa patiemment dans la salle d'attente avec la caisse à ses pieds. Le chat ne bronchait pas, et cette résignation l'émut, éveillant pour la première fois un sentiment de pitié et d'affection à son égard. Mais elle ne pouvait rien pour lui. Ils le savaient l'un et l'autre. Du reste, il connaissait toutes ses pensées, comme il connaissait le passé et l'avenir. Ils partageaient quelque chose, un secret, une expérience commune qu'elle n'arrivait pas à se rappeler et qu'il était incapable de lui communiquer. En le supprimant, elle effaçait définitivement ce lien ténu avec les dix premières années de sa vie.

Quand vint son tour de consulter, elle dit au vétérinaire :

« Je voudrais le faire piquer. »

Le vétérinaire palpa d'une main vigoureuse et experte le pelage soyeux.

« Vous en êtes sûre ? Il m'a l'air en bonne santé. Il n'est plus tout jeune, évidemment, mais il est en pleine forme.

— J'en suis sûre. Je veux le faire piquer. »

Et elle le laissa sans un regard ni un mot de plus.

Elle avait cru qu'elle serait contente de ne plus devoir faire semblant de l'aimer, d'être débarrassée de ces yeux étroits et accusateurs. Mais sur le chemin du retour, elle découvrit qu'elle pleurait ; les larmes, inattendues et irrépressibles, ruisselaient sur son visage.

Il ne fut pas difficile d'obtenir une semaine de congé à son bureau. Ces vacances, elle les avait préparées. Son travail était à jour. Elle avait calculé ce que lui coûteraient le train, les autocars et un séjour d'une semaine dans un modeste hôtel. Elle avait tout prévu. Depuis des années.

Elle commencerait ses recherches par l'adresse qui figurait sur son acte de naissance : Cranstoun House, Creedon, Nottingham, la maison où elle était née. Les propriétaires actuels se souviendraient peut-être d'elle et de son père. Sinon, les voisins ou des villageois plus âgés devaient se rappeler la mort de son père et le lieu où il était enterré. En cas d'échec, elle s'adresserait aux pompes funèbres. C'était seulement dix ans plus tôt. Il y aurait bien quelqu'un sur place qui saurait. Quelque part à Nottingham, il devait y avoir des archives contenant tous les actes de décès. Elle dit à Mrs. Morgan qu'elle partait une semaine là où elle avait vécu autrefois avec son père, rangea ses affaires de toilette dans un fourre-tout et, le lendemain matin, prit le premier express à St. Pancras, destination Nottingham.

Ce fut dans le car entre Nottingham et Creedon qu'elle ressentit les premiers signes d'angoisse et d'appréhension. Jusque-là, tout s'était déroulé dans le calme et la confiance, sans effervescence, comme si ce voyage programmé depuis longtemps était aussi ordinaire, aussi inévitable que le fait d'aller tous les jours au bureau ; ce pèlerinage obligé remontait à l'instant où, pieds nus et en chemise de nuit blanche, elle avait écarté le rideau de sa chambre pour contempler son royaume. Mais son état d'esprit avait changé. Tandis que le car traversait, cahotant, les banlieues, elle se surprit à se trémousser sur son siège comme si son malaise intérieur provoquait un inconfort physique. Elle s'était attendue à voir une campagne verdoyante, des petites églises entourées de cimetières coquets à l'ombre des ifs. Des cimetières comme elle en avait visité en vacances, et qu'elle avait aimés presque autant que son cimetière à elle. Son père reposait sûrement dans l'un de ces sanctuaires égayés par le chant des oiseaux. Mais Nottingham s'était étendue ces dix dernières années, et Creedon n'était plus qu'une agglomération reliée à la ville par une interminable suite de lotissements neufs et criards, de stations-service et de zones industrielles. Le paysage ne lui était guère familier ; pourtant, elle était sûre d'avoir déjà effectué ce trajet, dans l'angoisse et la douleur qui plus est.

Mais quand, trente minutes plus tard, le car s'arrêta au terminus de Creedon, elle reconnut l'endroit sans difficulté. *Le Chien qui siffle* occupait toujours un angle de la place poussiéreuse et jonchée de détritus, avec le même abribus à l'extérieur. A la vue de ses murs couverts de graffiti, la mémoire lui revint aussi facilement que si elle n'avait jamais rien oublié. C'était ici que son père la laissait tous les dimanches, lorsqu'il l'amenait voir sa grand-mère. Ici, que la vieille cuisinière de sa grand-mère venait la chercher. Ici, qu'elle se retournait pour esquisser un dernier signe de la main pendant que son père attendait patiemment le départ de l'autocar en sens inverse. Ici, qu'on la ramenait à six heures et demie, lorsqu'il revenait la reprendre. Cranstoun House était la maison de sa grand-mère. Elle-même y était née, mais n'y avait jamais vécu.

Elle n'eut pas besoin de demander son chemin. Et quand, cinq minutes plus tard, elle s'arrêta devant la maison, fascinée et atterrée à la fois, elle n'eut pas besoin non plus de lire le nom peint sur le vieux portail cadenassé. C'était une bâtisse carrée en brique sombre, se dressant dans sa fausse grandeur incongrue au bout d'un chemin de terre. Plus petite que dans son souvenir, elle n'en était pas moins effrayante. Comment aurait-elle pu oublier ces pignons sculptés, ce haut toit pointu, ces impénétrables fenêtres en encorbellement, cette unique tourelle inaccessible dans l'aile est ? Une pancarte avec le nom d'une agence immobilière était fixée au portail ; de toute évidence, la maison était inhabitée. La peinture de la porte d'entrée s'écaillait, les pelouses étaient à l'abandon, les branches des rhododendrons étaient cassées, et des touffes de mauvaises herbes poussaient dans l'allée de gravier. Il n'y avait personne ici pour lui indiquer la tombe de son père. Cependant, il fallait qu'elle entre, qu'elle se force à franchir une fois de plus cette porte imposante. Cette maison savait quelque chose, que Noiraud avait su également. Impossible de brûler les étapes. Elle devait se rendre à l'agence et demander l'autorisation de la visiter.

Elle avait raté l'autocar du retour, et le suivant n'arriva à Nottingham qu'à trois heures de l'après-midi. Elle n'avait rien mangé depuis le petit déjeuner, trop obnubilée par son idée pour avoir faim. Mais la journée serait encore longue ; elle se dit qu'elle ferait mieux de se restaurer. Elle entra dans un snack-bar et, fâchée de gaspiller de précieuses minutes, commanda un croque-monsieur et une tasse de café. Le café était brûlant, mais sans aucun goût. De toute façon, elle n'aurait pas senti son arôme, mais au moment où le liquide chaud coula dans sa gorge, elle comprit à quel point elle en avait besoin.

La caissière put lui indiquer l'adresse de l'agence immobilière. Il lui sembla de bon augure que celle-ci se trouve à dix minutes de marche à pied. Elle fut reçue par un jeune homme aux traits aigus, vêtu d'un costume rayé trop grand pour lui. Un coup d'œil expert sur son vieux manteau en tweed bleu, le fourre-tout bon marché et le sac à main imitation cuir, et il la classa immédiatement dans cette catégorie de clients dont on ne pouvait attendre grand-chose et qui, par conséquent, méritaient encore moins que l'on s'intéresse à eux. Il lui remit néanmoins le descriptif ; sa curiosité s'éveilla lorsqu'elle jeta un bref regard sur le papier avant de le plier et de le ranger dans son sac. Sa demande de visiter la maison dans le courant de l'après-midi fut accueillie, comme elle le prévoyait, poliment mais sans enthousiasme. Connaissant le métier, elle n'en fut pas étonnée. La maison était inoccupée. Il allait falloir l'accompagner. Sa modeste apparence ne faisait pas d'elle une acheteuse potentielle. Et, quand il s'excusa brièvement pour consulter un collègue et revint lui dire qu'il pouvait la conduire à Creedon tout de suite, elle comprit aussitôt pourquoi. Ils n'avaient pas l'air particulièrement débordés, et il était temps que quelqu'un de l'agence aille inspecter les lieux.

Pas une parole ne fut échangée pendant le trajet. Mais quand, en arrivant à Creedon, il s'engagea dans le chemin menant vers la maison, elle éprouva la même appréhension que la première fois, seulement plus profonde et plus intense encore. Ce n'était pas uniquement le souvenir d'une ancienne détresse. C'étaient une peur et un désespoir enfantins, amplifiés par un terrible pressentiment d'adulte. Quand l'employé de l'agence gara sa Morris en bordure du gazon, elle leva les yeux sur les fenêtres aveugles, et une terreur si aiguë la paralysa qu'elle fut momentanément incapable de bouger ou de parler. Elle se rendit compte que l'homme lui tenait la portière. Elle sentait son haleine chargée de bière, son visage, beaucoup trop proche, penché sur elle avec un air de patience exaspérée. Elle faillit dire qu'elle avait changé d'avis, que la maison ne lui convenait pas du tout, que ce n'était pas la peine de la visiter, qu'elle l'attendrait dans la voiture. Mais elle se força à quitter la chaleur du siège et descendit sous son œil dédaigneux. Elle s'en voulait de sa gaucherie. En silence, elle le regarda ouvrir le cadenas et pousser le portail.

Ils passèrent entre les pelouses négligées et les rhododendrons envahissants. Brusquement, les pas qui crissaient sur le gravier ne furent plus les mêmes, et elle sut qu'elle marchait à côté de son père, comme dans son enfance. Il lui suffisait de tendre la main pour qu'il la saisisse. Son compagnon lui parlait de la maison, mais elle ne l'entendait pas. Son futile bavardage ne l'atteignait plus : elle entendait une autre voix, pour la première fois depuis plus de dix ans : la voix de son père.

« Ce ne sera pas pour toujours, ma chérie. Juste le temps que je trouve du travail. Et je viendrai te voir tous les dimanches midi. Après le déjeuner, on ira se promener tous les deux, toi et moi. Mamie me l'a promis. Et je t'achèterai un chaton. Je te l'apporterai le week-end prochain. Je suis sûr que mamie ne dira rien, quand elle le verra. Un chaton noir. Tu as toujours rêvé d'un chaton noir. Comment l'appellerons-nous ? Petit Noiraud ? Il te fera penser à moi. Plus tard, quand j'aurai trouvé du travail, je pourrai louer une petite maison, et nous serons à nouveau ensemble. Je prendrai soin de toi, ma chérie. Nous prendrons soin l'un de l'autre. »

Elle n'osait pas regarder, de peur de revoir les yeux implorants, la suppliant désespérément de comprendre, de l'aider, de ne pas lui en vouloir. Elle savait maintenant qu'elle aurait dû le soutenir, lui dire qu'elle comprenait, que ça ne la dérangeait pas de rester chez mamie un mois et même plus, en attendant que tout s'arrange. Mais elle n'avait pas réagi en adulte. Elle se rappelait ses larmes, ses efforts frénétiques pour se cramponner à son manteau ; la vieille cuisinière de sa grand-mère, l'air pincé, l'avait détachée de lui et l'avait emportée au lit. Et sa dernière image de lui, entrevue par la fenêtre de sa chambre au-dessus de l'entrée, sa silhouette voûtée tandis qu'il se dirigeait, vaincu, vers l'arrêt de l'autocar.

En arrivant à la porte, elle leva les yeux. La fenêtre était toujours là. Evidemment. Elle connaissait toutes les pièces de cette sinistre maison.

Le jardin était baigné d'un doux soleil d'octobre, mais le vestibule où ils se retrouvèrent était sombre et froid. Le massif escalier d'acajou conduisait de la pénombre vers l'obscurité qui s'étendait au-dessus d'eux, tel un drap mortuaire. Le jeune homme de l'agence tâtonna le long du mur à la recherche de l'interrupteur. Mais elle n'attendit pas. Elle empoigna à nouveau l'énorme bouton de porte en laiton, beaucoup trop gros pour ses doigts enfantins, et pénétra sans hésitation dans le salon.

L'odeur de la pièce n'était plus la même. Avant, ça embaumait la violette et l'encaustique. Maintenant, l'air froid sentait le moisi. Elle s'arrêta dans le noir, grelottante mais parfaitement calme. Elle avait l'impression d'avoir franchi la barrière de la peur, comme un supplicié peut passer de la douleur à un état de paix. Une épaule la frôla : l'homme alla vers la fenêtre et écarta les lourds rideaux.

« Les derniers propriétaires ont laissé une partie de leurs meubles, dit-il. C'est mieux. On trouve plus facilement des acheteurs quand la maison a l'air habitée.

— Vous avez déjà quelqu'un ?

— Pas encore. Question de goût. Elle est un peu trop grande pour une famille moderne. Et puis, il y a le meurtre. Ça fait plus de dix ans déjà, mais on en parle toujours dans le quartier. Il y a eu quatre propriétaires depuis, mais aucun n'est resté longtemps. Ça joue forcément sur le prix. Pas la peine d'espérer cacher une histoire de meurtre. »

Il s'exprimait sur un ton délibérément nonchalant, mais sans la quitter des yeux. S'approchant de l'âtre vide, il posa un bras sur le manteau de la cheminée et la suivit du regard tandis qu'elle errait comme en transe à travers la pièce.

Elle s'entendit demander :

« Quel meurtre ?

— Une femme de soixante-quatre ans. Battue à mort par son gendre. La vieille cuisinière est arrivée et l'a trouvé avec un tisonnier à la main. Maintenant que j'y pense, ç'aurait pu être un de ceux-là. »

Il désigna du menton une garniture de foyer en cuivre posée contre le garde-feu.

« Ça s'est passé exactement là où vous êtes. Elle était assise dans ce même fauteuil.

— Ce n'était pas ce fauteuil-là, répondit-elle d'une voix si rauque et si dure qu'elle-même la reconnut à peine. Le sien était plus grand. Il avait un siège et un dossier brodés, les accoudoirs étaient garnis de napperons de dentelle, et les pieds étaient en forme de pattes de lion. »

L'homme plissa les yeux et rit prudemment. De méfiante, son expression devint perplexe, avant de changer complètement. Etait-ce du mépris qu'elle lut dans son regard ?

« Vous savez tout, je vois. Vous êtes comme les autres.

— Les autres ?

— Ceux qui ne cherchent pas vraiment un logement. Qui de toute façon ne pourraient pas se payer une maison de cette dimension. Ce qu'ils veulent, c'est le frisson, visiter le lieu du crime. Vous en avez de toutes sortes dans cette catégorie-là, et généralement, je les vois venir. Je peux vous donner tous les détails macabres, si ça vous intéresse. Elle a eu le crâne fracassé, mais l'hémorragie était surtout interne. Elle avait juste un filet de sang, paraît-il, qui lui coulait sur le front et gouttait sur ses mains. »

A l'entendre débiter cette tirade d'un trait, elle comprit qu'il l'avait déjà récitée, qu'il aimait à le réciter, ce petit inventaire de l'horreur, pour émoustiller les clients et rompre la monotonie de sa routine quotidienne. Si seulement elle n'avait pas aussi froid ! Si seulement elle pouvait se réchauffer, elle recouvrerait sa voix de tous les jours.

« Et le chaton, articula-t-elle, les lèvres sèches et gonflées. Parlez-moi du chaton.

— Ah, ça, c'était quelque chose ! La touche morbide, si vous aimez ça. Le chaton était sur ses genoux, en train de lécher le sang. Mais vous le savez déjà, non ? Toute cette histoire, vous l'avez déjà entendue.

— Oui, mentit-elle. Je l'ai déjà entendue. »

Mais c'était plus que ça. Elle savait. Elle avait vu. Elle avait assisté à la scène.

Les contours du fauteuil se modifièrent. Une masse noire et amorphe vacilla devant ses yeux avant de s'étoffer et de prendre forme. Sa grand-mère était assise là, empâtée comme un crapaud, vêtue de noir pour l'office du dimanche matin, gantée et coiffée d'un chapeau, son livre de prières sur les genoux. Elle revit la bulle de salive au coin de sa bouche, l'entrelacs de veinules le long du nez crochu. La vieille femme attendait d'inspecter sa petite-fille avant d'aller à l'église ; son regard reflétait comme toujours une réprobation hargneuse. La sorcière était là. La sorcière qui les haïssait, elle et son papa, qui l'avait traité d'incapable et de propre-à-rien, d'assassin parce qu'il avait tué sa mère. La sorcière qui la menaçait de faire piquer Noiraud parce qu'il avait déchiré son fauteuil, parce que c'était son papa qui le lui avait offert. La sorcière qui projetait de la séparer à jamais de son papa.

Puis elle vit autre chose. Le tisonnier était là aussi, exactement comme dans son souvenir, longue tige de cuivre étincelant avec son lourd pommeau.

Elle s'en empara comme elle s'en était emparée alors et, avec un hurlement strident de haine et de frayeur, l'abattit sur la tête de sa grand-mère. Encore et encore, elle frappa, des coups retentissants, métal contre cuir. Sans cesser de hurler. La pièce résonnait de ses cris de terreur. Mais ce fut seulement lorsque la frénésie retomba et que l'effroyable vacarme s'arrêta qu'elle comprit, à la douleur dans sa gorge déchirée, que c'était elle qui avait crié.

Elle haletait, tremblante. Des gouttes de sueur perlaient sur son front, lui brûlaient les yeux. Elle croisa le regard éperdu de l'homme, entendit un juron étouffé, des pas qui se précipitaient vers la porte. Le tisonnier glissa de ses mains moites et atterrit sur le tapis avec un bruit mat.

Il avait raison, il n'y avait pas de sang. Juste le ridicule chapeau rabattu sur le visage mort. Soudain, sous ses yeux, un filet rouge foncé filtra lentement de sous le bord, zigzagua sur le front, coula le long des bajoues et se mit à tomber goutte à goutte sur les mains gantées. Elle entendit un petit miaulement. Une boule de fourrure noire sortit prudemment de derrière le fauteuil, et le fantôme de Noiraud, une lueur de folie dans ses yeux azurés, bondit comme il avait bondi dix années plus tôt, délicatement, sur les genoux immobiles.

Elle regarda ses mains. Où étaient les gants,

ces gants de coton blanc que la sorcière l'obligeait à porter à l'église ? Ses mains, qui n'étaient plus celles d'une enfant de neuf ans, étaient nues. Et le fauteuil était vide. Il n'y avait que le cuir fendu, une touffe de crin qui s'en échappait, une vague odeur de violettes s'évanouissant dans l'air silencieux.

Elle sortit par la grande porte sans la refermer, comme elle l'avait fait à l'époque. Elle suivit comme elle avait suivi alors, gantée et sans la moindre souillure, le chemin de gravier entre les rhododendrons, franchit le portail et remonta la ruelle qui menait vers l'église. La cloche venait tout juste de sonner ; elle était à l'heure. Au loin, elle avait aperçu son père qui enjambait un échalier pour passer du pré dans la ruelle. Il avait dû partir de bonne heure, après le petit déjeuner, et venir à Creedon à pied. Pourquoi si tôt ? Avait-il besoin de marcher pour s'éclaircir les idées ? Etait-ce une tentative pathétique, espérait-il l'amadouer la sorcière en les accompagnant à l'église ? Ou bien, pensée bénie, revenait-il la chercher, veiller à ce que ses valises soient bouclées pour la fin de l'office ? Oui, c'était ce qu'elle avait pensé à l'époque. Elle s'en souvenait maintenant, de cette fontaine d'espoir qui avait jailli pour se muer en une merveilleuse certitude. A son retour à la maison, tout serait prêt. Ensemble, ils affronteraient la sorcière, lui diraient qu'ils partaient tous les deux, avec Noiraud, et qu'elle ne les reverrait plus. Au bout du chemin, elle se retourna et vit pour la dernière fois le fantôme bien-aimé traverser la route vers la maison, vers la porte fatalement ouverte.

Et ensuite ? La vision se brouillait maintenant. De l'office, elle ne se rappelait qu'un éclat
rouge et bleu, mouvant comme un kaléido-
scope, qui finissait par se fondre dans un vitrail :
le Bon Berger serrant un agneau sur sa poitrine.
Et après ? Il avait dû y avoir des inconnus mas-
sés sur le perron, visages graves et inquiets,
murmures et regards obliques, une femme en
uniforme, une voiture officielle. Et puis, plus
rien. Le néant.

Mais au moins, elle savait maintenant où son
père était enterré. Et elle savait pourquoi elle ne
pourrait jamais aller le voir, accomplir ce pieux
pèlerinage sur le lieu où il reposait à cause
d'elle, l'infâme endroit où elle l'avait envoyé. Il
n'y avait ni fleurs, ni obélisque, ni message
d'amour gravé dans le marbre pour ceux qui
dormaient dans la chaux vive derrière un mur
de prison. Tout à coup, sans qu'elle s'y attende,
vint l'ultime souvenir. Elle revit le portail
ouvert de l'église, le cortège des fidèles, les
regards interrogateurs convergeant sur elle tandis qu'elle arrivait seule sur le parvis. Elle entendit à nouveau cette haute voix enfantine pro-
noncer les paroles qui, plus sûrement que le
reste, avaient passé la corde de chanvre autour
de la tête de son père recouverte d'une cagoule.

« Mamie ? Elle n'est pas très bien. Elle m'a dit
de venir seule. Non, rien de grave. Ça ira. Papa
est avec elle. »

LA MORT VERTE

M. E. Kerr

« Sois gentil avec lui, dit mon père. C'est ton
cousin après tout.

— Il me pique mes affaires.

— Ne sois pas bête, Alan. Pourquoi veux-tu
que Blaze s'intéresse à tes affaires ? Il a tout...
tout », ajouta mon père avec une pointe de
dédain, car tout le monde savait à quel point
mon cousin était gâté.

Pourtant, il se servait bel et bien parmi les
objets qui m'appartenaient. Non pas parce
qu'il les convoitait ; c'étaient des babioles : un
coquillage que j'avais ramassé et poli, une pièce
de cinq cents avec une tête d'Indien que j'avais
trouvée, une pierre porte-bonheur en forme
d'étoile. Chaque fois qu'il venait nous voir de
New York avec ses parents, je m'apercevais qu'il
me manquait un petit quelque chose après son
départ.

Cette année, nous les attendions pour la fête
de Thanksgiving. C'était notre tour d'organiser
le dîner pour toute la famille. On allait tous

s'entasser dans notre salle à manger, après avoir monté des tables de camping de la cave et emprunté toutes sortes de choses aux voisins : chaises pliantes, plats de service, cafetière géante pour vingt personnes... et ainsi de suite.

C'était mieux quand c'était leur tour et que tout le monde affluait en masse à New York pour festoyer dans leur appartement de la Cinquième Avenue donnant sur Central Park. Ils avaient un portier pour nous accueillir, une cuisinière pour préparer la dinde et des bonnes pour nous servir.

Le père de Blaze dirigeait les Entreprises Dunn. Mon père dirigeait le lycée de Middle Grove à Long Island. Le seul point commun entre les deux frères, c'était que chacun avait un fils : le brillant, l'éblouissant Blaze Dunn, dix-sept ans, et votre serviteur, Alan Dunn, seize ans, un garçon ordinaire.

Mais cette fête de Thanksgiving, personne dans la famille n'était près de l'oublier. A la suite d'un accident sur la voie express de Long Island, la Mercedes noire fit un tonneau, et mon cousin Blaze fut tué sur le coup.

Ce fut avec des sentiments mitigés que, quelques mois plus tard, je me rendis à New York parce qu'on m'avait invité à prendre ce que je voulais dans les affaires de Blaze.

Désirais-je réellement porter ces pulls en cachemire, ces vestes et pantalons en laine que j'avais toujours enviés, avec leurs étiquettes Ralph Lauren et Calvin Klein ? Les chaussures... même les chaussures m'allaient, des Brooks Brothers Church de fabrication anglaise. Des costumes de chez Paul Stuart. Même les jeans déchirés et les vestes en jean délavées respiraient l'élégance des écoles privées.

Oui !

Oui, je les voulais ! En souvenir de toutes les fois où mon cœur s'était serré d'envie quand il entrait dans une pièce, et l'éternelle impression que mon cousin prenait un malin plaisir à étaler sa richesse devant moi. Sans parler du reste : son physique (Blaze était presque beau, avec son visage bronzé aux traits réguliers, ses longs cils, ses yeux verts, ses cheveux noirs et brillants) ; et naturellement, c'était un excellent élève. Il était à l'aise dans toutes les situations. Plus qu'à l'aise. C'était un boute-en-train, un conteur, quelqu'un qui savait vous captiver et vous faire rire. C'était un garçon en or. Un *golden boy*. Ma propre mère le reconnaissait. Exceptionnel, unique, un gagnant... tous les qualificatifs que j'avais entendus à propos de Blaze. Même son prénom, peu importe si c'était le nom de jeune fille de sa mère. Blaze Dunn. Je m'imaginais qu'un jour je le verrais à l'affiche d'un théâtre de Broadway, sur la couverture d'un livre ou bien au bas d'un tableau exposé au musée d'Art moderne. Il voulait être acteur, peintre, écrivain. Son seul problème, disait-il toujours, était de savoir lequel des talents privilégier.

Pendant que j'entassais ses vêtements dans les valises, je me le représentais me lorgnant depuis ce Là-haut d'où nous croyons que les morts nous observent. Il aurait ricané en me voyant ici, dans sa chambre : « C'est le seul moyen que tu as de toucher le gros lot, Limace ! » C'était comme ça qu'il m'appelait. Parce que j'avais l'habitude de faire la sieste quand il venait chez nous. C'était plus fort que moi. Il m'épuisait. Je me roulais en boule dans ma chambre en espérant qu'à mon réveil, il ne serait plus là... Il disait que les limaces dormaient beaucoup aussi. Il avait remporté un prix, une fois, pour une rédaction sur les limaces. Il décrivait comment elles laissaient une traînée gluante derrière elles et prétendait que, grâce à ça, une limace pouvait ramper sur le bord d'une lame de rasoir sans se blesser... Il était capable de tenir en haleine toute une tablée avec ses fameuses rédactions. Et pendant que je me réfugiais dans ma chambre pour dormir... il se servait dans mes affaires.

Très bien. Il prenait mes affaires, je prenais les siennes.

J'avais craint de me sentir mal à l'aise dans ses vêtements, et même ma mère s'était demandé si c'était une bonne idée. Mais mon père rugit : « C'est ridicule ! Profites-en tant que tu peux ! C'est un héritage, en quelque sorte. Quand on te laisse de *l'argent*, tu ne le refuses pas, non ? »

Non seulement je ne me sentis pas mal à l'aise dans les habits de Blaze, mais j'acquis une nouvelle assurance. Même ma démarche, je crois, s'était raffermie. Je m'ouvris davantage, on peut même dire que j'eus plus de succès. Je ne brillais pas, non, au point d'éblouir toute une salle avec des histoires d'insectes, mais dans mon propre petit monde, parmi mes camarades de lycée, je n'étais plus l'ancien Alan Dunn, le garçon ordinaire qui avait coutume de se traîner comme une limace. Au printemps, je fus élu au comité d'organisation qui choisit le thème du grand bal de fin d'année, et je trouvai même le courage de demander à Courtney Sweet de sortir avec moi.

Le seul miracle que mon héritage n'avait pas accompli, ce fut de me propulser de mon rang d'élève moyen, avec des notes qui penchaient davantage vers les C et les D, vers les hauteurs de Blaze, avec ses A et A plus. Ma nouvelle assurance m'avait entraîné dans un tourbillon mondain qui commençait à affecter mes études. En sciences, je flirtais avec le désastre.

Lorsque, finalement, je déballai les quelques cartons de livres et de bibelots que la mère de Blaze avait mis de côté pour moi, je retrouvai mon coquillage, ma pièce avec la tête d'Indien et ma pierre porte-bonheur... Et d'autres choses encore : un fin bracelet de fille en or, un porte-clés en argent de chez Tiffany avec les initiales H.J.K. Une sorte de bague d'étudiant avec un rubis. Une médaille avec deux clubs de golf croisés. Plein de babioles du même genre. Et enfin, un petit carnet en cuir rouge de la taille d'une carte à jouer.

D'une écriture minuscule, Blaze y avait consigné des dates, des initiales et des objets comme suit :

A.D.	25 décembre	Coquillage
H.K.	5 mars	Porte-clés
A.D.	28 novembre	Pièce indienne.

Il avait rempli plusieurs pages.

A l'évidence, je n'étais pas le seul à qui Blaze avait barboté quelque chose. Ce n'était pas moi qui étais particulièrement visé.

En feuilletant le carnet, je vis d'autres lignes minuscules dans les dernières pages.

Une phrase qui disait : « *Le risque adoucit tout.* »

Une autre : « *Les vieux cambrioleurs ne meurent pas, ils tirent l'échelle. (Ha ! Ha !)* »

Et : « *J'ose, pas toi. J'ai, t'auras pas.* »

Aujourd'hui encore, je me demande pourquoi je n'en ai jamais parlé. Sûrement pas pour protéger Blaze ou préserver sa glorieuse mémoire. C'était sans doute à cause de ce que j'avais découvert au fond de l'un des cartons.

Il y avait là la rédaction sur les limaces et une feuille écrite entièrement en français. Il y avait la description d'un été passé à Cape Cod, un devoir du style « Ce que j'ai fait l'été dernier » que les professeurs dénués d'imagination donnent au début du premier trimestre. Je n'allai pas plus loin que l'introduction : « Cape Cod m'a toujours ennuyé à mourir car tout le monde y va pour s'amuser, des clones avec leurs clubs de golf, raquettes de tennis et ballons de volley ! Il n'y a pas de surprises là-bas, pas de mystère, pas de danger. »

Rien de tout ça ne m'intéressait jusqu'à ce que je tombe sur « La Mort verte ». C'était une rédaction qui avait reçu un A plus, avec une remarque manuscrite : « Excellent, comme toujours, Blaze ! »

Le titre faisait penser à une histoire de Stephen King, mais en fait, il s'agissait tout simplement de la mante religieuse... un descriptif précis et macabre de ses longues pattes garnies de pointes qui se plantaient dans un insecte et hop ! le décapitaient.

« *Vous croyez qu'elle prie*, avait écrit Blaze, *alors qu'elle s'apprête à tuer !* »

Mon cœur se mit à battre plus fort pendant que je lisais, non en raison d'un quelconque instinct sanguinaire, mais parce que je devais rendre une composition en sciences, et là, c'était ma chance d'exceller !

Blaze avait fréquenté une école privée à New York où les élèves étaient tenus de rédiger leurs devoirs à la main. Je recopiai donc soigneusement la rédaction sur mon ordinateur et, le temps de l'imprimer, conclus un petit pacte avec le fantôme de Blaze : *Je ne te dénoncerai pas, moyennant quoi je t'emprunte ton travail. Donnant, donnant. Ta prestigieuse réputation restera intacte, tandis que mes piètres notes en sciences vont grimper grâce à toi.*

« La Mort verte » eut un succès monstre ! Notre professeur, Mr. Van Fleet, la lut à haute voix, et moi, vêtu d'un jean déchiré et d'un pull en cachemire bleu clair de Blaze, je bus du petit-lait. Aucune de mes rédactions n'avait encore jamais été lue en classe. Jamais encore je n'avais reçu un A.

Après le cours, Mr. Van Fleet m'annonça qu'il allait envoyer cette composition au concours régional et me félicita, ajoutant : « Tu as changé, Alan. Je ne parle pas seulement de cette rédaction... mais de toi. De ta personnalité. Tout le monde l'a remarqué. » Il me donna une tape amicale et sourit, narquois. « Ce doit être Courtney Sweet qui t'a inspiré. »

Elle m'attendait devant mon casier ; me dévorant du regard, elle sourit et roucoula ses félicitations.

Ah, Blaze, pensais-je, tout compte fait, je t'aime, cher cousin... et ton secret sera bien gardé. Tu as ma parole.

Peu de temps après avoir expédié ma composition au concours, Mr. Van Fleet me pria à nouveau de rester après la classe.

« Tout le monde, déclara-t-il, a été impressionné par "La Mort verte", Alan. Tout le monde l'a trouvée remarquable.

— Merci », répondis-je en déboutonnant mon blazer Ralph Lauren. Et, soupirant d'aise, je me balançai dans mes mocassins Church.

« Et pour cause, poursuivit Mr. Van Fleet. Elle a été copiée mot pour mot sur une rédaction écrite par Isaac Asimov. L'un des membres du jury s'en est tout de suite aperçu. »

Fidèle à ses principes, Blaze, même mort, avait réussi à me gruger une fois de plus.

LE JEU DE KIM

M. D. LAKE

« Nora, tu es sûre que tu ne veux pas jouer au jeu de Kim avec nous ? » l'interpella Miss Bowers, qui se tenait devant la monumentale cheminée en pierre.

« Sûre et certaine, merci », répondit Nora poliment.

Elle leva les yeux et se replongea aussitôt dans son livre. Dehors, on entendait la pluie tambouriner sur le toit pentu du bâtiment. Il pleuvait sans interruption depuis leur arrivée à la colonie.

Elle était à l'autre bout de la salle, pelotonnée sur un canapé, les jambes repliées, aussi loin que possible des autres filles. Non pas qu'elles lui fussent antipathiques ; seulement, au bout de trois jours passés entre ces quatre murs en leur compagnie, elles ne l'intéressaient plus beaucoup. Aucune d'elles n'aimait lire, et toutes semblaient avoir vu les mêmes films et les mêmes émissions de télévision. Résultat, elle ne comprenait pas la moitié de ce qu'elles se disaient ou alors, si elle comprenait, elle ne voyait pas ce qui les enthousiasmait tant.

« Nora n'est pas très douée au jeu de Kim », déclara l'une des filles d'une voix haute et claire, afin que tout le monde l'entende.

« Elle nous a toutes battues hier, fit remarquer une autre.

— Deux fois. Les deux premières parties. On a toujours de la chance au début. Elle a perdu la troisième, et ensuite, elle a abandonné. »

Nora sourit dans son coin. Elle n'avait jamais joué au jeu de Kim, n'avait jamais entendu parler de ce jeu-là avant son arrivée à la colonie de vacances, où le mauvais temps obligea les monitrices à leur proposer des activités d'intérieur. Mais après avoir gagné les deux premières parties, elle s'aperçut que c'était trop facile pour elle et, au troisième tour, elle décida de s'amuser. Elle mit sur sa liste des objets inexistants — des bêtises, mais les autres filles ne se rendirent compte de rien — et omit les choses évidentes : la bouilloire, le couteau à viande. Naturellement, elle perdit. Mais même ainsi, elle ne perdit pas de beaucoup, car les autres filles n'étaient pas très observatrices.

Elles n'en avaient pas besoin, pensa Nora, dans la vie qu'elles menaient. Cette idée lui fit l'effet d'un coup de poignard, et elle s'aperçut soudain qu'elle était au bord des larmes. Se redressant, elle posa les pieds par terre et se félicita de son esprit d'observation. Mieux valait utiliser ses yeux pour voir que pour pleurer.

Elle ne voulait pas partir en colonie. Elle aurait préféré rester à la maison pour garder un œil sur ses parents. Elle savait que ça n'allait pas

entre eux : c'était pire, bien pire que d'ordinaire.
Et elle se disait qu'en étant là, elle pourrait au
moins décrypter le sens de toutes ces petites
choses qu'elle avait vues et entendues. Les
retours tardifs de son père, le fait qu'il aille travailler le week-end... ce qu'il n'avait encore
jamais fait jusqu'à présent. Ses tirades incohé-
rentes et courroucées ; les larmes qu'elle avait
surprises dans les yeux de sa mère ; les brusques
changements de conversation quand elle entrait
dans la pièce où sa mère recevait des amies, et
les disputes de plus en plus fréquentes, quand
ses parents la croyaient au lit.

Normalement, ils ne lui imposaient pas grand-
chose, à part faire ses devoirs et s'acquitter des
tâches domestiques, mais cette année, ils tinrent
absolument à l'expédier en colonie. Elle se
demandait ce qu'elle allait trouver en rentrant.
Ses parents habiteraient-ils encore sous le même
toit, et sinon, lequel des deux ne serait plus là ?

La porte d'entrée s'ouvrit sur une silhouette
mouillée vêtue d'un imperméable et d'un chapeau. C'était Miss Schaefer.

Elle accrocha son imper et son chapeau à une
patère, s'avança, regarda autour d'elle et vit les
filles debout en cercle devant la cheminée. Elles
fixaient avec une intense concentration les
objets éparpillés sur une couverture, tandis que
Cathy Bowers les chronométrait, montre en
main.

Le jeu de Kim ! Lydia Schaefer n'avait jamais
aimé ça. Elle trouvait ça stupide. Et elle n'avait
pas non plus la mémoire qu'il fallait pour
gagner à ce genre de jeu.

Elle salua Cathy Bowers d'un signe de tête et

se dirigea vers le fond de la salle avec son canapé et ses fauteuils confortablement rembourrés, et la table basse jonchée de livres et de vieux magazines. Elle s'assit dans un fauteuil et prit une revue. Sortant ses lunettes de lecture de leur étui, qu'elle rangea dans la poche de son chemisier. Ce faisant, elle aperçut une fille sur le canapé en face d'elle, assise très droite, son nez pointu dans un livre. On aurait dit qu'elle pleurait ou qu'elle avait envie de pleurer. Lydia Schaefer lui sourit. « Moi aussi, j'étais nulle à ce jeu-là quand j'avais ton âge. Ne te tracasse pas pour ça. »

Nora leva les yeux, comme surprise de constater qu'elle n'était plus seule. Son regard croisa celui de Miss Schaefer sans rien trahir de ses sentiments. Elle n'aimait pas Miss Schaefer parce qu'elle savait que Miss Schaefer ne l'aimait pas... et pas seulement elle. Elle n'aimait pas les enfants en général. Nora se demandait pourquoi elle était monitrice dans une colonie. Elle haussa les épaules, se disant que ça n'avait pas d'importance. Elle en avait déjà suffisamment, d'adultes problématiques sur les bras, sans en ajouter un de plus sur sa liste.

« Comment t'appelles-tu ? » persista Miss Schaefer que le regard fixe de l'enfant mettait mal à l'aise. Elle n'avait pas non plus apprécié d'obtenir un haussement d'épaules en guise de réponse. N'avait-elle pas cherché à la consoler de n'être pas douée à ce jeu ?

« Nora. »

Les objets sur la couverture n'étaient pas les seuls à fuir la mémoire de Miss Schaefer.

« Je serais probablement tout aussi nulle aujourd'hui, poursuivit cette dernière. Mais je suis sûre que toi et moi, on a une vie intérieure beaucoup plus riche que les autres. Ne crois-tu pas ?

— Peut-être », fit Nora qui avait envie de retourner à son livre.

« C'est sans doute pourquoi nous portons des lunettes, dit Miss Schaefer, comme si elle avait résolu de gagner son amitié. Nous avons moins besoin du monde extérieur que la plupart des gens, si bien que nos yeux... »

Mais avant qu'elle pût finir ce que Nora savait déjà être une platitude, une voix les interrompit : « Pourrais-je te voir dans mon bureau, Lydia ? » Surprise par ce ton impérieux, Miss Schaefer se retourna vivement. C'était Ruth Terrill, la directrice.

« Mais bien sûr, Ruth, répondit-elle, s'efforçant de parler normalement. Tout de suite ?

— S'il te plaît. »

Nora regarda les deux femmes disparaître dans le couloir. Depuis trois jours, elle s'était rendu compte qu'elles ne s'aimaient pas beaucoup, mais jusque-là elle n'avait pas remarqué que Miss Schaefer craignait Miss Terrill. Elle se demanda pourquoi, puis haussa à nouveau les épaules. Ces adultes et les histoires qu'il y avait entre eux ne la concernaient guère. Et elle s'empressa de se replonger dans sa lecture.

Devant la cheminée, les filles avaient entamé une nouvelle partie du jeu de Kim. *Depuis le temps*, pensa Nora, *elles auraient dû mémoriser le moindre petit objet dans la salle.*

Elle, elle n'aurait eu aucun mal.

Cette nuit-là, en entendant des voix, elle crut tout d'abord qu'elle était chez elle, dans son propre lit, car on aurait dit ses parents, quand, persuadés qu'elle dormait, ils discutaient des problèmes qu'ils tenaient à lui cacher. Puis la vue des poutres au plafond et le murmure de la pluie au-dessus des combles lui rappelèrent où elle était. Elle entendait autour d'elle les petits bruits que les filles faisaient dans leur sommeil et le vent qui gémissait dans la forêt. Elle détestait le vent cet été-là, ses hurlements sinistres, menaçants, qui semblaient ne vouloir jamais cesser.

Les voix étaient celles des monitrices de la colonie réunies dans la salle commune. Elle se glissa hors du lit, exactement comme elle le faisait à la maison quand les disputes des parents la réveillaient, et alla écouter. Elle passa sur la pointe des pieds entre les rangées de filles endormies et suivit le couloir obscur jusqu'à la porte de la salle. Celle-ci était entrebâillée, raison pour laquelle les voix étaient parvenues jusqu'à elle.

Lydia Schaefer était en train de décrire comment, quelques minutes plus tôt, elle avait quitté son bungalow pour se rendre à la hâte dans le bâtiment central. Elle avait entendu un bruissement dans les arbres, puis un homme l'avait empoignée par-derrière. Il avait un couteau, déclara-t-elle, et il l'avait menacée, mais elle avait réussi à se dégager et à s'enfuir en courant. Elle était encore hors d'haleine, constata Nora.

L'une des monitrices demanda à Miss Schae-

fer pourquoi elle n'avait pas appelé au secours.
Elle avait eu trop peur, répondit-elle. Puis, en
voyant les lumières du bâtiment et en s'apercevant que l'homme ne la suivait pas, elle n'avait
pas voulu donner l'alerte pour ne pas effrayer
les filles. Ruth Terrill, la directrice, l'invita à
décrire son agresseur. Il faisait si noir, expliqua
Miss Schaefer, et tout était arrivé si vite qu'elle
n'avait pas vraiment eu le temps de le regarder.
Mais il lui avait semblé qu'il était grand... et qu'il
portait des lunettes, ça, elle en était certaine.

Miss Terrill annonça qu'elle allait téléphoner
au shérif, et il fut décidé d'un commun accord
de ne rien dire aux filles pour ne pas les perturber.

Ça, c'est bien les adultes, pensait Nora en
rebroussant chemin à pas de loup. *Il y a un violeur ou peut-être même pire dans la forêt, et elles
ne veulent pas perturber les filles. Papa et maman
sont sur le point de se séparer, mais ils ne veulent
pas que je le sache !*

*Les adultes sont beaucoup plus puérils que les
enfants à bien des points de vue.*

Elle était à peine réveillée, s'efforçant d'identifier les moindres craquements que la vieille
bâtisse émettait la nuit, quand elle entendit une
voiture sur le chemin de terre qui menait vers
la colonie. Une portière se referma doucement
et, juste avant de s'endormir, elle distingua à
nouveau des voix dans la salle commune, dont
une masculine. Elle rêva de la forêt et d'un
homme qui la guettait entre les arbres.

Le lendemain matin, levant le nez de son
livre, Nora aperçut par la baie vitrée une voi-

ture de police qui s'arrêtait devant l'entrée.
Un colosse en uniforme brun en descendit.
Miss Terrill et Miss Schaefer devaient l'attendre
car elles sortirent à sa rencontre. Tous trois res-
tèrent sur la grande terrasse, à l'abri de la pluie,
discutant si bas que Nora ne les entendit pas.

Etait-ce l'homme qui était déjà venu la nuit
dernière, quand Miss Terrill avait appelé la
police ? *Les autres filles n'auraient sans doute
pas fait attention à lui, même s'il était entré,*
pensa-t-elle. *Elles sont toutes assises autour de
la table de la salle à manger, en train d'écrire à
la maison, probablement pour se plaindre de
l'absence de télévision, de centres commerciaux et
de distractions en général.* Nora, elle, n'avait pas
l'intention de se plaindre de quoi que ce soit.
D'ailleurs, même si elle leur écrivait, elle ignorait lequel de ses deux parents serait là pour lire
sa lettre.

Le temps s'éclaircissait ; le lendemain, elles
étaient censées faire une promenade à cheval.
Mais peut-être qu'à cause de l'inconnu de la
forêt elles resteraient à l'intérieur. Du moins,
elle l'espérait.

Cette nuit-là, après que les autres filles se
furent endormies, couchée dans son lit, elle
pensa à l'homme au couteau dans la forêt. Son
imagination fertile lui fit entrevoir la lame et les
verres de ses lunettes luisant au clair de lune
pendant qu'il épiait le bâtiment dans le noir, en
attendant que quelqu'un sorte et s'aventure sur
le sentier, seul. Et que ferait Miss Terrill, s'il
essayait d'entrer et de kidnapper l'une des
filles ? Miss Terrill dormait dans le bâtiment

central avec elles. Les monitrices étaient logées dans les bungalows, deux par deux, à l'exception de Miss Schaefer, qui avait un bungalow, celui du fond, pour elle toute seule. Apparemment, personne ne voulait cohabiter avec elle, ou alors c'était elle qui ne voulait pas des autres. Nora était contente de ne pas dormir dans un bungalow, seule dans la forêt, avec cette obscurité, ce vent sinistre dans les pins qui n'en finissait pas de gémir... et l'homme dans les arbres.

Soudain, elle entendit du bruit — on aurait dit un cri vite étouffé, provenant de la salle commune —, suivi d'une chute. Elle se dressa et tendit l'oreille, mais il n'y eut plus rien... rien que la respiration paisible de ses camarades endormies, et le vent. Elle regarda fixement la porte, s'attendant à ce qu'elle s'ouvre sur un homme de haute taille avec des lunettes, mais il n'en fut rien.

Peut-être avait-elle rêvé. Peut-être était-ce son imagination. Mais c'était plus fort qu'elle, ici comme à la maison. Il fallait qu'elle sache.

Elle descendit du lit et longea sans bruit, pieds nus, le couloir sombre. Tout doucement, elle entrouvrit la porte et jeta un coup d'œil dans la pièce. Il lui sembla d'abord qu'elle était vide, habitée seulement par le clair de lune, quand soudain elle aperçut quelque chose près de la cheminée, une forme recroquevillée sur le plancher. Elle oublia l'homme de la forêt. Elle oublia sa peur. Et traversa la pièce pour voir qui c'était.

C'était Miss Terrill. Etendue sur le dos, elle fixait le plafond, un couteau à manche en bois planté dans la gorge.

Nora la contempla longuement et vit tout ce

qu'il y avait à voir : le sac en cuir marron de Miss Terrill par terre, à côté de sa main, et les objets qui s'en étaient échappés, certains baignant dans le sang, d'autres là où le sang ne pouvait pas les atteindre.

Un bruit, un mouvement furtif, lui fit lever les yeux. Miss Schaefer venait d'arriver de l'extérieur.

« Que fais-tu debout, petite ? Tu vas... Ruth ! »

Elle se précipita vers Miss Terrill, s'agenouilla auprès d'elle, vit ce que Nora avait vu et bondit sur ses pieds.

« Sais-tu ce qui s'est passé ?

— Non, j'ai juste entendu quelque chose, alors je...

— Il ne faut pas rester ici, décréta Miss Schaefer. Viens avec moi. » Elle prit Nora par la main et, au lieu de la ramener au dortoir, la traîna presque hors de la pièce en direction de la cuisine. « C'est quoi ton nom, déjà ?

— Nora.

— Ah oui, Nora. La petite fille qui aime lire. Attends-moi ici. Tu n'as rien à craindre. Celui qui a fait ça à la pauvre Ruth est parti maintenant. » Elle poussa Nora sur une chaise. « Je vais appeler la police. Ne retourne pas au dortoir... tu risques de réveiller les autres filles, or ce n'est pas la peine de les affoler. Promis ? »

Nora promit, et Miss Schaefer sortit vivement dans le couloir.

Nora n'aimait pas être dans la cuisine. Le bourdonnement de l'horloge murale était aussi lugubre que le vent dehors. Il était presque une heure du matin. Il y avait des couteaux sur l'égouttoir à côté de l'évier, couteaux dont la cuisinière se servait pour découper la viande et les légumes ; acérés et brillants au clair de lune qui entrait par la fenêtre, ils avaient le même manche que le couteau dans la gorge de Miss Terrill. L'homme de la forêt avait dû passer par là ; peut-être même était-il encore là maintenant, caché dans le garde-manger, dans le placard ou dans le recoin sombre du côté du fourneau.

Un bruit soudain la fit sursauter. Elle pivota sur elle-même, mais rien ne bougeait dans la cuisine sombre. Ce devait être une souris. Nora n'aimait pas ça non plus, car elle était pieds nus.

Tant pis pour la promesse faite à Miss Schaefer. Elle retourna en courant dans la salle commune. Elle voulait traverser la pièce et rejoindre Miss Schaefer dans le bureau où était le téléphone, mais en passant devant le corps de Miss Terrill, elle ne put s'en empêcher... elle s'arrêta pour regarder à nouveau.

Ce qu'elle vit cette fois la glaça de terreur.

« Je t'avais dit de rester dans la cuisine », dit Miss Schaefer, si près d'elle que Nora fit un bond et se retint de hurler.

Sa voix était douce et empreinte d'une colère froide — la pire qui soit —, et elle tenait Nora d'une poigne de fer.

« J'ai eu peur », répondit Nora en s'efforçant de ne pas trembler.

Elles étaient toutes seules avec le cadavre. La porte du couloir était fermée. Les enfants dormaient à poings fermés ; les autres monitrices étaient loin.

« Peur de quoi ?

— De *lui* ! bredouilla Nora à sa propre surprise.

— Qui, lui ? »

Miss Schaefer se redressa malgré elle et jeta un rapide coup d'œil autour de la pièce.

« Un homme. Il me regardait par la fenêtre de la cuisine.

— Comment était-il ? »

Miss Schaefer avait l'air aussi surprise qu'elle.

« Grand. Un grand brun. Et s'il revenait, Miss Schaefer ?

— J'ai fermé la porte à clé. Il ne pourra pas entrer. Personne ne peut entrer. Comment as-tu pu le voir par la fenêtre, Nora ? demanda-t-elle soudain. Il fait noir dehors.

— Parce que... » Nora hésita, cherchant désespérément une explication. Le regard froid de Miss Schaefer semblait la transpercer. Le souvenir des couteaux de cuisine qui brillaient au clair de lune lui revint en mémoire. « Parce que la lune était si brillante que je l'ai vue se refléter dans ses lunettes. »

Miss Schaefer réfléchit un instant, exhala un soupir et desserra les doigts. Elle souriait presque. « J'ai appelé la police. Ils ne vont pas tarder. Je pense que tu n'as plus rien à craindre. »

Nora le pensait aussi.

La police arriva, ainsi que le shérif, l'homme qu'elle avait vu parler avec Miss Terrill et Miss Schaefer le matin même. Les autres monitrices vinrent également ; elles fixaient, horrifiées, le corps de Ruth Terrill. L'une d'elles prit Nora par le bras et l'entraîna sur le canapé au fond de la pièce. Elle dit que ce n'était pas un spectacle pour une fille de son âge, mais puisqu'elle avait découvert le corps, elle serait obligée de répondre aux questions des policiers. Nora faillit éclater de rire, tellement elle trouvait ça stupide. Elle vit les têtes des filles massées, les yeux écarquillés, à l'entrée du dortoir. Une monitrice se tenait devant elles pour leur masquer la vue.

Miss Schaefer expliqua à ses collègues qu'elle n'avait pas osé sortir pour les avertir de ce qui s'était passé — vu qu'il y avait un tueur en liberté — et que, bien sûr, elle n'avait pas voulu laisser Nora et les autres enfants seules. Après tout, il l'avait agressée elle aussi, dans la forêt, mais elle avait eu plus de chance que Ruth Terrill : elle avait réussi à lui échapper.

Le shérif lui demanda pourquoi, en premier lieu, elle était retournée au bâtiment central. Elle répondit qu'elle avait oublié son livre, celui qu'elle lisait avant de s'endormir. « J'avais ma lampe de poche, et j'ai fait tout le chemin en courant. » Et, comme si elle avait hâte de détourner l'attention de sa personne, elle interpella Nora :

« Parle au shérif de l'homme que tu as vu par la fenêtre de la cuisine, Nora.

— Je n'ai vu personne, fit Nora. Mais j'ai remarqué une chose... à côté du corps de Miss Terrill.

— Quoi donc ? s'enquit le shérif. Viens me le dire par ici.

— Non. C'est vous qui allez vous approcher du corps de Miss Terrill.

— Moi... ? »

Le shérif hésita, lui jeta un coup d'œil perplexe et finit par obtempérer. Quelque chose dans sa voix lui fit ravaler ses protestations.

« Mais que se passe-t-il ? voulut savoir Miss Schaefer. Nora, tu m'as dit... »

Nora ne fit pas attention à elle ; elle s'assura seulement qu'il y avait bien un policier entre Miss Schaefer et elle.

« Dites-moi simplement si je me trompe en vous énumérant les objets répandus autour de Miss Terrill, lança-t-elle au shérif.

Nora... » Miss Schaefer se força à rire. « Ce n'est pas le moment de jouer au jeu de Kim.

— C'est quoi, le jeu de Kim ? demanda le shérif.

On y joue quelquefois, expliqua Nora, quand on reste enfermées à cause du mauvais temps. Miss Bowers nous donne environ quinze secondes pour regarder les objets qu'elle a disposés sur une couverture, puis nous devons aller à l'autre bout de la pièce et noter tout ce que nous avons retenu. Celle qui se rappelle le plus de choses a gagné.

— Nora est exactement comme moi, shérif, dit Miss Schaefer. Elle n'est pas très douée à ce jeu-là. »

Son rire fut aussi sinistre que le vent dans la forêt, sauf que le vent s'était tu.

Nora se tourna vers le shérif.

« Il y a un stylo, un petit tube de crème solaire et un canif avec un manche rouge. Il y a un porte-monnaie aussi. Marron.

— C'est juste. »

Le shérif jeta un coup d'œil dans sa direction. Les yeux grands ouverts, elle regardait fixement

droit devant elle. Le shérif avait une fille également, mais quand elle tentait de se remémorer
quelque chose, elle fermait les yeux et plissait
les paupières.

« Il y a un anneau porte-clés, poursuivit Nora,
dans la mare de sang, ainsi qu'une boîte de pan-
sements et un peigne à côté. De l'argent aussi.
Deux pièces de vingt-cinq cents et quelques
pièces de dix... trois, je crois.

— C'est tout ? demanda le shérif.

— C'est tout ce qu'il y a *maintenant*. Mais
quand j'ai trouvé Miss Terrill, il y avait un étui
à lunettes, avec des lunettes dedans. Un étui
rouge et bleu — à carreaux — dont une partie
baignait dans le sang. On en voit toujours la
marque, si vous regardez bien... moi, en tout
cas, je l'ai vue quand je suis revenue de la cuisine où Miss Schaefer m'avait emmenée. Il y a
comme une espèce de trace dans le sang, là où
était l'étui à lunettes. Le sang a dû couler par-
dessus, puis le contourner. »

Le shérif regarda.

« La marque est toujours là, Nora. Sais-tu où
est cet étui à lunettes maintenant ?

— Non.

— Sais-tu à qui il appartient ?

— Oui », répondit-elle d'une toute petite voix,
se forçant néanmoins à regarder Miss Schaefer.

« Tu as un étui à lunettes à carreaux, Lydia »,
dit Miss Bowers.

Miss Schaefer se précipita dehors, mais elle
n'alla pas loin. Peut-être n'avait-elle pas vraiment cherché à fuir ; peut-être ne voulait-elle
pas être seule dans la forêt.

« J'aurais dû trancher ton petit cou quand j'en

ai eu l'occasion », dit-elle à Nora après qu'un policier l'eut ramenée dans la salle commune.

Elle souriait en disant cela, mais Nora avait déjà vu des sourires plus beaux.

L'étui à lunettes était tombé de la poche de Miss Schaefer au moment où elle assassinait Miss Terrill. Elle ne s'en aperçut pas tout de suite, mais quand elle revint le chercher, Nora était là. Après avoir conduit Nora dans la cuisine, elle récupéra l'étui, essuya le sang et le remit dans sa poche avant d'appeler le shérif.

Pourquoi avait-elle tué Miss Terrill ? Nora ne le sut jamais, et de toute façon, elle s'en moquait. C'était dû à quelque chose qui s'était passé entre les deux femmes il y avait fort longtemps — Nora n'était sans doute pas encore née. Le genre d'histoire qui pousse les adultes à se quereller sans se soucier des conséquences. Le genre d'histoire que les enfants n'ont pas à savoir. Nora n'obtint donc que des bribes d'informations.

Quand ils entendirent parler du meurtre, quelques-uns des parents vinrent chercher leurs filles à la montagne pour les ramener à la maison. Pendant un temps, il y eut un va-et-vient régulier de voitures qui arrivaient et repartaient avec des petites filles à bord. Certains parents venaient seuls, d'autres à deux.

Le soleil brillait, et Nora s'apprêtait à partir en randonnée équestre avec les filles qui restaient quand Miss Bowers vint la prévenir que sa mère était au téléphone et désirait savoir si elle voulait rentrer.

Son cheval avait des yeux immenses, brillants comme des escarboucles, et pleins de curiosité.

Nora se demandait ce que l'on ressentait quand on montait un cheval comme celui-ci.

« Dites à maman que je vais bien, répondit-elle à Miss Bowers, et que je m'amuse beaucoup. Qu'elle dise bonjour à papa de ma part, et qu'elle lui donne un gros baiser, si elle peut. »

Le professeur d'équitation montra aux filles comment se mettre en selle et, quand tout le monde fut prêt, ils partirent ensemble dans la forêt.

APRÈS LA PLUIE, LE BEAU TEMPS

John H. Magowan

Soixante-quinze cents pour un journal local ; c'était une folie qu'elle allait sûrement regretter. Elle prit l'exemplaire sur le dessus de la pile et lut le gros titre à droite de la première page : « Un tueur en série sème la terreur en Nouvelle-Angleterre. » Incapable de se retenir, elle l'apporta à la caissière et compensa partiellement son immodération en remplaçant par un paquet de cigarettes bon marché sa marque habituelle. Puis elle se hâta de rentrer. Une fois dans sa cuisine, elle alluma le gaz sous la bouilloire et déplia le journal sur la table.

« Bethlehem, New Hampshire, le 10 déc., lut-elle. Quelqu'un dans cette petite ville pittoresque, blottie dans un vallon entre les montagnes Vertes et Blanches, en veut aux optimistes ; un optimisme à toute épreuve semble être le seul point commun entre les victimes d'une déconcertante série de crimes effroyables qui frappent la population depuis le début de l'automne. »

Elle s'interrompit pour ouvrir le paquet de cigarettes. Elle en tira une et l'alluma ; le goût inhabituel la fit grimacer. « La première victime, poursuivit-elle, était une vieille habitante de la ville, Sarah Watrous, assassinée au début de l'automne. Son corps inanimé fut découvert suspendu à un érable aux couleurs chatoyantes, par une famille de New York partie visiter la forêt si colorée qui fait la renommée de cette région. Une pancarte soigneusement calligraphiée, épinglée à son manteau, disait : "Elle s'accroche." Il n'y avait, dans ce crime, ni mobile apparent, ni suspects. La victime, simple retraitée, n'avait pas de famille et vivait seule. Ses modestes biens étaient légués à des œuvres de charité. "Tante Sal", comme on l'appelait ici, était connue pour sa joie de vivre et son infatigable prédication de la sagesse populaire de la Nouvelle-Angleterre. »

Lorsque le sifflement strident de la bouilloire interrompit sa lecture, elle jeta trois sachets de thé usagés dans une tasse et les recouvrit d'eau bouillante. Pendant qu'ils infusaient, elle se remémora sa conversation avec tante Sal le matin du crime. « Vous, les jeunes, vous n'avez pas connu la Crise, avait dit Sal. Les temps étaient drôlement durs alors. Fallait s'accrocher de toutes ses forces. Voilà ce que tu dois faire, petite, t'accrocher. »

Elle pressa les sachets l'un après l'autre, pour découvrir que les trois ensemble donnaient une tasse à peine buvable de thé clair. Néanmoins, elle hésita un moment avant de les mettre à la poubelle.

« C'est un homme d'Eglise, le rév. Harold Mullens, lut-elle par-dessus sa tasse, qui devint la deuxième victime, quelques semaines plus tard. Son corps horriblement mutilé fut retrouvé dans le pétrin d'une boulangerie. Une pancarte scotchée à la cuve disait : "Il en sortira plus fort." Là encore, il n'y avait apparemment pas de mobile ; le rév. Mullens menait une existence paisible aux côtés de sa sœur, qui avait perdu son mari. Ecrivain à ses heures, son livre sur le développement personnel, *L'Atout adversité*, avait brièvement figuré sur la liste des meilleures ventes du *New York Times* (rubrique Documents et Essais). » Et la page se terminait par : « (Voir *Terreur dans la population*, 7 A, col. 6.) »

Avant de feuilleter le journal pour chercher la suite de l'article, elle écrasa la cigarette qu'elle avait laissée se consumer dans le cendrier, et se rappela la visite du révérend Mullens la veille de sa mort. Il s'était fait un plaisir de lui enseigner sa philosophie et lui avait dit de se réjouir de ses difficultés. « L'adversité, avait-il déclaré, est une occasion d'évoluer en tant qu'individu. Vous en sortirez plus forte. »

Elle tâta le flanc de la bouilloire et, décidant que l'eau était encore chaude, choisit un sachet de thé neuf qu'elle jeta dans sa tasse. Après avoir ajouté de l'eau chaude, elle reprit le journal et tourna les pages pour continuer sa lecture.

« Le troisième maillon de cette étrange chaîne est un double assassinat dans un lycée. Deux professeurs qui s'étaient attardés pour terminer leur travail furent apparemment assommés, puis on leur appliqua des linges imprégnés de chloroforme sur la bouche et on leur noua un sac en plastique autour de la tête. Sur le tableau, quelqu'un, l'assassin vraisemblablement, avait laissé le message suivant : "CEUX-LÀ AUSSI VONT PASSER."

« L'hypothèse que le tueur s'en prenait aux optimistes commença à prendre forme. Le professeur d'éducation physique, Stanley Szenkow, entraînait l'équipe de basket du lycée ; il était connu pour son éternel optimisme que dix-sept saisons de défaites consécutives n'avaient pas réussi à entamer. Quant au professeur d'anglais Nancy Young, elle devait remonter le spectacle annuel de l'atelier théâtral, intitulé *La vie est belle.* »

C'était autour d'une tasse de café, après la dernière réunion de parents d'élèves, qu'elle avait discuté avec Nancy et Stan. Pendant qu'elle endurait leurs bavardages futiles, elle se demandait, amusée, s'ils garderaient le sourire en apprenant qu'un détective engagé par l'épouse de Stan les avait suivis dans leurs escapades jusqu'au petit motel à la sortie de Concord. La fin de la conversation était restée clairement gravée dans sa mémoire. « Souviens-toi, s'était exclamée joyeusement Nancy tandis que Stan hochait la tête, cela aussi va passer. »

« A l'entrée de l'alimentation générale Chez Frank, continuait le paragraphe suivant, on peut lire : "Visages amis — paroles amies — prix d'amis." A l'intérieur, la chambre froide abritait le crime le plus récent de cette série macabre. Samedi dernier, le corps gelé du gérant-propriétaire Francis Caponetti fut découvert incongrûment placé dans un coin avec un mot épinglé à son tablier : "IL SE LA JOUE COOL." »

Elle repensa à la semaine précédente, lorsqu'elle était allée faire ses maigres courses. Ce fut une opération lente et minutieuse : elle essayait mentalement d'additionner les prix tout en recherchant, parmi les boîtes de pâtes, de haricots secs, de petits pois et de lentilles, celles qui correspondaient aux bons d'achat découpés dans le journal du dimanche, sans oublier le pain de la veille vendu à moitié prix. Mais même ainsi, le total dépassait la somme qu'elle avait en sa possession. Frank, qui tenait lui-même la caisse quand elle vint décharger son chariot, sourit patiemment lorsqu'elle dut remettre un certain nombre d'articles dans les rayons. « Faut se la jouer cool », furent ses paroles exactes quand il déposa les quelques paquets dans le chariot, avant qu'elle ne regagne sa voiture.

Un coup frappé à la porte la ramena à l'instant présent. Tandis qu'elle signait l'accusé de réception, elle aperçut l'adresse de l'expéditeur : le service des hypothèques. Même si elle s'y attendait, c'était une goutte de plus dans cet interminable déluge de désastres. Le facteur lui aussi avait vu l'adresse. Il en connaissait la signification et voulut lui témoigner sa sympathie. « Vous savez ce qu'on dit, hasarda-t-il, après la pluie, le beau temps. »

Comme il se tournait pour partir, elle baissa les yeux sur l'antique fer à repasser qui servait maintenant de butoir de porte. *On va voir,* pensa-t-elle en se penchant pour le ramasser, *s'il fait beau sous le sac à courrier, surtout quand on l'a sur la tête.*

DÉVELOPPEMENTS DE DERNIÈRE MINUTE

Terry Mullins

A dix-huit ans, Rosso Pallone quitta l'école paroissiale sans aucune distinction particulière et se mit à chercher du travail. Ni ses parents ni ses professeurs ne lui suggérèrent de poursuivre des études à l'université. Il l'avait espéré pourtant. Il s'était même assis à côté d'un émissaire de Villanova venu inspecter l'équipe de basket du lycée. Il lui avait demandé comment c'était, à Villanova, mais comme les gens chargés de recruter des basketteurs ne s'intéressent pas beaucoup aux petits Italiens râblés du sud de Philadelphie, Rosso se trouva un emploi chez un photographe. Il vivait chez ses parents et mettait son argent de côté.

Il était seul dans la boutique par un chaud après-midi d'été quand Albert Brudzew fut assassiné. Brudzew arriva juste au moment où le patron de Rosso partait déjeuner. Il attendit qu'il sorte et plaça deux rouleaux de pellicule sur le comptoir. Pendant que Rosso notait la commande, Brudzew demanda s'il avait reçu ses autres pellicules. Sans cesser d'écrire, Rosso répondit qu'il allait voir. Quand il eut terminé, il fouilla parmi les tirages rentrés récemment et trouva quatre paquets. Brudzew les régla, mais dit qu'il aurait dû y en avoir six en tout... il les avait tous remis en même temps. Alors que Rosso cherchait à nouveau dans le tiroir, un homme à la stature massive, avec une barbe rousse et des lunettes noires, entra dans la boutique, sortit une arme et tira sur Brudzew à trois reprises. Rosso plongea sous le comptoir, heurtant la sonnette d'alarme. Il entendit l'inconnu s'approcher de Brudzew. Il y eut un bruit de papier froissé, et l'homme repartit en hâte.

Quand la police arriva, ce fut le branle-bas général, et Rosso fut bombardé de questions à la plupart desquelles il ne sut répondre. Il essaya de leur décrire l'assassin, mais sa description ne parut pas les convaincre. Après qu'il eut répété pour la cinquième fois que c'était un Blanc, costaud, avec des lunettes noires et une barbe rousse, les policiers renoncèrent à l'interroger davantage. A un moment, en pleine confusion, un inspecteur les rejoignit. Il discuta avec les policiers, consulta les procès-verbaux et ignora royalement Rosso jusqu'au départ du corps, suivi de celui de la police. Entre-temps, le patron de la boutique était revenu. L'inspecteur, qui s'appelait Vance Furr, lui demanda la permission de parler à Rosso. Ils se retirèrent tous deux dans le bureau à l'arrière du magasin.

Sans hâte, il fit raconter à Rosso tout ce dont il se souvenait à partir du moment où Albert Brudzew avait franchi le seuil de la boutique. Il réclama les rouleaux de pellicule que Brudzew avait apportés. Il dit qu'il les ferait développer au labo de la police... ils pourraient se révéler importants.

« Vois-tu, Rosso, cet homme à la barbe rousse a pris les quatre paquets de photos que tu avais donnés à Brudzew. Tout porte donc à croire que ces photos étaient importantes. J'aimerais que tu surveilles l'arrivée des deux paquets manquants. Préviens-moi dès que vous les aurez reçus. Mais n'en parle à personne.

— Oui, monsieur.

— Tu dis que cet homme-là était grand. Grand comment ?

— Grand, c'est tout... grand et costaud.

— Aussi grand que Brudzew ? »

Rosso réfléchit soigneusement.

« Non. Un peu plus petit.

— O.K. Ça aussi, garde-le pour toi. Quelle sorte d'arme avait-il, un automatique ou un revolver ?

— Désolé, je n'ai pas bien vu. Je ne savais pas qu'il était armé jusqu'au moment où il a ouvert le feu, et là, je me suis planqué vite fait.

— Avait-il l'arme à la main en entrant ?

— Non.

— Dans ce cas, tu as dû le voir dégainer.

— Oui... il a glissé la main à l'intérieur de son veston, l'a sortie à toute vitesse et s'est mis à tirer.

— Quel genre de veston ?

— Léger... un veston de costume d'été, marron clair. Assorti à son pantalon.

— Et les chaussures ?

— Marron foncé, avec des chaussettes moutarde.

— Portait-il une cravate ?

— Non, une chemise à col ouvert, une chemise jaune.

— Ses cheveux, de quelle couleur étaient-ils ?

— Je n'ai pas vu. Il avait un chapeau marron, style panama.

— Tu as vu beaucoup plus que tu ne le croyais, Rosso. Se sont-ils adressé la parole ?

— Non. A mon avis, Brudzew ne l'avait même pas vu. Il me regardait fouiller dans le tiroir. Pourquoi je ne dois dire à personne la taille exacte de cet homme ?

— Parce que tu as été témoin d'un meurtre. Le signalement que tu as donné à la police et que les reporters ont repris était vague... un homme de haute taille avec une barbe rousse et des lunettes noires. Si l'assassin pense que tu n'as rien vu d'autre, il se sentira en sécurité, et toi, tu le seras aussi. Mais s'il découvre qu'en réalité, tu en as vu beaucoup plus, il pourrait ne pas se sentir en sécurité, et tu ne serais pas en sécurité non plus. »

De retour chez lui, Rosso parla donc seulement de l'homme de haute taille et de la foule massée autour de la boutique du photographe jusqu'au départ de la police. Sa mère fondit en larmes et déclara qu'il aurait pu se faire tuer. Son père fulmina contre la municipalité, incapable de protéger les citoyens contre le crime. Ses deux jeunes sœurs décidèrent qu'il était un héros, sans doute parce qu'il avait échappé aux balles. Le dîner fut long et animé et, même si Rosso ne dit pas grand-chose, la conversation commença et finit par son aventure.

Les deux autres tirages de Brudzew arrivèrent le lundi. Rosso les trouva le premier et les mit de côté. Puis il téléphona à Vance Furr. L'inspecteur vint tout de suite. Il demanda à Rosso s'il voulait bien passer au commissariat à l'heure du déjeuner. Rosso accepta avec empressement. Il avait regardé les clichés.

Ils mangèrent des sandwiches dans le bureau de Furr pendant que ce dernier examinait les photos. On y voyait deux groupes d'hommes distincts, pris au cours d'une partie de pêche. Brudzew n'apparaissait que sur deux photos. Les quarante-six autres représentaient un groupe de huit hommes montant à bord d'un bateau de pêche, pêchant toutes sortes de poissons et se séparant pour rentrer chez eux ainsi qu'un deuxième groupe de six hommes faisant sensiblement la même chose.

« Brudzew était dans ces huit-là, dit Furr. Reste à savoir pourquoi il a photographié l'autre groupe.

— Je crois que je sais, répondit Rosso. Sur trois de ces photos, il y a quelqu'un que je connais... Renzo Cari. J'en connais deux autres du même groupe, mais le problème, c'est que Renzo Cari est censé être mort.

— Je m'en souviens. Il était en voyage sur la côte Ouest. Un avion privé s'est écrasé au sol, et on en a sorti un corps impossible à identifier, qu'on a supposé être le sien. Comment se fait-il que tu l'aies fréquenté ? Il fait partie de la Mafia.

— Il habitait à deux rues de chez moi. Mes parents connaissent sa femme, Pomona. Elle essaie de toucher son assurance.

— Et les deux autres dont tu as parlé ?

— Giovan Crespino est presque sur toutes les photos, et Picro Bene, sur une bonne partie.

— Eux aussi sont de la Mafia, non ?

— Ma foi, ils travaillent tous pour Mike Agnolo. Les journaux disent que c'est un mafioso, mais mes parents le trouvent plutôt gentil. Il ne faut pas toujours croire les journaux.

— Lequel d'entre eux tes parents voient le plus souvent ?

— Cari et Agnolo sont dans la même paroisse que nous, et papa parle souvent d'eux. Ils sont très en vue dans le quartier. Les autres, on ne les connaît pas vraiment. A propos des photos... Celles du groupe de Brudzew sont beaucoup plus nettes que les autres. A mon avis, celles du second groupe ont été prises au téléobjectif.

— Bien vu. Ceci expliquerait cela. Je pense qu'il est temps que tu retournes à ton travail, Rosso. Ton aide m'a été précieuse. Tu devrais tenter ta chance à l'école de police. »

Rosso, qui s'apprêtait à partir, s'arrêta. C'était bien la première fois qu'on lui conseillait de s'inscrire dans une école. Il attendait que Furr en dise plus, mais l'inspecteur se contenta de ranger les photos.

« Je suis trop petit pour l'école de police », déclara Rosso.

Furr parut s'étonner qu'il remette le sujet sur le tapis. « Mais pas du tout. Combien mesures-tu... un mètre soixante-dix environ ?

— Oui.

— Ce n'est pas ce que j'appelle petit. Moi-même, je fais seulement un mètre soixante-douze. »

Il s'approcha d'un placard pour y déposer les photos, et Rosso sortit.

Le lendemain, Furr téléphona à nouveau et lui demanda de repasser à son bureau. Il avait fait agrandir deux photos. L'une était celle où l'on voyait le mieux Renzo Cari. Aucun doute possible, c'était bien lui. L'autre représentait un inconnu.

« Ne serait-ce pas l'homme qui a tué Brudzew ? questionna Furr.

— Je ne saurais le dire. »

Furr lui tendit deux crayons de couleur, un marron foncé et un rouge brique.

« Dessine-lui une barbe rousse et des lunettes noires. »

Rosso s'exécuta.

« Ça se pourrait. Je n'en suis pas sûr, mais ça se pourrait bien. »

Furr hocha la tête.

« Il y a des chances alors pour que ce soit lui. C'est Aretemo, l'homme de main de la Mafia. Evite-le, il est dangereux. Tu dis que tes parents connaissent Agnolo, Cari, Crespino et Bene ?

— Ce ne sont pas des amis. Agnolo et Cari sont plus ou moins des voisins, et on les voit souvent. Les deux autres, on les croise de temps en temps.

— Si jamais tu entends parler de Cari, écoute attentivement, mais sans te faire remarquer. Ecoute, c'est tout. »

Furr avait l'air sérieux.

A partir de ce moment-là, Rosso resta à table aussi longtemps que durait la conversation. A l'une de ses sœurs qui s'étonnait de cette nouvelle habitude, il répondit que l'été il n'y avait que des rediffusions à la télé. Cependant, les discussions familiales l'ennuyaient. Ils n'en savaient pas plus, semblait-il, que le reste du voisinage. Il fallut attendre le jeudi pour qu'on prononce le nom de Cari. Sa mère dit que Mrs. Cari l'avait interrogée sur le meurtre dans la boutique de Rosso et qu'elles en avaient longuement parlé. Aussi Rosso était-il fin prêt quand Mrs. Cari vint les voir un soir après le dîner pour lui poser des questions sur le meurtre.

Mrs. Cari était l'une des femmes les plus élégantes du quartier. Elle avait quarante-cinq ans, et les parents de Rosso disaient souvent qu'elle avait dû être belle dans sa jeunesse. Mais Rosso en doutait. Il essayait de l'imaginer sans ses toilettes et ses bijoux tape-à-l'œil, coiffée par le coiffeur du coin, conduisant une Buick d'occasion au lieu d'une Audi neuve, et le résultat n'était pas très reluisant.

D'un autre côté, c'eût été plus facile. Car la femme pomponnée qui était en train de le cuisiner maintenant le mettait mal à l'aise. Il tenta de se rappeler les réponses qu'il avait faites à la police et aux reporters juste après les événements. *Un homme grand, avec une barbe rousse et des lunettes noires. Voilà la clé. Ne pense à rien d'autre. Oublie les dernières photos.* Il était occupé à noter la commande. Il n'avait pas vu grand-chose.

Mais Mrs. Cari bondit sur l'occasion.

« Il n'était donc pas venu juste chercher des photos ? Il en avait apporté à développer ?

— Oui, deux rouleaux. La police les a pris pour les faire tirer dans son propre labo.

— Et ça a été fait ?

— Sans doute, puisqu'ils les ont emportés. »

Il devait se rappeler sans cesse qu'il n'était pas censé connaître le lien entre Brudzew et Cari. Il devait considérer Mrs. Cari comme une simple pipelette parmi d'autres, qui le harcelait de questions futiles. Quel ne fut pas son soulagement quand elle abandonna sa voix naturellement perçante et inquisitrice et prit un ton mondain pour dire qu'elle trouvait son histoire tout à fait passionnante, mais qu'il était temps qu'elle rentre.

Quand l'inspecteur Furr passa le voir le vendredi, Rosso lui dit qu'il préférait ne plus trop traîner du côté du commissariat. Furr acquiesça. Rosso lui parla de la visite de Mrs. Cari.

« Maintenant je *sais* qu'il vaut mieux que tu ne viennes pas. J'avais fait développer les deux rouleaux de pellicule... les photos étaient sur mon bureau. Elles étaient sans intérêt — juste Brudzew avec quatre femmes différentes sur la plage — mais elles ne sont plus là. J'ignore si elles ont disparu pendant la nuit ou ce matin. J'ai été occupé toute la matinée... mais quelqu'un les a prises. »

Il s'avéra que la boutique du photographe n'était guère plus sûre que le commissariat de police. Dans la nuit du vendredi, quelqu'un y pénétra par effraction et mit tout sens dessus dessous. Il y en avait partout : Rosso passa tout le samedi matin à trier les photos et à les ranger dans des paquets neufs. Par chance, le cambrioleur n'en avait pas jeté... il avait juste déchiré les paquets pour voir ce qu'il y avait dedans. Apparemment, il ne manquait rien.

Furr vint examiner les lieux. Quand ils furent seuls dans l'arrière-boutique, Rosso sortit une demi-douzaine de tirages.

« C'est dur à ouvrir avec des gants, dit-il. Et, même si on fait très attention, c'est dur de ne pas laisser d'empreintes sur des photos. Ces six paquets portent tous des empreintes. Pouvez-vous les relever sans abîmer les clichés ? »

Oui, c'était possible.

« Je m'engage à te les rendre dans l'après-midi, répondit Furr. Merci, Rosso. »

Cet après-midi-là, quand il rapporta les photos, Furr dit :

« Les choses se compliquent. Je pensais que c'étaient les amis de Cari qui vous avaient rendu visite, mais les empreintes sont celles des deux frères de Brudzew, Josef et Jan, deux petites frappes. Les photos qui figurent dans leur casier m'ont paru familières. Ils ont accompagné Brudzew à la partie de pêche. Si jamais ils se manifestent pour réclamer ses tirages, préviens-moi.

— Soyez tranquille. Si quelqu'un vient réclamer ces photos, n'importe qui, vous le saurez tout de suite. »

Rosso espérait que l'inspecteur lui renouvellerait son conseil de s'inscrire à l'école de police, mais Furr semblait considérer son aide comme un fait acquis. Rosso ne pouvait certes pas laisser tomber son travail simplement pour se présenter au concours, mais l'idée continuait à faire son chemin. Il devait bien y avoir une parole, un signe. Et, puisque les paroles ne venaient pas facilement, il décida de forcer le destin. Il allait demander une augmentation. S'il ne l'obtenait pas, il démissionnerait et essayerait d'entrer à l'école de police.

Le lendemain matin, après l'ouverture, il aborda le sujet de l'augmentation avec son patron. Non seulement celui-ci accepta, mais il l'agrémenta d'une promotion : il faisait de Rosso son directeur adjoint.

Lorsqu'il annonça la nouvelle à ses parents, sa mère l'accueillit avec fierté, et son père avec stupéfaction. Rosso lui-même hésitait entre les deux attitudes.

« Directeur adjoint, c'est juste un titre. Je continuerai à faire la même chose. Et puis, nous ne sommes que quatre, dont deux étudiants qui travaillent à temps partiel. L'augmentation compte plus que le titre. »

Ses parents avaient failli ne jamais en entendre parler.

Le dimanche il pleuvait ; l'après-midi, Rosso conduisit ses sœurs à l'église pour assister au mariage d'une cousine. Il les déposa aussi près du portail que possible et rejoignit la longue rangée des voitures garées en double file. Il avait emporté un livre pour passer le temps en attendant qu'elles sortent, mais pour le moment il se contentait de regarder arriver les invités.

Mrs. Cari descendit de sa voiture. D'ordinaire, elle conduisait elle-même, mais la pluie battante avait dû la décourager. Rosso jeta un coup d'œil sur son chauffeur. C'était l'homme qui avait tué Brudzew.

Il détourna précipitamment les yeux et se

figea en espérant qu'il ne l'avait pas remarqué. Mrs. Cari pénétra dans l'église, et la voiture repartit. Rosso s'aperçut qu'il tremblait. Il ouvrit le livre et fit mine de lire.

Bien entendu, ses sœurs furent parmi les dernières à sortir. Mrs. Cari était sortie depuis longtemps, mais elle attendait toujours son auto. Lorsque les sœurs de Rosso grimpèrent sur la banquette arrière, elle ouvrit la portière du passager. « Tu peux me déposer ? Mon chauffeur semble s'être perdu, et je n'ai pas l'intention de passer la journée ici. »

Rosso, bien sûr, dit oui. Pendant tout le trajet, elle parla de la cérémonie. Quand ils arrivèrent chez elle, son Audi n'avait pas l'air d'être là, et elle rentra dans la maison sans cacher son inquiétude.

Rosso reconduisit ses sœurs et partit téléphoner d'une cabine publique à l'autre bout de la ville. Il appela le commissariat, mais l'inspecteur Furr était en congé. Il composa son numéro personnel. Furr répondit.

« Je viens de voir l'homme qui a tué Brudzew, lui dit Rosso. Il a accompagné Mrs. Cari à un mariage, mais il n'est pas venu la chercher. J'ai été obligé de la ramener chez elle.

— Tu es sûr que c'est l'assassin ?

— Pas tout à fait, mais je sais que c'est le dénommé Aretemo... celui dont vous m'avez fait dessiner la barbe et les lunettes sur la photo. Il a disparu avec sa voiture, et visiblement, ça la tracasse.

— O. K. Je connais la voiture. Je vais... ou plutôt non. Si jamais nous retrouvons son auto avant qu'elle nous appelle, elle saura que tu es en contact avec la police. Merci, Ross. Je vais prendre mes dispositions, et après, on n'aura plus qu'à attendre son coup de fil. »

Aux informations de onze heures sur Canal 10, on parla d'une voiture volée découverte sur une route secondaire dans le comté de Bucks. La voiture appartenait à Mrs. Cari. On montra également un corps transporté vers une ambulance dans un sac en plastique. Il s'agissait d'un inconnu trouvé à dix mètres de la voiture volée, avec une balle dans la nuque. Une enquête policière était en cours.

Le lundi, Mrs. Cari vint assister à la messe du matin. Les sœurs de Rosso la saluèrent d'un signe de la main, mais elle ne les vit pas. Après la messe, elle s'absorba dans une grave conversation avec Mr. et Mrs. Agnolo, si bien que la famille de Rosso ne chercha pas à l'aborder. Rosso examina attentivement sa voiture. Elle semblait n'avoir subi aucun dommage.

Lorsqu'il rentra chez lui après le travail, sa mère l'intercepta à la porte :

« Mrs. Cari a téléphoné. Elle a oublié son briquet hier dans ta voiture et elle demande si tu peux le lui rapporter. Elle serait bien venue le chercher, mais elle a Mr. Agnolo avec quelques amis à la maison.

— J'y vais », dit Rosso.

Il ressortit et alla regarder sous le siège de sa voiture. Il y trouva le briquet, un tube de rouge à lèvres et une petite bouteille de parfum. Il les mit dans sa poche et s'en fut à pied chez Mrs. Cari. En montant les marches du perron pour sonner à la porte, il remarqua deux voitures garées en face de chez elle, avec des hommes qui lisaient le journal. Pensant qu'ils étaient peut-être de la police, Rosso ne dit rien quand Crespino lui ouvrit et annonça que Mrs. Cari était dans la cuisine. Il la trouva en train de faire une purée de carottes à l'aide d'un mixer. Elle le remercia, déclarant qu'elle ne s'était même pas aperçue de la disparition du parfum et du rouge à lèvres. En sortant, Rosso regarda les hommes dans les voitures de plus près et reconnut trois d'entre eux : ils avaient participé à la partie de pêche de Brudzew.

Il s'arrêta à la pizzeria du coin et appela Mrs. Cari. De la cabine téléphonique, on voyait bien sa maison. Les deux voitures étaient toujours là.

Ce fut Crespino qui décrocha.

« Mr. Agnolo devrait savoir qu'il y a deux autos garées en face de chez Mrs. Cari avec des hommes qui surveillent la maison. Vous le lui direz ?

— Bien sûr. »

Après avoir raccroché, Rosso décida de sacrifier une autre pièce de vingt-cinq cents. Il téléphona à l'inspecteur Furr. Pendant qu'il attendait qu'on lui passe la communication, il vit quatre hommes descendre des voitures et traverser la rue. Quand Furr répondit, il déclara :

« Trois hommes qu'on a vus sur les photos de Brudzew surveillaient la maison de Mrs. Cari. Ils viennent de traverser et... oh non ! Crespino a ouvert la porte, et ils l'ont abattu ! Deux d'entre eux tirent maintenant par la fenêtre du salon. Venez vite ! »

Crespino gisait mort sur les marches du perron. Mrs. Cari pressait un torchon à vaisselle sur la poitrine d'Agnolo. Le canapé fumait encore, troué par une douzaine de balles, mais seul Agnolo semblait avoir été touché. Bene était là. Tirant des clés de la poche d'Agnolo, il les jeta à Rosso : « Va faire démarrer la voiture. J'ai téléphoné à l'hôpital Jefferson. Ils vont prévenir le Dr. Wilson.

— Ne vaudrait-il pas mieux appeler une ambulance ?

— Tu veux qu'il se vide de son sang ? »

Bene et Mrs. Cari aidèrent Agnolo à se remettre debout, et Rosso poussa les portes du pied. Puis il ouvrit les portières de la voiture et mit le moteur en marche. Il n'avait encore jamais conduit un modèle aussi gros et aussi puissant, et il n'avait pas l'habitude des boîtes automatiques. Il appuya sur l'accélérateur, et le moteur rugit comme un avion à réaction. Il ôta son pied. Une fois que Bene et Mrs. Cari se furent installés à l'arrière avec Agnolo, il enclencha prudemment la vitesse tout en gardant un pied sur la pédale de frein. La portière arrière se referma, et il lâcha le frein. L'auto bondit en avant comme un lévrier.

Le médecin et son équipe les attendaient avec l'oxygène et le matériel à perfusion, mais après un rapide coup d'œil sur Agnolo, le médecin les congédia d'un geste, mit Agnolo sur un chariot et ordonna qu'on le transporte à l'intérieur. En passant devant Rosso, Agnolo lui saisit le bras. « Ton coup de fil m'a sauvé la vie. Agnolo n'oubliera pas. » Et il s'engouffra dans le bâtiment, suivi de Bene et de Mrs. Cari.

Dix minutes plus tard, Bene sortit, l'air un peu moins inquiet.

« Il a été touché à deux endroits, mais l'une des blessures est superficielle et quant à l'autre, la balle a raté le poumon. Il s'en tirera.

— Tant mieux, fit Rosso. Dois-je attendre Mrs. Cari pour la ramener chez elle ? »

Bene lui lança un regard méfiant. « Non, non. Je vais prendre les clés et garer la voiture du patron. Pomona et moi resterons jusqu'à ce qu'il nous dise de partir. Merci. » Il monta dans la voiture et s'éloigna lentement en direction du parking de l'hôpital.

Rosso rentra par la route qu'il venait d'emprunter sur les chapeaux de roues. En arrivant devant chez les Cari, il aperçut les voitures de police.

Le corps de Crespino n'était plus là. L'inspecteur Furr vint à sa rencontre et lui demanda s'il avait assisté à la fusillade.

« Oui, monsieur. J'étais dans la pizzeria, là, au coin.

— S'il te plaît, entre et raconte-moi ce qui s'est passé. »

Ils allèrent s'asseoir au salon, évitant le canapé troué par les balles et maculé de sang.

« Crespino était mort, expliqua Furr. Nous avons trouvé Renzo Cari caché dans une chambre du troisième étage. Comme il est recherché pour détournement de fonds, il a préféré disparaître. Grâce à ton coup de fil, nous avons également mis la main sur les tueurs. Ils ont abandonné les voitures du côté du stade, mais nous les avons coincés, et ils se sont rendus sans résister. Il paraît que tu as conduit Agnolo à l'hôpital. »

Rosso sourit ; il commençait à se détendre.

« Apparemment, ce n'est pas très grave. C'est quoi, tout ce micmac ?

— Je crois que la situation est plus ou moins claire. Renzo Cari blanchissait l'argent de la Mafia par l'intermédiaire d'une petite banque du New Jersey dont il était le principal actionnaire. Il a par ailleurs détourné cinq millions de dollars dans cette même banque. Les agents fédéraux ont découvert le pot aux roses. Il est donc parti sur la côte Ouest et, après cet accident d'avion, tout le monde a voulu faire croire qu'il avait été tué. En fait, il était revenu ici sous un déguisement et depuis, il se terrait chez lui. De temps à autre, il allait à la pêche avec des amis. En apparence, il ne risquait pas grand-chose.

« Mais Brudzew l'a vu et l'a photographié. Puis il a réclamé de l'argent à Mrs. Cari. Aretemo a supprimé Brudzew et volé les photos prouvant que Cari était en vie. J'ignore si nous pourrons établir que cet assassinat a été commandité par Cari ou par Agnolo. Nous ferons notre possible, bien que Cari affirme qu'Aretemo agissait pour son propre compte. Ce sont les frères de Brudzew qui ont tué Aretemo et essayé de descendre Agnolo et ses amis. Tu nous as sacrément aidés, Ross. Si tu n'avais pas appelé au bon moment, nous ne les aurions sans doute jamais épinglés. Y a-t-il quelque chose que je puisse faire pour toi ?

— Oui, Mr. Furr. J'ai une faveur à vous demander. »

LE PRESSENTIMENT

JOYCE CAROL OATES

Cette année-là, Noël tombait un mercredi. Le jeudi d'avant, tandis qu'il traversait la ville au crépuscule pour se rendre chez son frère Quinn, Whitney eut un pressentiment.

Whitney n'était pourtant pas quelqu'un de superstitieux.

Il n'était pas non plus du genre à se mêler de la vie privée des gens, et encore moins de celle de son frère aîné. Même donner des conseils à Quinn, ce pouvait être dangereux.

Mais Whitney avait eu un coup de fil de leur plus jeune sœur, qui elle-même avait eu un appel d'une autre sœur, laquelle avait parlé à une tante qui était allée voir leur mère... Quinn avait recommencé à boire ; il avait menacé sa femme Ellen et peut-être leurs filles également. La chanson était aussi familière que déprimante. Ces onze derniers mois, Quinn avait assisté aux réunions des Alcooliques Anonymes, pas très régulièrement, et en affichant un dédain gêné, mais il y allait et, en effet, il avait cessé de boire, ou du moins — là-dessus, les opinions variaient en fonction des membres de la famille — il avait réduit considérablement sa consommation d'alcool. Pour un homme aussi riche et influent que Quinn, l'aîné des Paxton, il était bien plus difficile, s'accordait-on à dire, que pour un quidam quelconque, d'adhérer aux Alcooliques Anonymes, d'admettre qu'il avait un problème avec l'alcool et des troubles du comportement. La veille au soir, Whitney avait eu un pressentiment, suivi d'un sentiment de malaise, le lendemain : il craignait que Quinn perde son sang-froid et blesse sérieusement Ellen, voire ses filles. Grand gaillard proche de la quarantaine, Quinn sortait de l'école de Wharton ; il connaissait le droit des sociétés sur le bout du doigt, était chaleureux et sociable, et en même temps, comme Whitney le savait depuis leur enfance, très physique : il s'exprimait avec les mains, et parfois, ça faisait mal.

A plusieurs reprises, ce jour-là, Whitney avait appelé chez lui, mais n'avait trouvé personne. Un déclic, et la voix brusque, familière, du répondeur : *Bonjour ! Vous êtes bien chez les Paxton. Nous regrettons de ne pas pouvoir vous répondre pour le moment. Mais...* C'était la voix de Quinn, cordiale et enjouée, mais non sans une pointe de menace.

Quand Whitney téléphona au bureau de Quinn, sa secrétaire lui dit seulement qu'il n'était pas libre. Et, bien que Whitney se fût présenté chaque fois comme étant le frère de Quinn, bien que la secrétaire sût certainement qui il était, elle refusa de lui donner plus de précisions. « Il est à la maison ? En déplacement ?

Où est-il ? » Mais la secrétaire de Quinn, sa fidèle alliée, se contenta de répondre doucement : « Je suis sûre que Mr. Paxton vous contactera pendant les fêtes. »

Noël chez l'aîné des Paxton, dans son immense maison de Grandview Avenue, au milieu de toute la famille !... Comment, dans cette ambiance fébrile, prendre Quinn à part pour lui parler ? D'ici là, il serait peut-être déjà trop tard.

Aussi, bien qu'il ne fût pas du genre à se mêler de la vie conjugale des autres, et encore moins de celle de son frère, Whitney prit sa voiture et traversa la ville, du quartier modestement aisé d'immeubles en copropriété et de résidences pour célibataires où il habitait depuis des années, vers la zone résidentielle de villas à un million de dollars où Quinn avait récemment emménagé avec les siens. Elle était connue sous le nom de Whitewater Heights ; les demeures y étaient vastes, luxueuses et séparées de la route par un écran de haies et d'arbres. Aucun terrain n'était inférieur à deux hectares. Quinn avait dessiné lui-même les plans de sa maison, mélange hétérogène de néo-classique et de contemporain, avec une piscine intérieure, un sauna et une immense terrasse en bois de séquoia à l'arrière. Jamais encore Whitney ne s'était engagé dans la sinueuse allée de gravier, n'avait garé sa Volvo devant le garage à trois places et sonné à la porte d'entrée sans avoir l'impression de violer une propriété privée et de risquer des poursuites, même quand on l'avait invité.

Aussi, en cet instant, se sentait-il positivement mal à l'aise. Il appuya sur le bouton de la son-

nette et attendit. L'entrée était sombre, le salon
également. Il avait remarqué que la porte du
garage était fermée et que ni la voiture de Quinn
ni celle d'Ellen ne stationnaient dans l'allée. N'y
avait-il donc personne à la maison ? Mais...
n'était-ce pas de la musique qu'on entendait ?
La radio ? Il se dit que les filles avaient école le
lendemain ; les vacances ne commençaient que
lundi. C'était donc une soirée comme les autres.
Ne devraient-elles pas être là ? Et Ellen aussi ?

Il aspira une grande bouffée d'air froid.
La température était tombée au-dessous de
zéro, mais il ne neigeait toujours pas. Hormis quelques guirlandes lumineuses qu'il avait
entrevues en arrivant à Whitewater Heights,
rien n'indiquait l'approche des fêtes. Il n'y avait
aucune décoration de Noël sur la maison de
Quinn et d'Ellen, pas même une couronne de
verdure sur la porte d'entrée... Pas de sapin.
Chez l'aîné des Paxton, on dressait toujours un
énorme sapin dans l'entrée, qu'on décorait selon
tout un rituel. La cérémonie se répétait tous les
ans, même si Whitney n'y assistait plus. L'un des
privilèges de l'âge adulte, pensait-il, était de garder ses distances vis-à-vis d'une source de souffrance et d'embarras. Après tout, il avait trente-
quatre ans maintenant.

Evidemment, il allait passer le jour de Noël en
famille. Ou du moins une partie de la journée.
Impossible de s'y soustraire, tant qu'il continuait à habiter sa ville natale. Eh oui, il distri-
buerait ses cadeaux luxueusement emballés et
recevrait sa part en retour ; il serait gracieux
comme toujours avec sa mère et courtois avec
son père. Il savait bien qu'il les avait déçus parce

qu'il n'avait pas suivi les traces de Quinn, mais au milieu des réjouissances, du bruit et de l'animation générale, la douleur s'émoussait. Whitney vivait avec elle depuis si longtemps que ce n'était peut-être plus la douleur même, mais seulement son souvenir.

Il sonna à nouveau. « Ohé ! appela-t-il prudemment. Il y a quelqu'un à la maison ? » A travers la fenêtre, on distinguait une lumière ou des lumières au fond du couloir. La musique semblait s'être arrêtée. Dans la pénombre de l'entrée, au pied de l'escalier, il y avait des cartons... ou étaient-ce des valises ? Des petites malles ?

Partaient-ils en voyage ? A cette époque de l'année, juste avant Noël ? Whitney se souvint de la rumeur entendue quelques semaines plus tôt : Quinn avait parlé de s'offrir un séjour dans un paradis tropical pour milliardaires, aux Seychelles, en compagnie d'une de ses bonnes amies. Whitney n'y avait pas cru ; malgré son arrogance et son indifférence à l'égard des sentiments de sa femme, jamais Quinn ne braverait aussi ouvertement les convenances. Pour commencer, leur père serait furieux. Et puis, Quinn tenait trop à sa réputation car, depuis un certain temps déjà, il flirtait avec l'idée de briguer un mandat parlementaire. Leur arrière-grand-père, Lloyd Paxton, élu au Congrès sur les listes du parti républicain, avait joui d'une grande popularité, et le nom des Paxton était toujours révéré sur le territoire de leur Etat... *Le salaud, il n'osera pas*, pensa Whitney.

Pourtant, il éprouvait une vague appréhension. Comme un nouveau pressentiment. Et si, dans un accès de rage, Quinn s'en était pris à Ellen et aux filles ? Unc image lui traversa l'esprit : Quinn, dans son tablier de cuisine taché de sang, en train de griller des steaks au barbecue sur la superbe terrasse à l'arrière de la maison. Le 4 juillet dernier. Une grande fourchette à deux dents dans une main, un couteau électrique dans l'autre. Le vrombissement du gadget électrique, l'éclat sinistre des lames. Quinn, le visage en feu, agacé par l'arrivée tardive de son jeune frère, lui avait fait signe de le rejoindre avec l'exubérance contenue de quelqu'un qui, bien qu'ivre, était déterminé à rester maître de lui. Comme il paraissait imposant, avec son mètre quatre-vingt-sept et ses cent kilos, ses yeux bleu clair à fleur de tête et sa voix de stentor ! Whitney avait obéi sur-le-champ. Quinn, un tablier comique noué autour de sa taille massive, le menaçant couteau à découper tendu vers Whitney dans un simulacre de poignée de main...

Ce souvenir le fit frissonner. Les autres convives avaient ri. Whitney lui-même avait ri. Ce n'était qu'une plaisanterie, et elle était drôle... Si Ellen avait vu et frissonné aussi, il ne l'avait pas remarqué.

Il s'efforça de chasser cette image de sa tête.

Dire, cependant, que ce n'étaient pas seulement des hommes désespérés, ruinés, qui tuaient leur famille, pas uniquement des déséquilibrés atteints d'une maladie mentale ! L'autre jour, Whitney avait lu un article accablant sur un cadre quadragénaire d'une compagnie d'assurances qui avait tiré sur sa femme, dont il était séparé, ainsi que sur leurs enfants... Non, mieux valait ne pas y penser maintenant.

Whitney pressa le bouton encore une fois. La sonnette marchait ; on l'entendait de l'extérieur. « Quinn ? Ellen ? C'est moi, Whitney... » Comme sa voix était faible et chevrotante ! Il était convaincu que le ménage de son frère battait sérieusement de l'aile. Mais s'il était là, Quinn lui en voudrait à mort d'intervenir, il serait tout simplement fou de rage. Les Paxton formaient un clan vaste et très soudé ; l'on n'y appréciait guère les fauteurs de troubles, ceux qui se mêlaient de ce qui ne les regardait pas. Actuellement, les relations entre Whitney et Quinn étaient au beau fixe, mais lorsque, deux ans plus tôt, Ellen avait quitté la maison pour entamer une procédure de divorce, Quinn avait reproché à Whitney de comploter avec Ellen derrière son dos ; il l'avait même accusé d'avoir eu une aventure avec sa femme. « Dis-moi la vérité, Whit ! Je peux tout encaisser. Je ne vous ferai pas de mal, ni à elle ni à toi. Dis-moi juste la vérité, espèce de lâche ! » Il avait eu beau fulminer, il y avait de l'affectation jusque dans sa fureur même car, naturellement, ses soupçons n'étaient pas fondés. Ellen n'avait jamais aimé un autre homme ; Quinn était toute sa vie.

Peu de temps après, Ellen avait réintégré le domicile conjugal avec ses filles. Elle avait renoncé au divorce. Whitney avait été à la fois soulagé et déçu... déçu parce que l'élan d'Ellen vers la liberté lui avait paru vital, et soulagé parce que, ayant récupéré sa famille et rétabli son autorité, Quinn allait se calmer. Il ne serait plus fâché contre son jeune frère, seulement vaguement méprisant, comme toujours.

« Bien sûr que je n'étais pas sérieux, quand je vous ai soupçonnés tous les deux, avait déclaré Quinn. Je devais être saoûl ou à côté de mes pompes. »

Et il avait ri, comme si l'idée même lui semblait incongrue.

Depuis, Whitney avait discrètement pris ses distances par rapport à Quinn et Ellen. Sauf quand ils étaient tous obligés de se retrouver en famille, comme pour les fêtes de Noël.

Grelottant, Whitney se demandait s'il ne devrait pas faire le tour et essayer la porte de derrière. Seulement, si Quinn était là et qu'il y avait un problème, ne risquait-il pas d'être... dangereux ? Il possédait toute une collection de fusils de chasse, une carabine et même un revolver, avec un permis en bonne et due forme. Et, s'il avait bu... Les policiers, se souvint Whitney, se faisaient surtout descendre lorsqu'ils tentaient d'intervenir dans des scènes de ménage.

Soudain, à son immense soulagement, il vit Ellen qui se dirigeait vers la porte... mais était-ce bien Ellen ? Elle n'avait pas l'air dans son assiette — ce fut l'impression première, quoique confuse, de Whitney, qu'il devait se rappeler beaucoup plus tard —, car elle marchait d'un pas hésitant, titubant presque, comme si le sol tanguait sous ses pieds. Elle se tordait les mains, ou alors les essuyait vigoureusement sur son tablier ; manifestement, ce coup de sonnette l'angoissait. « Ellen, ce n'est que moi, Whitney ! » Il vit un soulagement enfantin se peindre sur ses traits.

Etait-ce Quinn qu'elle attendait ?

L'empressement avec lequel elle avait allumé la lumière dans l'entrée et lui avait ouvert la porte était cependant flatteur pour lui.

« Whitney ! » s'exclama Ellen doucement.

Ses yeux agrandis étaient humides, et les pupilles semblaient dilatées. Elle paraissait fatiguée et en même temps fébrile, jubilante presque. Visiblement stupéfaite de voir son beau-frère, elle l'agrippa par la main en chancelant légèrement. Whitney se demanda si elle avait bu. Il lui était arrivé de l'observer dans une soirée, sirotant lentement, méthodiquement, son verre de vin comme si elle cherchait à s'anesthésier. Mais il ne l'avait jamais vue ivre, et jamais non plus dans cet étrange état où elle se trouvait maintenant.

« Excuse-moi de te déranger, Ellen, fit-il, contrit, mais... tu ne répondais pas au téléphone, et j'étais inquiet pour toi.

— Inquiet ? Pour moi ? » Ellen cligna des yeux, lui sourit. D'abord narquois, son sourire grandit, s'élargit. Elle avait les yeux brillants. « Pour moi ?

— ... et les filles.

— ... les filles ? »

Elle rit. D'un rire haut perché, gai, mélodieux que Whitney ne lui avait jamais entendu auparavant.

Prestement, avec entrain presque, elle referma et verrouilla la porte derrière lui. Elle le conduisit dans le couloir par la main — sa propre main était fraîche, moite, ferme, pressante — en éteignant au passage la lumière dans l'entrée. « Les filles, c'est oncle Whitney ! » cria-t-elle. Son ton trahissait un énorme soulagement et, au-delà, une curieuse hilarité.

Whitney regarda sa belle-sœur avec perplexité. Elle portait un pantalon taché, une chemise, un tablier ; ses cheveux châtain clair, rejetés négligemment en arrière, révélaient ses oreilles délicates. Sans maquillage, sans même une trace de rouge à lèvres, elle paraissait plus jeune, plus vulnérable. En public, en sa qualité d'épouse de Quinn Paxton, Ellen était toujours d'une élégance irréprochable... jolie femme calme et réservée qui soignait son apparence jusqu'à l'obsession, et dont la façon même de s'exprimer semblait étudiée. Quinn aimait les femmes perchées sur des hauts talons — les belles femmes, s'entend —, aussi Ellen apparaissait-elle rarement autrement que juchée sur des hauts talons à la dernière mode, même dans les réunions entre amis.

Avec des chaussures plates comme elle en portait ce soir-là, elle paraissait plus petite, plus menue que Whitney ne l'aurait imaginé. A peine plus grande que sa fille aînée, Molly.

Tout en l'entraînant en direction de la cuisine — les pièces étaient plongées dans l'obscurité, et dans la salle à manger, comme dans l'entrée, il y avait des cartons par terre —, elle continuait à lui parler avec la même animation stridente, comme si elle voulait se faire entendre de quelqu'un d'autre que lui.

« Tu dis que tu étais inquiet, Whitney ? Pour moi et pour les filles ? Mais pourquoi ?

— Eh bien... à cause de Quinn.

— A cause de Quinn ! Vraiment ! » Ellen

serra sa main et rit. « Mais pourquoi "à cause de Quinn" et pourquoi maintenant ? Ce soir ?

— J'ai discuté avec Laura et elle m'a dit... qu'il s'était remis à boire. Qu'il t'avait à nouveau menacée. J'ai donc pensé...

— C'est très gentil de ta part, et de la part de Laura, de vous préoccuper de moi et des filles. Ça ressemble si peu aux Paxton ! Mais enfin, toi et Laura n'êtes pas des vrais Paxton. Vous êtes... » Elle hésita, comme répugnant à employer le mot qui lui était spontanément venu à l'esprit. « ... à la périphérie. Vous êtes... »

Elle se tut.

Whitney posa alors la question qui lui brûlait les lèvres, tout en s'efforçant de ne pas trahir son appréhension : « Quinn... est-il là ?

— Non.

— Il est en ville ?

— Il est parti.

— Parti ?

— En voyage d'affaires.

— Ah, je vois. » Whitney reprit son souffle. « Et quand rentre-t-il ?

— Il va nous faire venir à Paris. Ou peut-être à Rome. Où que *nous* soyons, quand il aura fini ses affaires, quand il aura du temps pour nous.

— Vous allez donc partir aussi ?

— Oui. Tout s'est décidé à la dernière minute. J'ai couru toute la matinée pour faire valider les passeports des filles. Ce sera leur premier voyage à l'étranger en dehors du Mexique ; elles ne se tiennent plus de joie. Au début, Quinn n'était pas très chaud ; il avait des négociations importantes à Tokyo... tu connais Quinn, toujours en train de négocier, de calculer, son cerveau ne s'arrête jamais... » Ellen s'interrompit un instant et rit, comme déconcertée par ses propres paroles. « Enfin... tu connais Quinn. Tu es son frère, tu as vécu dans son ombre, comment pourrais-tu ne pas le connaître ?

Et elle rit à nouveau en lui étreignant la main. Elle semblait s'appuyer légèrement sur lui, comme pour garder son équilibre.

Whitney devait l'admettre, il était profondément soulagé. L'idée que son frère n'était pas dans les parages, ne représentait pas une menace physique pour lui, l'aida rapidement à recouvrer son calme.

« Bon. Quinn s'est envolé, et toi et les filles allez le suivre ?

— Il avait des affaires à traiter, tu comprends. Sinon, nous serions partis tous ensemble. Quinn *voulait* qu'on parte tous ensemble. » Ellen parlait plus distinctement maintenant, comme répétant des paroles apprises par cœur. « Quinn voulait qu'on parte ensemble, mais... ce n'était pas pratique, vu les circonstances. Après Tokyo, il risquait de se rendre à... ce doit être Hong Kong.

— Vous ne serez donc pas là pour Noël ? Aucun d'entre vous ?

— J'ai déjà fait mes achats de Noël ! Comme ça, je ne me sentirai pas coupable de ne pas participer. Les filles et moi, on ne sera pas là pour vous voir déballer nos cadeaux, c'est tout, dit-elle, joviale, en détachant curieusement les mots comme si elle avait peur de bafouiller. « Vous nous manquerez, bien sûr. Terriblement ! Ton cher père, ta charmante mère, *toute* la famille de Quinn... oui, vous nous manquerez terriblement. Et à Quinn aussi.

« — Quand dis-tu qu'il est parti, Ellen ? demanda Whitney.

— J'ai dit quelque chose... ? Hier soir. Il a pris le Concorde.

— Et les filles et toi, vous partez... ?

— Demain ! Pas sur le Concorde, évidemment. Juste un vol régulier. Mais nous ne tenons plus en place, comme tu peux l'imaginer.

— Oui, acquiesça Whitney à contrecœur. En effet. »

Quinn s'était donc bel et bien esquivé avec sa dernière conquête, aux Seychelles ou ailleurs ; il avait réussi à convaincre sa femme crédule qu'il s'agissait d'un voyage d'affaires « confidentiel », et apparemment, elle s'était contentée — reconnaissante — de cette explication.

Comme les femmes aimaient qu'on leur mente... comme elles aimaient être trompées ! Pauvre Ellen.

Ce n'est pas moi qui vais l'éclairer, pensa Whitney.

« Combien de temps as-tu dit que vous serez absents, Ellen ?

— L'ai-je dit ? Je ne m'en souviens pas ! »

Ellen rit. Et elle poussa gaiement les portes battantes, entraînant, triomphante, Whitney par la main.

« C'est oncle Whitney ! s'écria Molly.

— Oncle Whit-ney ! » scanda Trish en frappant dans ses mains.

Elle portait des gants en caoutchouc.

La cuisine était si brillamment éclairée, l'atmosphère si gaie et fébrile qu'il crut une fraction de seconde arriver au milieu d'une célébration. Ça aussi, il s'en souviendrait plus tard.

Ellen l'aida à retirer son manteau pendant que ses jolies nièces gloussaient, hors d'haleine. Whitney, qui ne les avait pas vues depuis six mois, eut l'impression qu'elles avaient grandi. Molly, quatorze ans, était affublée d'une chemise débraillée, d'un jean et d'un tablier noué autour de sa taille fine ; des lunettes de soleil en plastique blanc avec des verres mauves lui cachaient les yeux. (Avait-elle un œil au beurre noir ? Choqué, Whitney évita de la regarder de trop près.) Trish, onze ans, était habillée de la même façon, avec en plus une casquette de base-ball perchée à l'envers sur sa tête. Quand Whitney entra dans la cuisine, elle était accroupie, en train de frotter le sol avec une éponge. Trop grands pour elle, les gants en caoutchouc jaune faisaient un bruit de succion quand elle frappait dans ses mains.

Whitney adorait ses jeunes nièces. Leur accueil comiquement enthousiaste le fit rougir, mais il ne put s'empêcher d'être flatté. « C'est super de te voir, oncle Whitney ! s'exclamèrent-elles à l'unisson en pouffant de rire. C'est super de te voir ! »

Comme si, pensa-t-il, *elles s'attendaient à voir quelqu'un d'autre.*

Il fronça les sourcils. Et si, tout compte fait, Quinn n'était pas parti ?

Ellen s'empressa d'enlever son tablier taché.

« C'est une excellente idée d'être passé ce soir, Whit, dit-elle chaleureusement. Jusqu'à présent, c'est toi, l'oncle préféré des filles. Nous étions toutes tristes à la pensée de ne pas te voir le jour de Noël !

— Et moi, je serai triste de ne pas vous voir, vous. »

L'atmosphère est très nettement féminine, songea-t-il, *avec un arrière-goût d'hystérie dans l'air.* La radio, réglée sur la fréquence d'une station populaire, déversait la musique simpliste, fortement cadencée et invariablement stridente dont raffolaient les jeunes Américains. Il se demanda comment Ellen pouvait supporter ça. Toutes les lumières étaient allumées. Les surfaces étincelaient, comme si on venait de les astiquer. La hotte aspirante marchait à fond, et pourtant, il régnait dans la cuisine une odeur entêtante, humide, douce-amère, écœurante. L'air même était surchauffé, comme saturé de vapeur. Partout, il y avait des canettes vides de Coca allégé et des morceaux de pizza ; sur le plan de travail, à côté d'une pile de paquets-cadeaux, trônait une bouteille de vin californien. (Donc, Ellen *avait bu* ! Whitney remarqua qu'elle avait le regard vitreux et les lèvres flasques. Elle aussi avait un bleu, ou des bleus, juste au-dessus de l'œil gauche.) Le plus étonnant était que tout l'espace libre dans la cuisine, y compris la massive table-billot, au milieu, croulait sous les paquets, les rouleaux de papier-cadeau, les rubans, les étiquettes... Whitney fut stupéfait de constater qu'à la veille de leur voyage à l'étranger, sa belle-sœur et ses nièces s'étaient lancées dans une orgie de préparatifs pour Noël. C'était typiquement féminin de penser aux autres dans un moment pareil ! D'où leurs mines fiévreuses et cette lueur de folie dans leurs yeux...

Ellen lui offrit un verre... ou préférait-il un café ? « Il fait si froid dehors ! Quand je pense

que tu vas ressortir ! » déclara-t-elle en frisson-
nant. Les filles frissonnèrent aussi ct éclatèrent
de rire. *Qu'y avait-il de si drôle ?* Whitney voulait bien une tasse de café, si ça ne la dérangeait
pas trop. « Bien sûr que non, répliqua-t-elle
vivement. Bien sûr que non ! Plus rien ne me
dérange *maintenant !* »

Et elles rirent à nouveau toutes les trois,
presque à l'unisson.

Seraient-elles au courant ? se demanda-t-il.
Que Quinn les a trahies ?

Comme si elle avait lu dans ses pensées, Trish
annonça à brûle-pourpoint :

« Papa doit aller aux îles *Chéchelles*. C'est là
qu'il doit aller.

— Mais non, imbécile, l'interrompit Molly en
riant. Papa doit aller à Tokyo. Il est à Tokyo.
Pour affaires.

— Alors c'est là qu'il va nous retrouver.
Aux *Chéchelles*, "Paradis tropical dans l'océan
Indien". » Trish arracha ses gants souillés et les
jeta dans l'évier.

« Les Seychelles, dit Ellen. Mais ce n'est pas
là que nous allons. » Elle s'adressait ostensiblement à Trish ; elle avait même haussé le ton.
Tout en parlant, elle préparait le café avec des
gestes prompts et adroits, se préoccupant à
peine de ce que faisaient ses mains. « Nous,
nous allons à Paris. Paris. Rome. Londres.
Madrid.

— Paris. Rome. Londres. Madrid », enton-
nèrent les filles en chœur.

La hotte bourdonnait bruyamment au-dessus
de la plaque de cuisson. Mais l'air confiné,

chargé de buée, ne se rafraîchissait toujours pas.

Ellen parlait maintenant de leur voyage. Les bleus sur son front étaient d'un jaune violacé. S'il l'interrogeait sur leur origine, elle répondrait sûrement qu'elle s'était cogné la tête. Et l'œil au beurre noir de Molly... c'était sans doute un accident aussi. Whitney se souvint comment, des années plus tôt, lors d'une réunion familiale sur la pelouse de la résidence Paxton, Quinn avait soudain et apparemment sans raison frappé sa jeune femme à la tête. C'était arrivé si vite que peu de convives l'avaient remarqué. Rouge de colère, Quinn s'était exclamé à l'intention des témoins : « Ces maudites guêpes ! Elles n'arrêtent pas de harceler la pauvre Ellen ! »

Les larmes aux yeux, Ellen s'était ressaisie et, extrêmement gênée, s'était hâtée de disparaître dans la maison. Quinn ne l'avait pas suivie.

Personne ne l'avait suivie.

Cet incident ne fut jamais mentionné, ni en présence de Quinn ni, pour autant que Whitney le sût, derrière son dos.

Embarrassé, il entendait déjà les commentaires sur l'absence — volontaire, semblait-il — de Quinn et de sa famille le jour de Noël. Il se demanda, sans toutefois lui poser la question, si Ellen avait déjà parlé à sa mère, pour s'expliquer, pour s'excuser. Pourquoi n'avaient-ils pas attendu janvier pour partir en vacances ? Quinn et son amie y compris ?

Non, mieux valait ne pas demander. Ça ne concernait en rien Whitney Paxton.

Ellen lui apporta son café, lui offrit du sucre et du lait, lui tendit une petite cuillère, mais la cuillère lui glissa des doigts et atterrit sur le sol humide et luisant. Trish la désarticulée se baissa pour la ramasser, la lança en l'air derrière son dos et la rattrapa par-dessus son épaule. « Trish ! » fit Ellen, exaspérée, et elle rit. Molly, qui essuyait son visage en feu avec un pan de sa chemise, rit aussi.

« Ne fais pas attention à Trish, elle va avoir ses règles, glissa Molly, perfide.

— Molly... ! s'exclama Ellen.

— Chameau ! » cria Trish en frappant sa sœur.

Whitney, gêné, feignit de ne pas avoir entendu. Etait-il possible que la petite Trish fût déjà en âge d'être réglée ?

Les doigts légèrement tremblants, il porta la tasse de café à ses lèvres et but une gorgée.

Tous ces cadeaux ! Ellen et les filles devaient œuvrer depuis des heures. Whitney était touché, sinon quelque peu interloqué, par leurs efforts. C'était typiquement féminin d'acheter des dizaines de cadeaux dont généralement personne n'avait vraiment envie et, dans le cas des riches Paxton, ni envie ni besoin. Elles s'appliquaient néanmoins à les envelopper de luxueux papier à motifs, le papier vert et rouge de Noël, à nouer d'énormes rubans, à les asperger de paillettes, à rédiger des cartes — Whitney entrevit brièvement « Grand-père Paxton », « Tante Vinia », « Robert » — au stylo feutre. La plupart des paquets, nota-t-il, étaient déjà emballés et soigneusement empilés les uns sur les autres. Il en restait cinq ou six, allant d'un petit carton à chapeaux jusqu'à une boîte ovale en métal léger mesurant environ quatre-vingt-dix centimètres sur soixante. L'un de ces récipients, doré et métallique également, semblait contenir un coûteux assortiment de chocolats. Partout, sur les plans de travail et sur la table, il y avait des feuilles et des bandes de papier-cadeau, des morceaux de ruban, des rouleaux de scotch, des lames de rasoir, des ciseaux, même un sécateur de jardin. Par terre, sur un fragment de sac-poubelle en plastique vert, comme attendant d'être rangé au garage ou jeté, s'étalait un assemblage hétéroclite d'outils : pied-de-biche, tenailles, un deuxième sécateur, un couteau à viande avec une pointe cassée, le couteau électrique de Quinn.

« On ne triche pas, oncle Whitney ! »

Molly et Trish, surexcitées, le tiraient par les bras. Evidemment, devina-t-il, elles ne voulaient pas qu'il voie son propre cadeau.

« Et pourquoi n'emporterais-je pas mon cadeau ce soir, les taquina-t-il, pour vous éviter de l'envoyer par la poste ? Si vous en avez un pour moi, j'entends.

— Bien sûr qu'il y en a un pour toi, Whit chéri, répondit Ellen sur un ton de reproche. Mais on ne peut pas te le donner maintenant.

— Et pourquoi pas ? » Il adressa un clin d'œil aux filles. « Je promets de ne pas l'ouvrir avant Noël.

— Parce que... on ne peut pas.

— Même si je vous le jure, croix de bois, croix de fer ? »

Les yeux brillants, Ellen et les filles échangèrent un regard. Comme elles ressemblaient à leur mère, pensa Whitney avec amour et une pointe de regret... trois jolies femmes, au visage si doux, pareilles à trois Parques bienveillantes, la famille de son frère Quinn, qui jamais, *jamais*, ne serait sienne. Les filles avaient la peau claire et délicate d'Ellen, ses grands et beaux yeux gris ; elles n'avaient presque rien de Quinn ni des Paxton, si ce n'étaient les boucles drues et la bouche insolente.

Toutes les trois s'étouffaient de rire. « Oncle Whitney, déclara Molly, c'est tout simplement *impossible.* »

Le reste de la visite passa rapidement. Ils parlèrent de la pluie et du beau temps, des voyages en général, de l'année où Whitney avait étudié à Londres. Il n'y eut pas la moindre allusion à Quinn. Whitney sentit qu'en dépit de l'atmosphère effervescente et de l'affection sincère qu'elles lui vouaient, elles avaient hâte de se retrouver seules pour finir leurs préparatifs. Et lui avait hâte de partir.

Car, malgré tout, il était *chez Quinn.*

Comme la cuisine, la salle de bains du rez-de-chaussée venait d'être nettoyée : le lavabo, la cuvette des toilettes, la baignoire immaculée étincelaient, méticuleusement astiqués avec de la poudre à récurer. Et le ventilateur marchait à fond.

Là aussi, il y avait cette odeur bizarre... écœurante, légèrement fétide ; on aurait dit du sang. Tout en se lavant les mains, Whitney réfléchit, mal à l'aise, car elle lui rappelait quelque chose... mais quoi ?

Tout à coup, la mémoire lui revint : voilà bien des années, dans une colonie de vacances dans le Maine, il avait vu la cuisinière nettoyer les poulets en sifflotant énergiquement pendant qu'elle travaillait. Elle plongeait les carcasses molles dans l'eau bouillante, les plumait, arrachait les ailes, les pattes, repêchait à la main les abats humides et gluants. Beurk ! La vue et l'odeur l'avaient écœuré à un point tel qu'il avait été incapable de manger du poulet durant plusieurs mois.

Avec un frisson de répulsion, il se demanda si, tout compte fait, ces effluves de sang n'étaient pas en rapport avec la menstruation.

Ses joues étaient brûlantes. Il ne tenait pas à le savoir, pas vraiment.

Certains secrets étaient le mieux gardés par les femmes, entre femmes. Non ?

Alors qu'il s'apprêtait à partir, Ellen et les filles lui firent une surprise : elles lui donnèrent son cadeau.

« Seulement si tu promets de ne pas l'ouvrir avant Noël !

— Seulement si tu promets ! »

Ellen le lui remit, et Whitney l'accepta, ravi. Un petit paquet, agréablement léger, joliment recouvert de papier rouge et or... de la taille d'une boîte contenant une chemise d'homme ou un pull. « *Pour oncle Whitney, avec amour. Ellen, Molly, Trish.* » Le nom de Quinn avait été délibérément omis, et Whitney éprouva de la satisfaction à l'idée qu'Ellen eût pris une revanche sur son égoïste de mari, aussi mesquine et insignifiante fût-elle.

Ellen et les filles le raccompagnèrent à travers la maison obscure jusqu'à la porte d'entrée. Il aperçut des housses sur les meubles du salon, des tapis roulés et, une fois de plus, dans l'entrée sombre, quantité de cartons, de valises et de petites malles. C'étaient les préparatifs non pas de brèves vacances, mais d'un très long voyage. Visiblement, Quinn avait embobiné Ellen pour qu'elle acquiesce à quelque projet délirant, à son avantage, comme toujours. Whitney ne voyait pas du tout ce que c'était et n'était pas près de le demander.

Ils se dirent au revoir à la porte. Ellen, Molly et Trish l'embrassèrent, et il les embrassa à son tour. Exhalant de la buée, soulagé et revigoré, il grimpa dans la voiture et posa son cadeau sur le siège à côté de lui. Deux voix enfantines l'interpellèrent : « N'oublie pas, tu as promis de ne pas l'ouvrir avant Noël ! N'oublie pas, tu as promis ! » Et Whitney répondit en riant : « Bien sûr... juré. » Promesse facile à tenir car il se moquait bien de savoir ce qu'elles lui avaient acheté. Certes, il appréciait l'intention, mais ce rite annuel d'échange de cadeaux l'intéressait si peu qu'il faisait expédier les siens directement du magasin ; si un article vestimentaire qu'on lui offrait ne lui convenait pas, il prenait rarement la peine de l'échanger.

En retraversant la ville pour rentrer chez lui, Whitney se réjouissait de la tournure des événements. Il avait eu le courage de se rendre chez Quinn... Ellen et les filles s'en souviendraient toujours. *Lui* s'en souviendrait toujours. Il jeta un coup d'œil sur le cadeau à côté de lui, content qu'elles le lui aient donné ce soir-là, qu'elles lui aient fait confiance, convaincues qu'il ne l'ouvrirait pas avant l'heure.

Comme c'est charmant, cette façon typiquement féminine de nous faire confiance, pensait-il. *Heureusement, elles n'ont pas toujours à le regretter.*

LE CHAT MALTAIS

Sara Paretsky

I

Au téléphone, elle avait la voix douce et voilée, avec un zeste d'accent du Sud qui l'imprégnait tel un parfum rare. « Je préfère venir vous voir au bureau ; je ne tiens pas à ce qu'on sache autour de moi que j'ai engagé un détective privé. »

J'avais proposé de la rencontrer chez elle dans la soirée... le décor spartiate de mon bureau ne favorise guère les confidences. Mais elle ne voulait pas attendre le soir ; elle insistait pour venir dans la journée, tout de suite presque... et non pas dans un restaurant. Ce n'était pas pratique pour parler, or son affaire était strictement personnelle.

« Vous savez que ma spécialité, ce sont les délits financiers, n'est-ce pas ? demandai-je sèchement.

— Oui, c'est comme ça que j'ai eu votre nom.

Une heure, au Pulteney, quatrième étage, c'est ça ? »

Et elle raccrocha sans me dire qui elle était.

Ma visite au siège administratif du comté me prit plus de temps que prévu ; il était presque une heure et demie quand je regagnai le Pulteney. Ma cliente avait visiblement un problème urgent. Elle attendait à la porte de mon bureau, frappant impatiemment le sol de son talon aiguille, lorsque j'arrivai d'un pas traînant, chaussée de baskets.

« Miss Warshawski ? Je croyais que vous m'aviez posé un lapin.

— Hélas ! non », grommelai-je en lui ouvrant la porte.

Dans la pénombre du couloir, je ne distinguai qu'une silhouette élancée. Dans le bureau éclairé, la ligne des épaules et les boutons ornés d'un monogramme me firent comprendre que son tailleur venait de chez Chanel. La couleur bleue du tissu faisait ressortir le cobalt de ses yeux. Un maquillage discret masquait son teint naturel... je n'aurais su dire si ses cheveux roux foncé étaient d'origine ou bien le fruit d'une teinture réussie.

Elle scruta mes quelques meubles et choisit la plus propre des deux chaises réservées aux visiteurs. « Mon temps est précieux, Miss Warshawski. Si j'avais su que vous alliez me faire attendre sans même un endroit où me poser, j'en aurais terminé avec mes coups de fil avant de venir. »

En prévision d'une journée aux archives notariales, j'avais enfilé un jean et une chemise de travail. Je me sentais sale et en position d'infériorité, ce qui me mit de mauvaise humeur.

« Vous avez raccroché sans me laisser votre nom ou votre numéro de téléphone. Je n'avais donc aucun moyen de vous éviter de poireauter dans vos jolis petits escarpins. Mon temps est précieux aussi ! Alors, où est le feu, que je puisse sortir ma lance à incendie ? »

Elle s'empourpra. Moi, quand je pique un fard, je me couvre de taches, mais chez elle, la rougeur ne fit que rehausser l'effet de son maquillage.

« Il s'agit de ma sœur. » L'accent du Sud perça avec plus de netteté. « Corinne. Elle s'est enfuie chez Ja... chez mon ex-mari, et il me faut quelqu'un qui puisse la faire revenir. »

Je la toisai d'un air dégoûté.

« Et c'est pour entendre ça que j'ai couru jusqu'ici ? Nous ne sommes pas en 1890, vous savez. Elle a peut-être commis une erreur, mais elle est sûrement capable de s'en sortir toute seule. »

Elle rougit de plus belle.

« Je ne suis pas très claire. Excusez-moi. Je n'ai pas l'habitude de demander conseil. Ma sœur — Corinne — n'a que quatorze ans. Elle est sous ma tutelle. J'ai seize ans de plus qu'elle. Nos parents sont morts il y a trois ans, et depuis, elle habite chez moi. Ce n'est facile ni pour l'une ni pour l'autre. Déménager de Mobile ici n'a été qu'un début. Quand elle est arrivée, elle n'avait qu'une idée en tête : sortir, faire la fête, profiter de tout ce qui n'existe pas à Mobile. » Elle ponctua ses paroles d'un geste éloquent. « Elle considère que je suis une garce sans cœur, que j'ai été trop dure avec mon ex-mari. Elle le connaît depuis l'âge de trois ans. C'était une grande vedette. Elle ne se rend pas compte qu'il a changé. Ou plutôt, qu'il n'a plus l'occasion de briller en public. Alors, quand elle est partie il y a deux jours, j'ai pensé qu'elle était allée chez lui. Il ne répond ni au téléphone ni quand on sonne à la porte. J'ignore s'ils ont quitté la ville, s'il fait le mort ou quoi. J'ai besoin de quelqu'un qui soit capable de se faire ouvrir les portes et qui sache parler aux gens. Si au moins je pouvais voir Corinne, je... je ne sais pas, moi. »

Elle s'interrompit avec un geste d'impuissance qui cadrait mal avec son allure sophistiquée. Rien de tel que la charge d'un mineur pour faire craquer le vernis le plus résistant.

Je grimaçai plus férocement encore.

« Si on commençait par votre nom et par le nom et l'adresse de votre mari, avant de passer aux amis de votre sœur ?

— Ses amis ? » Les yeux bleu sombre s'agrandirent. « J'aimerais mieux ne pas ébruiter l'affaire. Les commérages vont bon train et, même si nous ne sommes plus en 1890, elle risque d'en souffrir quand elle va retourner à l'école. »

J'avais envie de hurler.

« On ne sollicite pas mon aide pour me dire ensuite ce que je dois faire. Et si elle n'est pas chez votre mari ? Si je n'arrive pas à vous joindre alors qu'elle est dans le pétrin jusqu'au cou et que sa vie dépend de quelque nouvelle piste que je pourrais découvrir ? Si vous ne vous décidez pas à me donner les noms, à commencer par le vôtre, adressez-vous à un confrère plus conciliant. Je peux vous en indiquer deux ou trois qui possèdent une salle d'attente. »

Elle pinça les lèvres. En règle générale, c'était elle qui menait le jeu... on ne lui parlait pas impunément sur ce ton-là. Pendant quelques secondes, je crus que j'allais pouvoir retourner aux archives notariales. Finalement, elle secoua la tête et se força à sourire.

« On m'a dit de ne pas faire attention à votre caractère de cochon parce que vous êtes la meilleure. Je suis Brigitte LeBlanc. Ma sœur, c'est Corinne, LeBlanc également. Et mon ex-mari s'appelle Charles Pierce. »

Elle rapprocha sa chaise du bureau pour griffonner son adresse sur une feuille de papier arrachée à un bloc-notes. Elle écrivit avec application et, au bout de quelques minutes, me tendit une liste où, outre l'adresse de Pierce, figuraient les coordonnées de trois camarades de classe de Corinne.

« Je suis en retard à ma réunion. Je vous appellerai ce soir pour savoir où vous en êtes. »

Elle se leva.

« Pas si vite. Il me faut un acompte. Vous devez signer un contrat. Et j'ai besoin d'un numéro où je peux vous joindre.

— Je suis vraiment en retard.

— Et moi, je suis vraiment trop débordée pour chercher votre sœur. A supposer que vous ayez une sœur. Vous ne devez pas être si inquiète que ça, si votre réunion vous importe plus qu'elle. »

Son expression, si j'avais été seule avec elle dans une ruelle sombre, m'aurait terrorisée.

« J'ai une sœur. Et j'ai mis deux jours à

essayer de pénétrer chez mon ex-mari, puis à courir après des gens susceptibles de me recommander un détective privé. Je ne peux rien faire pour elle, sinon gagner de l'argent pour payer vos honoraires. »

Je sortis un contrat du tiroir de mon bureau et le glissai dans l'Olivetti mécanique qui avait appartenu à ma mère... une machine si vieille que j'étais obligée de commander mes rubans en Italie. Un traitement de texte m'aurait coûté moins cher et aurait fait meilleure impression, mais les mouvements du poignet m'aidaient à muscler mes avant-bras. Je réussis à obtenir l'adresse de Miss LeBlanc, à lui faire accepter de me verser quatre cents dollars par jour plus les frais, à lui faire marquer le nom de l'établissement financier agissant à titre de caution et à me faire remettre un chèque de deux cents dollars.

Après son départ, je me débattis avec les fenêtres du bureau dans l'espoir que l'air du dehors dissiperait les effluves de son parfum de riche. Même une bouffée de CO_2 valait mieux que cette odeur tenace, mais les fenêtres, peintes et repeintes une bonne centaine de fois, refusaient de céder. J'allumai le ventilateur et, fronçant les sourcils, examinai avec humeur sa signature hardie.

Quel était le véritable prénom de son mari ? Elle avait ravalé un « Ja... » Ce pouvait être James ou Jake, mais certainement pas Charles. Avait-elle réellement une sœur ? Ou bien était-ce un coup monté pour toucher les arriérés d'une pension alimentaire ? Pourtant, l'adresse de Pierce dans North Winthrop ne portait guère à croire à l'existence d'une pension. Tout partait peut-être dans les tailleurs Chanel de sa femme, pendant que lui-même vivait dans un trou à rats.

Comme elle ne figurait pas dans l'annuaire, je ne pus contrôler sa propre adresse à Belden. L'opératrice m'informa que son numéro était sur liste rouge. J'appelai une amie au Fort Dearborn Trust, la banque où Brigitte avait son compte-chèques, et appris qu'elle disposait de ressources considérables. D'après mon amie, Brigitte avait réinvesti les gains de sa carrière de top-model dans une société de conseil en communication qui marchait du feu de Dieu.

« Si tu lisais les pages mode des magazines, tu saurais ces choses-là. Faut sortir de la rubrique sports de temps en temps, Vic... ça pourrait te servir dans ton métier.

— Merci, Eva. »

Je raccrochai d'un coup sec. Au moins, ma cliente ne s'était pas présentée sous un faux nom ; c'était un bon début pour une affaire bidon.

Je jetai un coup d'œil dans la petite glace juchée sur l'armoire métallique. Ce n'étaient pas seulement les traces de poussière sur ma joue droite au lieu du fond de teint pêche qui me différenciaient de Miss LeBlanc. Et, puisque j'avais la tenue *ad hoc* pour me rendre dans North Winthrop, je fermai mon bureau à clé et allai chercher ma voiture.

II

Charles Pierce habitait dans un sinistre immeuble de dix étages donnant directement sur la rue. Des draps en lambeaux servaient de rideaux de fortune aux fenêtres, du moins à celles qui n'étaient pas condamnées. Des bouteilles vides s'alignaient dans l'entrée, mais les relents de bière éventée ne masquaient pas un instant l'odeur d'urine fraîche. Si c'était là que Corinne LeBlanc s'était réfugiée, la vie chez Brigitte devait être un véritable enfer.

L'ex-mari de ma cliente occupait l'appartement 3 E. C'était elle qui me l'avait dit. Les rares boîtes aux lettres qui fermaient encore se gardaient bien d'afficher le nom de leurs propriétaires. La plaque en cuivre sale à côté de l'interphone était vide, et l'interphone ne marchait pas. En poussant la porte branlante du hall, je m'interrogeai une fois de plus sur la sincérité de ma cliente : elle m'avait dit que Ja... ne répondait ni au téléphone ni aux coups de sonnette.

Affalée sur les marches, une femme aux yeux chassieux sirotait un demi. Elle me regarda méchamment quand je lui demandai de se pousser, sans toutefois me faire trébucher délibérément lorsque je l'enjambai. Simplement, mon pied se prit dans les plis de son manteau.

A l'origine, l'immeuble devait compter deux appartements par palier. Au troisième en tout cas, seules deux portes à chaque extrémité semblaient relever de la conception élégante et massive de ses débuts. Les sept autres, qui faisaient figure de parentes pauvres, avaient été ajoutées à la hâte au moment du morcellement des appartements.

Les scrutant à travers la pénombre, je trouvai la porte B et en comptai trois sur la droite pour arriver à E. Après avoir frappé plusieurs fois sur le vernis écaillé, j'aperçus un bouton incrusté dans le chambranle crasseux. Je le pressai : une sonnerie retentit à l'intérieur. Personne ne vint. Collant l'oreille au panneau sale, j'entendis vaguement le ronron de la télévision.

Je gardai le doigt sur la sonnette pendant cinq minutes d'affilée. C'est dur pour le doigt, mais encore plus dur pour les oreilles. S'il y avait eu quelqu'un là-dedans, il serait déjà sorti en trombe. Je pouvais toujours partir et revenir plus tard, mais si jamais Pierce se planquait pour échapper à Brigitte, ça ne m'avançait pas à grand-chose. Elle disait qu'elle avait essayé de le débusquer durant deux jours. La télévision pouvait marcher pour faire diversion, ou bien... Je chassai les hypothèses macabres de ma tête et sortis une collection de passe-partout. Le deuxième se coula sans peine dans la serrure. En deux minutes, je me retrouvai dans l'appartement, ou plutôt dans le décor de *La Maison du diable*.

C'était un studio avec un coin-cuisine du côté gauche. Quelqu'un d'ordonné pouvait tirer un rideau accordéon pour couper la pièce en deux. Mais Pierce n'était pas ordonné. Dix ou quinze casseroles empilées, débordant de nourriture pourrissante, vacillèrent dangereusement lorsque je refermai la porte.

Le centre de la pièce était occupé par un lit escamotable avec un homme gros et gras, genre poussah, étendu dans une position bizarre. Il avait dû mourir pendant qu'il regardait la télévision. Il portait un pantalon luisant et effrangé avec une braguette négligemment ouverte et une chemise à carreaux qui n'arrivait pas à couvrir entièrement son énorme bedaine.

Son gabarit monstrueux et son crâne chauve horriblement tordu me donnèrent la nausée. Je me repris et m'approchai du lit en marchant sur un tas d'habits défraîchis. Soulevant un bras de la taille d'un tronc d'arbre, je cherchai le pouls. Rien ne bougeait dans ce bras lourd, mais la peau, bien que moite, était ferme. Je n'eus pas le cœur de le toucher davantage et fis en titubant le tour du lit pour l'examiner sous différents angles. Je ne vis pas de blessures apparentes. Et les cachées, je les laissais au médecin légiste.

Le temps de regagner la cage d'escalier, j'étais au bord de l'évanouissement. Seule l'idée d'atterrir dans l'urine ou le vomi me maintint debout. En descendant, je trébuchai pour de bon sur le manteau de la femme aux yeux chassieux. Etalée à plat ventre au pied des marches, je ne pus m'empêcher de vomir. Mais je ne me sentis pas mieux pour autant.

Exhumant une bouteille d'eau du bric-à-brac de mon coffre, je me nettoyai avant d'appeler la police. Ils me demandèrent de rester auprès du cadavre. Je décidai que le siège de ma voiture garée devant l'immeuble, c'était suffisamment près.

En attendant l'arrivée du fourgon à viande, je repensai à ma cliente. Brigitte aurait-elle pu venir ici après notre rendez-vous, le tuer et s'éclipser pendant que je téléphonais pour prendre des renseignements sur elle ? Si oui, la femme aux yeux chassieux dans l'escalier l'aurait vue. Le fait que j'aie buté sur elle et vomi dans le hall constituait-il un lien suffisant entre nous pour qu'elle accepte de me parler ?

Je descendis de voiture, mais avant que je ne regagne l'entrée de l'immeuble, la police arriva. Quand nous poussâmes la porte branlante, mon amie s'était évaporée. J'évitai de la mentionner aux garçons — et à la fille — en bleu : son signalement ne la distinguait guère des autres habitants du quartier et, même s'ils la retrouvaient, ils n'en tireraient probablement pas grand-chose.

Nous grimpâmes les marches en silence. Ils étaient quatre. La femme et le plus jeune des trois hommes paraissaient en bonne forme physique. Leurs deux collègues manifestaient une triste tendance à s'avachir. Je doutais qu'ils pussent soulever la jambe droite de l'ex-mari de ma cliente, et encore moins son torse de mammouth.

« Je m'y attendais, marmonnait le plus âgé des policiers, plus pour lui-même qu'à notre intention. Je m'y attendais. »

Quand nous entrâmes dans l'appartement 3 E et qu'il regarda la masse sur le lit, il hocha plusieurs fois la tête.

« Ouais. Je l'ai su tout de suite, dès qu'on a eu le coup de fil.

— Su quoi, Tom ? questionna la femme d'un ton brusque.

— Jade Pierce. Je savais qu'il habitait par là. Y avait eu pas mal de plaintes à son sujet.

Quand j'ai appris qu'on allait chez un gros malabar, j'ai aussitôt pensé à lui. »

La femme s'arrêta net à mi-chemin du lit. Et tout le monde contempla le mastodonte avec la même tristesse. Jade. Ni James ni Jake, mais Jade. L'un des attaquants parmi les plus célèbres que l'équipe des Bears ait jamais comptés dans ses rangs. Et maintenant... Je frissonnai.

Alors qu'il jouait pour l'Alabama, un journaliste avait dit que son crâne chauve était aussi froid et lisse qu'une bille de jade ; il avait même développé sa laborieuse comparaison pour l'appliquer à son jeu. Lorsqu'il entra chez les Bears, je m'en félicitai, comme tous les supporters de l'équipe de Chicago, même si sa réputation de violence en dehors du terrain était fort peu ragoûtante. Pas étonnant que Brigitte LeBlanc l'ait quitté, mais pourquoi donc n'avait-elle pas voulu me dire qui il était réellement ? Je débattis cette question avec moi-même pendant que Tom demandait du renfort dans le micro fixé à son revers.

« Et vous, que faisiez-vous là ?

— Son ex-femme m'a engagée pour prendre des renseignements sur lui. » D'habitude, j'évite de parler aux flics des affaires de mes clients, mais je n'avais pas très envie de protéger Brigitte. « Elle voulait discuter avec lui, mais il ne répondait ni au téléphone ni aux coups de sonnette.

— Elle désirait des renseignements sur lui ? » répéta, goguenard, le jeune policier, celui qui avait des pommettes saillantes et une moustache soignée. « Cette rupture, ça a été la plus grosse bagarre de la vie de Jade, paraît-il. La seule qu'il ait perdue, d'ailleurs. »

Je souris.

« Elle a réussi, pas lui. Peut-être qu'elle avait mauvaise conscience. Ou peut-être qu'elle voulait enfoncer le clou. Faudra lui poser la question. Tout ce que je peux vous dire, c'est qu'elle m'a demandé d'entrer ici. Je l'ai fait et je vous ai appelés aussitôt. » Pendant que Tom réfléchissait à tout ça, je sortis une carte et la lui tendis.

« Si vous avez besoin de moi, vous me trouverez à ce numéro. »

Il me rappela, mais je m'éloignai dans le couloir ; les murs nus et le plafond me renvoyèrent l'écho de mes pas.

III

Brigitte LeBlanc était avec un client et ne voulait pas être dérangée. Même la nouvelle du décès de son ex-mari ne pouvait lui faire changer d'avis. Pas plus que la perspective d'une visite imminente des flics. La réceptionniste, que je cajolai et harcelai tour à tour, se pencha par-dessus son bureau en bois clair pour me chuchoter sur le ton de la confidence : « Le vice-président des Etats-Unis a demandé une consultation privée pour peaufiner son image médiatique. » Brigitte avait dit : pas d'interruption, à moins que ce ne soit le Président ou le pape... deux individus pour lesquels je n'aurais même pas annulé un rendez-vous chez le dentiste.

Lorsqu'on me fit comprendre que j'étais indésirable au quarante-troisième étage, je repris l'ascenseur et m'attardai dans le hall d'entrée. A cinq heures et demie, un essaim d'agents des services secrets me refoula dans la rue avec les autres badauds. Un quart d'heure plus tard, le vice-président sortit, une expression déterminée sur son visage juvénile. Même s'il s'agissait d'une visite privée, les caméras de télévision l'attendaient déjà. Il sourit et, sans rien dire, leur adressa un signe de la main avant de grimper dans sa limousine. Brigitte devait être vraiment fortiche si elle avait réussi à lui faire fermer son clapet.

A sept heures, je remontai au quarante-troisième étage. Les portes vitrées étaient fermées à clé, et les lumières éteintes. Je trouvai un passe dans ma collection de rossignols, mais après avoir arpenté des kilomètres d'épaisse moquette grise, exploré des studios interdits d'accès et regardé dans tous les bureaux, je dus me rendre à l'évidence : ma cliente m'avait roulée. Elle était partie par quelque issue de secours.

Un grognement aigu m'échappa. Je ne refermai pas la porte derrière moi. Qu'on vienne lui voler tout son matériel vidéo. Moi, je m'en fichais.

Je me pointai donc chez elle, dans son immeuble chic de trois étages à Belden. Elle n'y était pas. La gouvernante ne savait pas à quelle heure elle allait rentrer. Elle dînait dehors et avait demandé qu'on ne l'attende pas.

« Et Corinne ? » demandai-je, certaine que la femme allait me répondre : "Corinne qui ?"

— Elle n'est pas là non plus. »

Je me faufilai à l'intérieur avant qu'elle ne me claque la porte au nez. « Mon nom est V. I. Warshawski. Brigitte m'a engagée pour retrouver sa sœur qui s'est soi-disant enfuie chez Jade. Je suis allée chez lui. Corinne n'y était pas, et Jade était mort. Depuis, j'essaie vainement de parler à Brigitte. Elle m'évite. J'aimerais savoir plusieurs choses, par exemple si Corinne existe réellement, si elle s'est réellement enfuie, et si elle ou Brigitte ont pu tuer Jade. »

La gouvernante me dévisagea, et son expression vira au vinaigre.

« Vous avez des papiers ? »

Je lui montrai ma licence de détective privé et le contrat signé par Brigitte. Sa mine s'allongea de plus belle ; néanmoins, elle me fournit quelques détails. Corinne était une adolescente obèse et malheureuse qui ne connaissait pas sa chance. Brigitte lui avait tout donné, lui avait appris à s'habiller, l'avait envoyée à Sainte-Scholastica, avait même essayé de la faire entrer en clinique pour une cure d'amaigrissement, mais elle n'était jamais contente. Elle passait son temps à pleurnicher parce qu'elle avait laissé ses amis à Mobile, une bande de propres-à-rien qu'elle n'aurait jamais dû fréquenter. Oui, en effet, Corinne s'était enfuie, et elle, la gouvernante, disait bon débarras. Seulement, Brigitte se sentait responsable. Elle regrettait que Jade soit mort, mais n'empêche, c'était une brute. Corinne l'avait idéalisé ; elle ne se rendait pas compte qu'en réalité, c'était un monstre.

« Ils sont ce qu'ils sont, même en dehors du terrain, vous savez. Quant à la cause de sa mort, c'est sûrement lui le coupable : il buvait trop.

J'ai toujours dit que ça finirait mal. Ce ne peut pas être Corinne ; elle est bien trop mollassonne. Quant à Brigitte, elle n'avait aucune raison de le tuer... elle lui avait déjà réglé son compte.

— Elle croyait peut-être qu'il s'en était pris à sa sœur.

— Elle l'aurait traîné devant les tribunaux pour le plaisir de lui infliger une nouvelle humiliation. »

Charmante famille... j'étais ravie d'avoir uni mon destin au leur. Avant de partir, je réussis à extorquer à la gouvernante une photo de Corinne. C'était une gamine forte, effectivement, et qui avait l'air malheureuse. Ce devait être dur d'avoir une sœur aînée genre gravure de mode qui s'efforçait de vous transformer en parfaite débutante. J'obtins également de la gouvernante le numéro personnel de Brigitte après l'avoir menacée de revenir sonner à sa porte toutes les heures.

Je m'abstins d'allumer la radio sur le chemin du retour. Entendre une délectation morbide percer sous les commentaires onctueux sur la tragique déchéance de Jade Pierce... non merci, très peu pour moi. La resucée de ses neuf saisons chez les Bears, depuis les années de gloire jusqu'à il y a deux ans, où les analgésiques n'avaient pas réussi à venir à bout d'une douleur persistante au genou et des blessures au dos. Son départ brutal, trente-cinq ou quarante kilos de graisse venus se surajouter à ses cent cinquante kilos d'origine, les rixes dans les bars, les coups de feu tirés sur d'autres conducteurs du siège de sa Ferrari Daytona, puis la vente de la

Ferrari pour payer les frais de justice, et enfin le divorce à grand spectacle. Tout ça pour finir sur un lit escamotable dans un minable petit studio...

Je claquai la porte de l'immeuble avec une violence qu'elle ne méritait pas et montai bruyamment les trois étages jusqu'à chez moi. La fatigue et l'amertume réunies avaient émoussé le sixième sens qui, généralement, m'avertit du danger. Je me retrouvai donc plaquée contre ma porte, un pistolet dans le cou, avant même d'avoir remarqué la présence de l'intrus.

Je lui tendis ma sacoche.

« Servez-vous. Et allez-vous-en. J'ai eu une rude journée et je ne tiens pas à la finir en votre compagnie. »

Il cracha.

« Je ne veux pas de votre sale petit portefeuille. Votre corps ne m'intéresse pas.

— Puisque vous n'allez pas me violer, autant prendre mon sale petit portefeuille.

— Ouvrez votre appartement. Je voudrais le fouiller.

— Allez au diable. »

Je lui assenai un coup de genou à l'estomac et lançai mon bras droit en avant pour repousser sa main avec le pistolet. Il eut un haut-le-corps et se plia en deux. Utilisant mon sac en guise de fronde, je l'abattis sur sa tête. Il s'écroula sans connaissance sur le sol.

J'arrachai le pistolet de sa main flasque. Après avoir fouiné à tâtons à l'intérieur de son veston, je trouvai un portefeuille. A en juger par son permis de conduire, il s'appelait Joel Sirop et habitait dans une résidence chic de Dearborn

Parkway. Il possédait un assortiment impres-
sionnant de cartes de crédit — Bonwit, Neiman-
Marcus, carte platine American Express — ainsi
qu'une carte de membre actif de la Société
féline d'Amérique du Nord. Je remis les papiers
dans son portefeuille et le rangeai dans sa poche
intérieure.

Il gémit et rouvrit les yeux. Après quelques
secondes de flottement, son regard outragé se
posa sur moi.

« Ma tête... Vous m'avez cassé la tête. Je vais
porter plainte.

— Allez-y. Je garde votre arme pour m'en servir comme pièce à conviction. J'ai votre nom et
votre adresse ; si je vous revois dans les parages,
je saurai où envoyer les flics. Partez, maintenant.

— Pas avant d'avoir fouillé votre appartement. »

Même désarmé et vaseux, il faisait preuve
d'une rare obstination.

Je m'adossai à ma porte, hors d'atteinte, mais
prête à lui marcher dessus si jamais il devenait
trop entreprenant.

« Que cherchez-vous, Mr. Sirop ?

— J'ai su en écoutant les nouvelles que vous
aviez découvert Jade gisant inanimé chez lui. Si
la chatte était là-bas, c'est vous qui avez dû la
prendre.

— Pas de panique, je n'ai vu aucun chat dans
son studio. Pourquoi, vous aurait-il volé le
vôtre ? »

Il ferma les yeux, visiblement pour décider de
ce qu'il allait faire. Quand il les rouvrit, ce fut
pour m'annoncer qu'il était bien obligé de
m'accorder sa confiance. Je le gratifiai d'un sou-

rire éclatant et répondis qu'il pouvait partir afin de me laisser dîner en paix. Mais il tenait absolument à se confier à moi.

« Connaissez-vous les chats, Miss Warshawski ?

— Si l'on veut. J'ai une chienne. Elle, elle connaît les chats. »

Il se renfrogna.

« Je ne plaisante pas. Avez-vous entendu parler du maltais ?

— Le chat maltais ? Je crois que oui. C'est celui qui n'a pas de queue, n'est-ce pas ? »

Il frémit.

« Non. Vous confondez avec le manx. Les chats de Malte sont généralement gris-bleu. Très rarement, on en rencontre qui sont presque bleus. Brigitte LeBlanc a — ou plutôt avait — une chatte de ce type. Lady Iva du Caire.

— Super. J'imagine qu'elle l'avait choisie pour l'assortir à la couleur de ses yeux. »

Il balaya mon commentaire comme une frivolité de plus.

« Ses motivations importent peu. Le problème est que cette chatte est extrêmement capricieuse en matière de reproduction. Actuellement, elle doit avoir ses chaleurs pour la troisième fois seulement en quatre années d'existence. Brigitte a accepté de l'accoupler à mon géniteur, Casper de La Vallette. Il est impératif de les réunir pour quelque temps, et vite. Seulement, elle a disparu. »

Ce fut à mon tour de prendre une mine dégoûtée.

« Aujourd'hui, j'ai bien voulu faire une entorse à mes habitudes pour enquêter sur la fugue d'une adolescente. Mais si vous me demandez de rechercher une chatte dans les rues de Chicago, alors là, des clous ! Votre géniteur la trouvera avant moi. J'ai un bon conseil à vous donner. Prenez la voiture et faites le tour du quartier en suivant les miaulements des géniteurs de choc ; vous finirez par tomber sur votre maltaise.

— Cette adolescente fugueuse, cette Corinne, il est fort probable qu'elle ait emporté Lady Iva. Si la chatte met bas et que sa portée est de pure race, ça ira chercher dans les mille dollars pièce. Corinne n'est pas sans le savoir. Mais si Lady Iva traîne dans la rue et rencontre n'importe quel géniteur, ses bâtards ne vaudront même pas le prix d'une visite chez le vétérinaire. »

Il s'exprimait avec l'ardeur passionnée que je réserve d'ordinaire aux débats sur les échanges entre les Cubs et les Bears. Sans me retourner, j'ouvris ma porte d'entrée. Il se précipita à l'intérieur avec une férocité héritée sans doute d'une longue vie en compagnie des félins. Je l'agrippai par son veston, mais il se dégagea.

« Je ne partirai pas d'ici tant que je n'aurai pas fouillé les lieux », pantela-t-il.

Je me frottai la tête d'un geste las.

« Bon, eh bien, allez-y. »

J'aurais pu appeler les flics pendant qu'il cherchait Lady Iva. Au lieu de ça, je me versai un whisky et le regardai ramper à quatre pattes en émettant des petits sifflements... l'appel du maltais en rut, probablement. Il inspecta mes placards, le four, le réfrigérateur et insista même, les yeux arrondis de frayeur, pour que j'ouvre le coffre dans la penderie de la chambre à coucher.

Avant de le faire entrer, je retirai le Smith &
Wesson que je gardais à l'intérieur.

Une fois qu'il eut inspecté le palier de la porte
de service, force lui fut de convenir qu'il n'y
avait pas de chat dans l'appartement. Il essaya
de parlementer pour que je lui fasse visiter
mon bureau au centre-ville. Sur ce, je perdis
patience.

« J'aurais pu vous faire arrêter pour agression
à main armée et violation de domicile. Alors
partez, maintenant, avant qu'il ne soit trop tard.
Emmenez votre matou jusqu'à mon bureau. Si
elle est dedans, et en chaleur par-dessus le marché, il va vous faire une scène, et vous pourrez
toujours téléphoner aux flics. Seulement, cessez
de m'importuner. » Et je le mis à la porte sans
me soucier de ses protestations.

Restée seule, je fermai soigneusement tous les
verrous. Au cas où un autre éleveur de chats
frappadingue viendrait me déranger en pleine
nuit.

IV

Il était minuit passé lorsque je réussis enfin à
joindre Brigitte. Oui, elle avait eu mon message
concernant Jade. Elle était infiniment désolée,
mais puisqu'elle ne pouvait plus rien pour lui,
vu qu'il était mort, elle n'avait pas pris la peine
de me rappeler.

« On va se quitter là, Brigitte. Si vous ne
saviez pas que ce type était mort quand vous
m'avez expédiée à Winthrop, il va falloir le prouver. Pas à moi, aux flics. Je parlerai au lieutenant

Mallory du bureau central dans la matinée pour lui narrer votre histoire à dormir debout. A eux de décider si c'est vraiment Corinne que vous vouliez retrouver, ou bien votre chat. »

Il y eut un long silence à l'autre bout du fil. Lorsqu'elle reprit la parole, ce fut avec un accent du Sud nettement plus prononcé :

« Pourrions-nous causer demain matin, avant que vous n'alliez à la police ? Je n'ai peut-être pas été aussi franche qu'il l'aurait fallu. J'aimerais que vous entendiez toute l'histoire avant de réagir sur un coup de tête. »

Dis non, non, un point c'est tout, m'exhortai-je.

« Huit heures, au *Belmont*. Vous pouvez toujours me raconter votre vie, Brigitte, je ne vous promets rien. »

Je me levai à sept heures, allai promener la chienne sur le port et pris une bonne douche en rentrant. Même si je passais une demi-heure à me pomponner, décidai-je, je ne serais jamais aussi classe que Brigitte ; j'enfilai donc un jean et un pull en coton.

Il était presque huit heures dix quand j'arrivai au snack, mais Brigitte n'y était pas encore. Je pris donc un journal sur le comptoir pour le lire devant une tasse de café. Le gros titre à la une me secoua jusqu'au fond des tripes.

UNE VEDETTE DU FOOTBALL ÉCHAPPE À UN SORT
PLUS TRAGIQUE QUE LA MORT

Charles « Jade » Pierce, l'ex-star de la redoutable défense des Bears, a une fois de plus déjoué les plans de la ligne d'attaque.

Seulement, cette fois, l'enjeu était autre que de bloquer un simple tir au but : l'attaquant était la Mort en personne.

Je trouvai que Jeremy Logan en faisait un peu trop ; cependant, je lus l'article jusqu'au bout. La procédure de routine consiste à faire transporter un corps à l'hôpital pour établir un certificat de décès avant de l'envoyer à la morgue. L'équipe de police secours avait emmené Jade à Beth Israel pour les examens d'usage. Là-bas, l'interne, qui avait remarqué un léger voile de sueur sur le cou et les mains de Jade, chercha le pouls avec plus de persévérance que moi. Et elle découvrit des signes de vie, faibles mais indéniables, au fin fond de cette montagne de chair qu'elle réussit à ranimer.

Jade, qui avait un problème de toxicomanie depuis son départ de chez les Bears, s'était injecté un fort mélange d'éther et d'acide chlorhydrique avant d'avaler un quart de bourbon. Lorsqu'il est revenu à lui, ses premières paroles, caractéristiques, ont été : « F... -moi le camp ! »

En conclusion, Logan servait l'inévitable résumé de la carrière de Jade, grandeur et décadence, en y allant de sa larme sur le sort des vedettes du sport qu'on porte aux nues et qu'on laisse crever dans le caniveau quand les foules se désintéressent d'elles. Je lus l'article deux fois, de la première à la dernière ligne, y compris les fioritures de la fin, avant que Brigitte n'arrive.

« Vous voyez bien, Jade est toujours en vie, donc je n'ai pas pu le tuer, annonça-t-elle en s'asseyant en face de moi dans un nuage de Chanel.

— Vous saviez qu'il était dans le coma quand vous êtes venue me voir hier ? »

Elle haussa ses sourcils épilés, histoire de me signifier son indignation.

« Douteriez-vous de ma parole ? »

La serveuse s'approcha sans hâte pour prendre notre commande.

« Un yaourt et des fruits, c'est bien ça, Vic ? Et quoi d'autre ?

— Une omelette au fromage et aux poivrons avec du pain de seigle grillé. Merci, Barbara. Et pour vous, Brigitte ? »

Du café noir et du pain sec, probablement.

« Vos fruits sont-ils *réellement* frais ? » s'enquit-elle.

Barbara leva les yeux au ciel.

« Les frais, chérie, ce sont toujours les mêmes qui les paient. Vous en voulez ou pas ? »

Brigitte redressa son épaule — drapée cette fois-ci de drap vert gansé de noir — et se prépara à la bataille. Je m'interposai avant que le premier « Comment osez-vous ? » ne se solde par un désastre.

« On n'est pas dans un restaurant où le maître d'hôtel se ratatine au moindre froncement de sourcils et se précipite pour satisfaire toutes les lubies de Madame. Ici, ils s'en fichent que vous reveniez ou pas. En fait, ils seraient plutôt ravis de vous voir partir. Vous pouvez goûter mes fruits quand ils arriveront et en commander pour vous, si ça vous convient.

— Je prendrai un café et du pain grillé, fit-elle, glaciale. Du pain blanc. A condition qu'on me le serve sans beurre.

— Bien, dit Barbara. Du pain blanc, avec de la margarine à la place du beurre. Je plaisante, chérie, ajouta-t-elle, comme Brigitte ressortait ses griffes. Quand on aime distribuer les torgnoles, faut aussi apprendre à encaisser.

— M'avez-vous amenée ici pour me faire insulter ? gronda Brigitte après le départ de Barbara.

— Je vous ai amenée ici pour discuter. J'ignorais que vous ne saviez pas vous tenir dans un café. On peut se disputer, si vous le désirez. Ou bien vous pouvez me parler de Jade et Corinne. Ainsi que de votre chatte. J'ai eu la visite de Joel Sirop hier soir. »

Elle avala une gorgée de café et grimaça.

« Ils devraient rincer leur cafetière avec du vinaigre.

— Gardez vos conseils pour vous. De toute façon, on ne vous paiera pas la consultation. Joel vous a dit qu'il était passé me voir parce qu'il cherchait Lady Iva ? »

Elle fronça les sourcils et hocha imperceptiblement la tête.

« Pourquoi diable ne m'avez-vous pas parlé de cette chatte, hier, dans mon bureau ? »

Son sang-froid la déserta une fraction de seconde ; elle prit un air penaud.

« Parce que vous n'auriez pas accepté de rechercher mon chat. Et, comme Corinne a certainement embarqué Iva, j'ai pensé qu'en trouvant l'une, vous retrouveriez l'autre.

— Laquelle des deux vous voulez récupérer, au juste ? »

Elle se rebiffa à nouveau, puis éclata de rire. Du coup, son visage rajeunit de dix ans.

« Si vous aviez vécu avec une adolescente, vous ne me poseriez pas cette question. De plus, Corinne a toujours été une étrangère pour moi. Elle avait dix-huit mois quand je suis partie étudier à l'université, et je la voyais seulement une semaine ou deux pendant les vacances. Elle m'idolâtrait à l'époque. Quand elle est venue habiter chez moi, j'ai cru que ce serait du gâteau : une bonne école, de bonnes fréquentations ; elle ferait son possible pour me ressembler et tout marcherait comme sur des roulettes. Au lieu de quoi, elle a pris des kilos, elle ne m'écoute pas quand je lui parle de régime et traîne avec les gosses du quartier dès que j'ai le dos tourné. C'est l'influence de Jade qui se manifeste ici ou là quand je n'y pense pas. »

Elle regarda mes myrtilles. Je lui en proposai, et elle se servit une généreuse cuillerée.

« Ça, c'était l'autre problème. Jade. Je l'ai connu alors que j'étais meneuse d'une équipe de supporters, chez nous, en Alabama, et lui, c'était la grande star. J'ai vraiment cru avoir décroché la lune. Mais la première, la dernière et la seule chose qui compte dans un mariage avec un joueur de foot, c'est le foot. Et sa propre personne, évidemment : combien de coups francs il a marqués, de quelle distance, des âneries sans aucun intérêt. Et si jamais il est expulsé du terrain ou qu'il manque un but, ou qu'il passe à côté de la victoire, alors là, gare à vous. Jade était vicieux. Il était vicieux sur le terrain, et dans la vie de tous les jours aussi. Une fois, il m'a cassé le bras. »

Sa voix était calme, mais sa main trembla légèrement quand elle porta la tasse de café à ses lèvres.

« Je me suis procuré une arme et, la fois d'après, lui ai tiré dans la jambe. La presse a mis ça sur le compte d'un accident de chasse, mais depuis, il ne m'a plus jamais agressée... physiquement, j'entends. Jusqu'à l'interruption de sa carrière. Là, il est devenu réellement mauvais. La presse m'a crucifiée pour l'avoir abandonné alors qu'il ne jouait plus. On voit bien que ces gens-là n'ont jamais vécu avec lui. »

Elle termina son récit, la voix brisée d'émotion.

« Et Corinne partageait le point de vue de la presse ? » demandai-je avec douceur.

Elle acquiesça d'un hochement de tête.

« On a eu une prise de bec dimanche. Elle voulait aller dormir chez une fille du quartier. Comme je n'aime pas cette fille-là, j'ai dit non. Là-dessus, on s'est disputées comme des chiffonnières. Et quand je suis rentrée du travail lundi, elle avait pris la poudre d'escampette. Tout d'abord, j'ai cru qu'elle était chez cette fille. Mais là-bas, on ne l'avait pas vue, et à l'école non plus. J'en ai déduit qu'elle s'était sauvée chez Jade. Et maintenant... je ne sais plus. J'aimerais beaucoup que vous continuiez les recherches, vous savez. »

Dis non, Vic.

« J'aurai besoin d'une avance de mille dollars. Ainsi que d'autres noms et adresses, y compris de ses amis à Mobile. Je passerai voir Jade à l'hôpital. Il se peut qu'elle soit allée chez lui et qu'il l'ait expédiée chez quelqu'un d'autre.

— Je m'y suis arrêtée ce matin. On m'a dit : Pas de visites. »

J'eus un grand sourire.

« J'ai des amis haut placés. » Et je fis signe à Barbara pour avoir l'addition. « A ce propos, comment était le vice-président ? »

Je crus qu'elle allait m'envoyer sur les roses, mais elle fit la moue et répondit d'une voix traînante : « Exactement comme n'importe lequel de nos braves p'tits gars, chérie, exactement comme n'importe lequel de nos braves p'tits gars. »

V

Lotty Herschel, une obstétricienne qui travaillait en collaboration avec Beth Israel, s'arrangea pour me permettre de voir Jade Pierce. « Il leur donne, paraît-il, du fil à retordre. Ne reste pas trop près de son lit, sauf si tu portes une veste rembourrée. »

« Vous voulez y aller, allez-y, me dit la surveillante. Il sort demain matin. Franchement, vu qu'on ne peut même pas l'approcher, on ferait mieux de le relâcher tout de suite. »

Les paumes moites, je poussai la porte de la chambre de Jade. Il ne lança rien sur moi, ne tourna même pas la tête pour me regarder à travers les barreaux du lit. Sa montagne de chair dégoulinait entre eux à partir d'un sommet arrondi au centre. L'arrière de son crâne, lisse et luisant comme un morceau de jade poli, refléchissait la lumière du plafond.

« J'ai pas besoin d'âmes charitables, alors foutez-moi le camp d'ici, grogna-t-il en direction de la fenêtre.

— Ça tombe bien. La charité n'a jamais été mon fort. »

Il se retourna. Ses yeux, deux fentes noires, brillaient d'une lueur malveillante. Si j'avais été un demi d'ouverture, je lui aurais remis le ballon sur-le-champ et me serais enfuie dans les vestiaires. « Vous êtes une putain d'assistante sociale ou quoi ?

— Nan. Je suis le putain de détective qui vous a trouvé hier avant que vous ne décolliez pour le septième ciel.

— Venez par là, que je vous embrasse le cul », siffla-t-il, venimeux.

Je m'adossai au mur, les bras croisés.

« Je n'avais pas l'intention de vous sauver la vie ; j'ai tout fait pour qu'on vous expédie à la morgue. Mais l'équipe du fourgon à viande m'a doublée. » Un sourd grondement secoua la montagne. Je mis plusieurs secondes à comprendre qu'il riait.

« Vous avez raison, détective : la charité, c'est pas votre fort. Alors, que voulez-vous ? Que j'avoue pourquoi j'ai été si vilain ? Le nom du gars qui m'a fourni la camelote ?

— Du moment que vous ne faites de mal à personne d'autre que vous, je me fiche de savoir ce que vous fabriquez et où vous vous procurez votre came. Je suis là parce que Brigitte m'a chargée de retrouver Corinne. »

Son visage redevint mauvais.

« Sortez. »

Je ne bougeai pas.

« J'ai dit : sortez ! rugit-il.

— Simplement parce que j'ai prononcé le nom de Brigitte ?

— Simplement parce que si vous êtes copine avec cette gonzesse, vous êtes par définition une vipère.

— Je ne suis pas copine avec elle. Je la connais depuis hier. Elle me paie pour retrouver sa sœur. » Je me contenais avec difficulté pour ne pas hurler à mon tour.

« Corinne est beaucoup mieux sans elle », grommela-t-il en se détournant.

Je ne répondis pas. Cinq minutes passèrent. Finalement, il grinça sans me regarder :

« La douce petite martyre vous a-t-elle dit que je lui avais cassé le bras ?

— Elle l'a mentionné, oui.

— A-t-elle raconté comment c'est arrivé ?

— S'il vous plaît, ne m'expliquez pas à quel point vous vous sentiez incompris. Je ne tiens pas à vomir mon petit déjeuner. »

Sur ce, son énorme figure pivota à nouveau vers moi. « Venez par ici. » Comme je ne bougeais toujours pas, il soupira et tapota le lit. « Je ne vais pas vous estourbir, n'ayez pas peur. Mais si vous voulez qu'on parle, il faut vous rapprocher pour que je puisse vous voir. »

Je m'assis à califourchon sur la chaise, les bras sur le dossier. Jade m'examina en silence, puis grogna comme pour signifier que j'avais réussi la première épreuve de passage.

« Je ne vais pas vous dire que j'étais un incompris. Brigitte, elle m'avait percé à jour depuis le début. Seulement, ce n'est pas moi qui lui ai cassé le bras : c'est B. B. Wilder. Je croyais que de tous les joueurs du club, c'était lui mon meilleur ami, mais apparemment, c'était plutôt le meilleur ami de Brigitte. Un jour, en rentrant de la chasse de bonne heure, je les ai surpris au lit. On s'est tous laissé emporter. Ça l'excitait, elle, de voir des hommes baraqués se battre. C'est pour ça qu'elle aimait le foot, déjà à l'époque, en Alabama. »

Je tentai d'imaginer la glaciale Brigitte rouge d'excitation tandis que l'avant droit et l'arrière des Bears se battaient à cause d'elle. Cela ne me semblait pas impossible.

« B. B. lui a donc cassé le bras, mais j'ai accepté de porter le chapeau. Sa petite carrière de mannequin était en plein essor, et elle ne voulait pas ternir sa réputation. Et puis, elle espérait se réconcilier avec les siens, ou du moins avec leur porte-monnaie ; or ils n'allaient sûrement pas casquer si elle se retrouvait mêlée à un scandale... adultère, coups et blessures, tout. Quant à moi, j'étais déjà la bête noire des Bears ; je n'étais donc plus à un penalty près. »

Son ton était redevenu grinçant.

« Selon elle, c'est après votre départ que ça s'est gâté entre vous.

— Ça s'est gâté... drôle de façon de voir les choses. Ecoutez, c'est quoi déjà, votre nom ? V. I., tu parles d'un prénom pour une fille ! Votre maman, elle vous appelait comment ?

— Victoria, répondis-je de mauvaise grâce. Mais personne ne m'appelle Vicki, et je ne vous conseille pas d'essayer. »

Je n'aime pas non plus qu'on me traite de fille, et encore moins de gonzesse, mais le moment semblait mal choisi pour aborder cette question avec Jade.

« Victoria, eh ? Ben oui, ça s'est gâté, comme le temps pendant un pique-nique. Je suis né idiot, et le fait de gagner cinq cents tickets par an ne m'a pas rendu plus malin. Mais je ne lèverais jamais la main sur une gonzesse, même sur quelqu'un comme Brigitte qui était capable de me pousser à bout rien qu'en me regardant. J'ai cassé pas mal de meubles, par contre, et ça a fini par lui porter sur les nerfs. » Je ne pus m'empêcher de rire.

« Je la comprends. Moi aussi, ça m'aurait agacée. »

Il sourit à contrecœur.

« Le problème, voyez-vous, c'est que j'ai grandi dans la misère. Dans une misère noire, j'entends. Autrefois, je participais à des manifestations avec les gars de l'équipe, des fêtes de fin d'année, des conneries comme ça. Les gamins qu'on rencontrait vivaient dans des conditions sordides, mais moi, je n'avais même pas une chemise à me mettre sur le dos, jusqu'au jour où l'assistante sociale est venue voir pourquoi je n'étais pas à l'école.

— Donc, vous cassiez les meubles parce que vous n'en aviez jamais eu avant et que vous ne saviez pas quoi en faire d'autre ?

— Ne faites pas l'andouille, Victoria. Je suis sûr que votre maman n'aimerait pas ça. »

Je grimaçai... il avait raison.

« Vous connaissez les LeBlanc, non ? Ah, mais vous êtes du Nord, vous. Les gens du Nord, tant qu'ils n'ont pas marché dans une merde, ils ne savent même pas ce que c'est. Les pétroles

LeBlanc, l'un des plus grands noms du golfe. Loin, très loin des Pierce de Florette.

« Je me suis bagarré pour entrer à l'université, j'ai joué au foot dans l'équipe d'un ex-Bear, Bryant, j'ai rencontré Brigitte. Elle aimait les durs à cuire, or je devais être le plus coriace de tous les gars du Sud ; du coup, elle a mis le grappin sur moi. Quand elle a décidé de m'épouser, elle m'a ramené chez elle, à Mobile, pour les fêtes de Noël. Moi, l'armoire à glace, dans le palais de cristal et de dentelle de Madame Effie. Ils m'ont détesté au premier coup d'œil. Ils savaient que j'étais du ruisseau ; ils ont promis à Brigitte de la déshériter, si jamais on se mariait. Elle croyait avoir papa au charme. Nous nous sommes mariés, et ça n'a pas marché. Même quand je suis devenu une superstar nationale. A leurs yeux, je ne valais toujours pas mieux qu'un tas de merde.

— Donc, elle aurait divorcé pour essayer de toucher l'héritage ? »

Il haussa les épaules, geste qui mit la montagne en branle.

« Oh, il y a sûrement de ça. Mais de toute façon, j'étais une épave ; je lui ai rendu la vie impossible. Ça aurait craqué même avec quelqu'un de normal, vu que j'étais incapable de vivre sans le foot. Il n'y avait plus rien qui comptait, plus rien.

— Même pas la Daytona », ajoutai-je malgré moi.

Ses yeux n'étaient plus que deux minuscules points noirs.

« Vous n'allez pas me faire la morale alors qu'on commence tout juste à s'entendre. Je ne vous demande pas de pleurer sur mon triste sort. J'essaie simplement de vous donner une autre image de la belle et douce Brigitte.

— Désolée. C'est que... je n'aurai jamais les moyens de me payer une Ferrari Daytona. L'idée qu'on puisse s'en débarrasser volontairement me rend malade. »

Il renifla.

« Si on s'était connus il y a cinq ans, je vous l'aurais donnée. C'est trop tard maintenant. De toute façon, Brigitte avait trop attendu pour quitter le navire. Elle était toujours en pourparlers avec le père LeBlanc quand lui et Madame Effie sont tombés dans le golfe du Mexique avec les débris de leur petit Cessna. Toute leur fortune personnelle est donc allée à Corinne. Brigitte, qui est sa tutrice, touche un bon paquet en échange, mais si vous voulez mon avis, Corinne a bien fait de partir. Je vous parie... enfin, bon, je n'ai plus rien à parier. Je suis prêt à me couper le gros orteil et à vous l'offrir, si Brigitte s'intéresse à autre chose qu'à l'argent. »

Il réfléchit un instant.

« Non. Je crois qu'elle aime bien Corinne. Ou plutôt, qu'elle l'aimerait bien si elle perdait quinze kilos, s'habillait comme une débutante de Mobile et fréquentait une bande de snobinards. Je me couperais l'orteil si l'argent n'était pas sa préoccupation première dans la vie, point. »

Je le scrutais attentivement, me demandant dans quelle mesure il disait la vérité. C'est la raison pour laquelle j'évite les enquêtes qui touchent à la vie privée : chacun a sa propre version des faits, et l'on s'épuise à essayer de mettre les différentes pièces bout à bout. Je pouvais toujours consulter le testament des LeBlanc pour savoir s'ils avaient légué leur fortune à Corinne, comme le prétendait Jade. Si fortune il y avait. Peut-être que ce qu'il m'avait raconté c'était du pipeau.

« Avez-vous parlé à Corinne avant qu'elle ne lève le camp lundi ? »

Ses yeux noirs firent le tour de la pièce.

« Ça fait des mois que je ne l'ai pas vue. Avant, elle venait à la maison, mais Brigitte s'est débrouillée pour me faire ficher. Si jamais on me trouve à moins de dix mètres de Corinne, je vais en taule.

— Je vous crois, Jade, répliquai-je posément. Je vous crois quand vous dites que vous ne l'avez pas vue. Mais lui avez-vous parlé ? Au téléphone, par exemple. »

Il reprit son air mauvais, puis soudain la montagne se remit à trembler de rire.

« On ne peut pas vous cacher grand-chose, hein, Victoria ? Vous devriez diriger un camp d'entraînement. Oui, bon, Corinne m'a appelé lundi matin. "Pourquoi n'es-tu pas à l'école, poupée ? lui ai-je demandé. Même avec tout le blé que ta famille t'a laissé, c'est le seul moyen de t'en sortir : on t'en fera voir de toutes les couleurs si tu n'étudies pas pour savoir ce que valent les bons conseils qu'on te donne." » Il hocha la tête, songeur. « Et, croyez-moi, je sais de quoi je parle. Les avocats, les agents, les conseillers financiers... ils accouraient tous comme des porcs à la mangeoire quand j'avais de l'argent. Mais quand le vent a tourné, je me suis retrouvé à moisir tout seul dehors comme une vieille tranche de lard.

— Alors, comment a-t-elle réagi à vos conseils ? » lui soufflai-je en m'efforçant de dissimuler mon impatience.

J'étais peut-être la première personne sobre à l'écouter depuis dix ans.

« Oh, elle a pleuré : c'était insupportable, pourquoi ne pouvait-elle pas tout simplement rentrer chez elle, à Mobile ? Parce qu'elle était mineure et riche, lui ai-je dit. Les flics allaient la chercher partout et la ramener vite fait à Chicago. Comme elle piquait sa crise, je lui ai expliqué que ça allait me retomber dessus ; avait-elle un besoin si pressant de fuguer qu'elle était prête à m'envoyer en taule ? Je pensais que ça l'avait calmée. "Imagine que tu es dans un camp d'entraînement, lui ai-je dit. On t'en fait baver, mais si tu t'en sors, à toi la victoire." » Il ferma les yeux. « Je suis fatigué, détective. Je n'ai plus rien à vous dire. A vous d'aller détecter.

— Si jamais elle retournait à Mobile, qui l'hébergerait ?

— Personne sans avoir appelé Brigitte d'abord. Ils sont bien trop nombreux là-bas à devoir leur emploi à la société LeBlanc. »

Il n'avait même pas pris la peine de rouvrir les yeux.

« Et par ici ? »

Il haussa les épaules, mouvement semblable à un tremblement de terre qui secoua les barreaux du lit.

« Essayez chez les voisins. Corinne avait mentionné une Mrs. Hellman, je crois, qui avait un faible pour elle. » Il ouvrit les yeux. « Peut-être qu'elle vous parlera, à vous. Vous savez écouter.

— Merci. » Je me levai. « Et ce fameux chat maltais ?

— Ben quoi ?

— Il a disparu en même temps que Corinne. Pensez-vous qu'elle serait capable de lui faire du mal pour se venger de Brigitte ?

— Comment diable le saurais-je ? Chez les LeBlanc, on est capable de tout. Même Corinne. Maintenant, foutez-moi la paix, que je me repose un peu pour me refaire une beauté. »

Et il referma les yeux.

« Ah ça, vous êtes beau, Jade ! Pourquoi ne pas vous servir de vos anciennes relations pour repartir de zéro ? C'est vraiment lamentable de vous voir dans cet état.

— Vous voudriez me récupérer en plus de la Daytona ? » Il avait repris son ton grinçant. « Epargnez-moi vos pieux conseils, Victoria. Mon papa à moi est mort à quarante ans pour avoir trop forcé sur la gnôle. Je suis son portrait tout craché, paraît-il. Je sais où je vais.

— C'est ringard, Jade. Beaucoup de gens sont passés par là. On va tirer un film de votre vie, et votre triste histoire fera pleurer les gamins. Mais si on veut être vraiment honnête, on vous montrera purement et simplement comme un égoïste. »

J'avais envie de claquer la porte, mais le butoir hydraulique m'arrêta dans mon élan. « Quel sacré bordel de gâchis », marmonnai-je en sortant dans le couloir.

La surveillante d'étage m'entendit.

« Jade Pierce ? Ça, vous l'avez dit. »

VI

Les Hellman habitaient juste au-dessus de l'atelier de réparation de postes de télévision qu'ils tenaient à Halsted. Mrs. Hellman m'accueillit avec un certain soulagement.

« J'ai promis à Corinne de ne rien dire à sa sœur tant qu'elle n'essayerait pas de retourner en stop à Mobile. Mais j'étais drôlement inquiète. C'est que... pour Brigitte LeBlanc, je n'existe pas. Ma fille Lily est une moins-que-rien ; elle ne veut pas que Corinne la fréquente. Il ne lui est donc même pas venu à l'idée que Corinne pouvait être ici. »

Elle me conduisit à travers l'arrière-boutique vers l'escalier qui menait à l'appartement.

« Nous n'avons qu'un cinq-pièces, mais elle peut rester ici aussi longtemps qu'elle le désire. Je me fais plus de souci pour la chatte : elle n'aime pas être enfermée. Mardi soir, elle s'est échappée, et nous avons eu un mal fou à la récupérer. »

Je souris intérieurement : et voilà pour la descendance racée dont rêvait Joel Sirop !

Mrs. Hellman m'introduisit au salon : c'était là que Corinne dormait la nuit, sur un canapé-lit.

« Cette dame est détective privé, Corinne. Je pense que tu devrais lui parler. »

Corinne était recroquevillée devant le téléviseur, un modèle géant avec meuble intégré, beaucoup trop grand pour la petite pièce. Avec sa chemise blanche d'homme et son jean effiloché, elle ne ressemblait pas du tout à son élégante sœur. Son teint brouillé allait de pair avec ses cheveux ternes et raides. Elle serrait Lady Iva du Caire contre sa poitrine. Toutes deux me regardaient d'un œil torve.

« Si vous croyez que je vais revenir chez cette salope mal baisée, vous pouvez toujours courir. »

Mrs. Hellman se récria devant son langage.

« Ce n'est pas grave, dis-je. Elle le tient de Jade. Mais Jade a perdu toutes ses batailles contre Brigitte, Corinne. Tu devrais peut-être essayer une autre méthode.

— Brigitte détestait Jade. Elle déteste tous ceux qui ne fonctionnent pas comme elle. Si vous travaillez pour Brigitte, vous n'y connaissez que dalle. »

Je répondis à la première partie de ses récriminations :

« C'est pour ça que tu as pris la chatte ? Pour l'empêcher d'avoir une portée de chatons de pure race, comme Brigitte l'aurait souhaité ? »

L'ombre d'un sourire effleura la bouche triste.

« On n'a pas voulu que j'emmène mon chien ou mon cheval dans le Nord. Iva est un peu snob, mais c'est mieux que rien.

— Jade pense que Brigitte est jalouse parce que tu as hérité toute la fortune des LeBlanc. »

Elle émit une onomatopée de dégoût.

« Jade se prend trop la tête avec ce genre de conneries. C'est vrai, papa m'a laissé un gros paquet d'oseille. Mais la société est allée à son cousin Miles. On n'hérite pas des pétroles LeBlanc quand on est une fille : Brigitte le savait aussi bien que moi. On nous l'a assez rabâché dans notre enfance pour qu'on ne se monte pas la tête. La somme qu'on m'a laissée, Brigitte en gagne autant tous les ans dans son boulot. L'argent, elle s'en fiche.

— Et toi ? Ça ne te gêne pas que la société soit revenue au cousin ? »

Elle renifla longuement, désagréablement... encore l'une des manies de Jade, sans doute.

« Qui voudrait d'une boîte dont le seul intérêt est de polluer le golfe et d'essorer les gens qui travaillent pour elle ? »

Ça me fit réfléchir. A quatorze ans, ces fanfaronnades-là pouvaient bien être sincères.

« Alors, qu'est-ce qui compte pour toi ? »

Ses yeux sombres me fixaient d'un air maussade. Un instant, je crus qu'elle allait m'envoyer promener, quand soudain, elle bredouilla :

« Mon cheval. Ils ont laissé la maison à Miles avec mon cheval. Ils n'y avaient pas pensé ; c'était juste écrit que la maison avec tout ce qui s'y rapportait, en dehors des affaires personnelles, allait à Miles. Ils n'ont même pas eu l'idée de me laisser mon propre cheval. »

La dernière phrase se perdit dans un sanglot ; son jeune visage courroucé était noyé de larmes. Peu convaincue qu'elle apprécierait une tape amicale sur l'épaule, je la laissai pleurer tout son soûl. Finalement, elle s'essuya le nez sur une manchette effrangée et me lança un regard noir pour voir si je compatissais.

« Si je réussis à persuader Brigitte de racheter ton cheval à Miles, accepteras-tu de retourner chez elle jusqu'à ta majorité ?

— Vous n'y arriverez pas. Personne ne peut faire changer cette salope d'avis.

— Mais si j'y arrive ?

— Peut-être », répondit-elle en faisant la

lippe. « Si j'ai mon cheval et que je vais à l'école avec Lily, plutôt qu'à cette putain de Sainte-Scholastica.

— Je ferai mon possible. » Je me redressai. « En échange, essaie de pousser Jade à arrêter la drogue. Ce n'est pas romantique du tout, tu sais : c'est horrible, douloureux, la pire chose qui soit au monde. » Elle se contenta de me fusiller du regard. C'est dur d'être un ange. Personne ne vous sait gré de vos efforts.

VII

Brigitte était folle de rage. Ses joues flamboyaient naturellement ; ses yeux cobalt lançaient des éclairs. Je ne pus m'empêcher de me demander si elle avait cette tête-là quand Jade et B. B. Wilder s'étaient battus pour elle.

« Il savait donc depuis le début où elle était ! Je devrais le faire boucler pour ça. Ne peut-on pas le faire inculper pour incitation à la délinquance ?

— Pas si vous avez l'intention de me citer comme témoin », répliquai-je sèchement.

Elle m'ignora.

« Et elle aussi, par la même occasion. Quelle idée d'avoir pris Lady Iva ! Pour l'accoupler avec un chat de gouttière ! »

Comme sur un signal, Casper de La Vallette poussa un cri aigu et entreprit de faire ses griffes sur l'épaisse moquette argentée du salon de Brigitte. Joel Sirop ramassa son matou et lui parla sur un ton apaisant.

« C'est grave, Brigitte, très grave. Vous

devriez peut-être la laisser retourner à Mobile, puisqu'elle y tient tant. Au bout de trois jours, il est trop tard, vous savez, pour faire une piqûre à Lady Iva. Et Corinne est tellement excessive, tellement ingouvernable... qu'est-ce qui l'arrêtera la prochaine fois que Lady Iva aura ses chaleurs ? »

Les narines de Brigitte palpitèrent.

« Je devrais l'envoyer dans une maison de redressement. Pour lui apprendre la vraie discipline.

— Pourquoi diable voulez-vous la garde de Corinne, si votre seule obsession, c'est de vous venger ? » l'interrompis-je.

Elle cessa de virevolter à travers la pièce et se tourna vers moi, le sourcil froncé.

« Mais enfin, je l'aime. C'est ma sœur, figurez-vous.

— Fixez-vous là-dessus. Continuez à vous le répéter. Ce n'est pas un chat que vous pouvez façonner et faire se reproduire comme bon vous semble.

— Je voudrais seulement qu'elle soit heureuse quand elle sera plus grande. Regardez ce qui est arrivé quand elle s'est acoquinée avec une propre-à-rien comme cette Lily Hellman. Jamais elle n'aurait croisé Lady Iva avec un chat de gouttière, si elle n'avait pas fréquenté ces gens-là. »

Je grinçai des dents. « Ce n'est pas parce qu'elle habite dans un cinq-pièces au-dessus d'un atelier de réparation que Lily est une propre-à-rien. Ecoutez, Brigitte. Vous vouliez vivre votre vie. Vos parents, j'imagine, ont essayé de vous tenir la bride haute. Ils vous ont peut-être même menacée d'une maison de redressement, que diable. Du coup, vous vous êtes tapé tous les malabars qui vous tombaient sous la main. Ça vous met donc tellement en colère que vous vous croyez obligée de traiter Corinne de la même façon ? »

Elle me regardait, bouche bée. Ses mâchoires remuaient, mais aucun son n'en sortait. Finalement, elle alla vers un cabinet en chêne massif qui dissimulait un bar. Elle y prit une bouteille de sancerre frappé et se versa un verre. Après l'avoir vidé, elle s'assit derrière son bureau.

« C'est si évident que ça ? Pourquoi j'ai couru après Jade, B. B. et tous ces garçons ? »

Je haussai une épaule.

« C'était une hypothèse, Brigitte. Une hypothèse fondée sur tout ce que j'ai appris sur vous, sur votre sœur et sur Jade ces deux derniers jours. Ce n'est pas un mauvais bougre, vous savez, mais il a visiblement été mauvais pour vous. Quant à Corinne, elle se sent seule, malheureuse, et elle a besoin qu'on l'aime. Pour remplir ce rôle-là, elle a choisi son cheval.

— Et moi ? » Les yeux cobalt étincelèrent à nouveau. « De quoi ai-je besoin ? Des caresses de mon chat ?

— De perdre quelques-uns de vos piquants de porc-épic pour qu'on puisse vous aimer, vous aussi. Vous auriez pu m'offrir un verre de vin, par exemple. »

Elle ravala une riposte cinglante, alla vers le buffet et sortit un verre pour moi.

« Je ramène donc Voltigeur à Chicago et lui trouve une écurie. J'inscris Corinne dans une école publique minable. Et tout le monde vivra heureux.

— Elle décrochera peut-être un diplôme. » J'avalai un peu de vin. Apre et froid, il soulagea légèrement la tension due à la fréquentation des Pierce et des LeBlanc. « Dans un an, elle n'ira plus chez Lily, mais à Mobile, à moins qu'elle ne finisse à la rue. C'est maintenant qu'il faut réagir.

— Bon, bon, d'accord, siffla-t-elle. Vous êtes une sainte, je sais... jamais un mot plus haut que l'autre. Dites à Corinne que je veux bien conclure un marché avec elle. Mais si ça tourne mal, à vous les nuits blanches et les angoisses. »

Je me grattai la tête.

« Renvoyez-la à Mobile, Brigitte. Il y a bien une grand-mère, une tante ou une nounou là-bas qui tient réellement à elle. Compte tenu de votre attitude, la vie avec Corinne sera comme une bombe à laquelle il manque un détonateur pour sauter.

— Vous ne croyez pas si bien dire, détective. »

C'était Jade qui bouchait de sa masse l'entrée du salon.

Derrière lui, nous entendîmes, sans la voir, la gouvernante.

« J'ai essayé de le mettre dehors, Brigitte, mais Corinne a insisté pour le faire entrer. Voulez-vous que j'appelle les flics, vu qu'il est déjà fiché chez eux ?

— J'ai le droit d'inviter qui je veux chez moi », glapit Corinne.

Casper miaula et sauta des bras de Joel Sirop. Se précipitant vers la porte, il se faufila entre les jambes de Jade. De l'autre côté de la barricade nous parvinrent les vocalises de Lady Iva et un hurlement de Corinne... elle avait dû se faire griffer.

« Poussez-vous, Jade, qu'on puisse assister à l'action », lui demandai-je.

Il traversa pesamment la pièce et alla percher son énorme carcasse sur le bord du canapé gris perle. Corinne le suivit en titubant et s'assit à côté de lui. Son teint brouillé et ses cheveux ternes ressortaient encore plus au sein du mobilier design de Brigitte que dans le petit salon encombré de Mrs. Hellman.

Brigitte regarda le sang goutter de la main droite de sa sœur sur la moquette et fit signe à la gouvernante qui se dandinait sur le pas de la porte.

« Voulez-vous me nettoyer ça, Grace ? »

La gouvernante sortit, et elle se tourna vers Corinne. « La prochaine fois que tu seras fâchée contre moi, venge-toi sur moi, pas sur la chatte. Fallait-il vraiment que tu la laisses traîner avec les chats de gouttière ?

— C'est du pareil au même pour Iva, marmonna Corinne, maussade. Du moment qu'elle se fait sauter, elle se fiche de savoir par qui. Exactement comme toi. »

Brigitte marcha sur le canapé. Jade intercepta sa main au moment où elle s'apprêtait à gifler Corinne.

« Ecoute-moi un peu, Brigitte, dit-il. Vous deux, les filles, vous n'êtes pas faites pour vivre ensemble. Tu le sais aussi bien que moi. Tu crois peut-être que tu dois à ton image publique d'être une maman pour Corinne, seulement tu n'as pas la fibre maternelle. Tu ne l'as jamais eue. Alors pourquoi t'obstiner maintenant ? »

Elle le foudroya du regard.

« Et toi, tu es Monsieur Propre qui se permet de juger tout le monde ? »

Il secoua son volumineux dôme de jade.

« Nan. Je n'irai pas jusque-là. Mais peut-être que Corinne aimerait venir vivre chez moi. » Il leva une paume massive pour couper court aux protestations de Brigitte. « Pas là où j'habite maintenant. Je pourrais prendre un appartement à côté d'ici. Corinne pourra avoir son cheval et venir te voir quand tu te seras calmée. Et quand ta précieuse petite chatte de race aura ses bâtards, ils viendront vivre à la maison.

— Avec l'argent de Corinne », éructa Brigitte.

Jade hocha la tête.

« Elle sera bien obligée d'apporter une mise de fonds. Mais je connais des gars qui peuvent m'aider à démarrer une affaire. Un commerce, par exemple.

— Tu seras soûl ou camé la plupart du temps. Et après, tu vas la violer... »

Elle s'interrompit car il lui fit le coup de ses méchants-yeux-noirs-en-fente.

« Tu ferais mieux de te taire, Brigitte LeBlanc. Tu ferais sacrément mieux de te taire. Tu veux peut-être que je me présente devant le jury pour proclamer que je n'ai jamais touché une gonzesse, parmi toutes celles qui se jetaient sur moi. Je ne le ferai pas. Mais — tu es bien placée pour le savoir — jamais de ma vie je n'ai levé la main sur une fille. Quant au reste... » Ses yeux reprirent leur expression habituelle, et il passa un bras autour des épaules de Corinne. « Dès

qu'elle me verra ivre ou shooté, Corinne rappli-
quera ici. On peut faire un essai de six mois, Brigitte. Juste un essai. Comme dans un camp
d'entraînement. Tu sais comment ça marche. »

En entendant cette métaphore empruntée au
football, Brigitte prit elle aussi un air mauvais.
Mais avant qu'elle n'ait ouvert la bouche, Joel
bêla à l'arrière-plan :

« Je trouve que c'est une bonne idée, Brigitte.
Vraiment. Vous devriez tenter le coup. Lady Iva
n'aura jamais les nerfs solides, si on se dispute
constamment autour d'elle.

— Personne ne vous a demandé votre avis,
siffla Brigitte.

— Et à moi non plus, dit Corinne. Si tu n'es
pas d'accord, je... je prendrai Lady Iva et
m'enfuirai à New York. Et je t'enverrai des photos d'elle avec des portées et des portées de chats
de gouttière. »

Cette menace, proférée avec tout le venin
dont elle était capable, me fit suffoquer de rire.
J'avalai une gorgée de sancerre pour essayer de
me ressaisir, mais je n'arrivais plus à m'arrêter.
La montagne de Jade gronda et trembla tandis
qu'il se joignait à moi. Joel étouffa une exclamation horrifiée. Seules les deux sœurs LeBlanc ne
bronchaient pas et continuaient à se défier du
regard.

« Je devrais t'expédier dans une maison de
redressement, Corinne Alton LeBlanc.

— Vous devriez surtout vous calmer »,
conseillai-je en reposant mon verre sur une
table chromée. « C'est une bonne offre. Accep-
tez-la. Sinon, elle refera une fugue. »

Brigitte pinça les lèvres.

« Je ne vous ai pas engagée pour que vous vous retourniez contre moi.

— O.K., vous m'avez engagée. Mais pas achetée. Ma tâche est de vous aider à résoudre un problème délicat. Or, c'est probablement la meilleure solution que l'on puisse vous proposer.

— Bon, d'accord, rétorqua-t-elle avec humeur en se resservant un verre. Va pour six mois. Mais si ses notes baissent, si j'apprends qu'elle boit ou se drogue, elle revient ici. »

Je me levai pour partir. Corinne me suivit à la porte.

« Je m'excuse d'avoir été malpolie chez Lily, marmonna-t-elle timidement. Quand les chatons vont naître, vous pourrez choisir celui que vous préférez. »

Je déglutis et m'efforçai de sourire.

« C'est très généreux de ta part, Corinne. Mais je doute que ma chienne apprécie la compagnie d'un chaton.

— Vous n'aimez pas les chats ? » Les grands yeux bruns me fixaient avec une expression poignante. « Honnêtement, les chiens s'entendent très bien avec les chats, à moins que leur maître ne soit contre.

— Comme les LeBlanc et les Pierce, hein ? »

Elle se mordit la lèvre et se détourna, avant de demander d'un ton perplexe :

« Vous dites ça pour me taquiner, n'est-ce pas ?

— Uniquement pour te taquiner, Corinne. Ne t'en fais pas. Tout va s'arranger pour toi. Sinon, passe-moi un coup de fil avant de commettre une bêtise, d'accord ?

— Et vous prendrez un chaton ? »

Dis non, Vic, dis non.

« Laisse-moi le temps de réfléchir. Allez, il faut que je me sauve. »

Et je pris la porte avant qu'elle ne puisse entamer davantage ma résolution.

LE JEU DU LOUP-GAROU

Mauricio-José Schwarz

I

C'était une nuit pour aller jouer dehors. Piment estime que parler ne sert à rien. Il dit que les mots dénaturent les sentiments et font de nous des menteurs. Aussi parlons-nous très peu. C'est une affaire entre nous deux. Elle ne regarde personne d'autre, pas même le reste de la bande.

Contrairement aux vrais loups-garous des films, nous sortons par n'importe quelle nuit, pleine lune ou pas, pour rôder après le couvre-feu. Evidemment, ce n'est pas un véritable couvre-feu. Tout le monde peut sortir à n'importe quelle heure ; on est dans un pays libre. Mais passé dix heures, presque personne n'ose s'aventurer dans la rue. Neuf heures le vendredi et le samedi. Dans ces rues libres, la vie ne vaut pas grand-chose, oh non ! Plus il y a de gens, moins on attache de valeur à l'individu. C'est pourquoi on est obligé de prendre soin de soi-même et des siens. Personne d'autre ne le fera à votre place.

Je crois qu'à notre époque, on ne trouve réellement sa place que si l'on réussit dans la rue, où tout est sérieux à mourir. C'est pourquoi je fais partie de la bande et que je joue à ce jeu-là avec Piment. Mais chaque fois que j'essaie d'en parler, Piment me regarde avec une fureur sombre, rentrée. J'ai entendu dire que la fureur est indissociable de la vie dans la rue, mais ces choses-là, on n'y prête pas attention. Je me tais donc. J'ai depuis longtemps renoncé à comprendre pourquoi Piment joue à ce jeu.

On se retrouve toujours à l'angle, devant le vieux magasin qui nous épie à travers ses vitrines aveugles ; sa bouche en forme de porte est condamnée depuis belle lurette par une vieille chaîne rouillée avec un vieux cadenas rouillé. Là commence le défi, car c'est à cet endroit précis que s'arrête notre territoire. Il suffit de traverser, et on est sur leur turf, dans leur petit royaume.

Mais on ne joue pas au loup-garou contre eux, ni sur leur terrain. Actuellement, on n'est pas en guerre, même si l'on a toujours une chance de croiser l'un d'entre eux la nuit. Seulement, ils n'ont rien à faire dans nos rues la nuit. La nuit, tout le monde est pareil. J'appelle ça le grand égalisateur. Blancs et métis, Latinos et Asiatiques. Quand le soleil se couche et que vous êtes dans une rue obscure, ça n'a aucune importance. Il n'y a plus que des silhouettes sans visage qui se meuvent dans l'air fétide.

J'aimerais parler de ces choses-là à Piment,

mais c'est inutile. Quand il n'arrive pas à obtenir le silence au-dehors, il le crée à l'intérieur de lui. Il cesse tout simplement d'écouter. Comme nous avons tous le réflexe de fermer les yeux quand nous ne voulons pas voir quelque chose, Piment est capable de fermer ses oreilles, ou peut-être même son esprit. On dit qu'une fois il a passé trois semaines sans desserrer les dents. Et sans écouter quoi que ce soit. Moi surtout, il m'avait rejeté au début parce que j'avais fait des études. Il n'aime pas ça ; j'ai donc essayé de tout oublier, le langage et le reste. Il y a des choses qu'on n'oublie pas facilement, mais je fais de mon mieux, et plus personne ne m'en reparle aujourd'hui. Comme si je n'avais jamais quitté la ville, le quartier et la bande pour aller à l'école.

On fume des cigarettes en regardant les rues se vider. Plus il se fait tard, plus les gens marchent vite. Ils ont hâte de rentrer, ça se voit.

Finalement, Piment se met en route, et le jeu commence.

D'abord, nous hantons les grandes artères, celles qui sont éclairées. Au bout d'un moment, quand il n'y a plus personne alentour, nous nous rabattons sur les ruelles sombres et étroites, les impasses, les terrains vagues. Il n'y avait pas autant de terrains vagues dans mon enfance, mais aujourd'hui, ils s'étendent comme des taches de lèpre dans toutes les rues, autour des chantiers abandonnés.

Après un tour rapide, nous nous dirigeons vers les frontières de notre territoire. On choisit un point de départ et on s'en va vagabonder du côté opposé. Quand on atteint la limite du quartier, on repart dans l'autre sens, et le jeu est terminé. Si quelqu'un vous voit, vous perdez la partie, mais vous êtes obligé de le tuer.

Personne, dans les films, ne survit à une rencontre avec le loup-garou. On n'a jamais entendu un témoin oculaire déclarer : « Oui, monsieur l'agent, c'était un monstre étrange, pareil à un homme, mais tout pointu : avec un museau pointu plein de dents pointues, les oreilles pointues, les ongles pointus. Et couvert de poils, ouais, comme un gros chien. » Celui ou celle qui voit le loup-garou sera sa prochaine victime. C'est comme ça, il n'y a pas à tortiller. C'est toujours aussi simple que ça. Et, s'il arrive que quelqu'un voie le monstre et s'en tire, c'est généralement celui qui le détruit et qui récupère la fille à la fin. C'est donc mauvais pour le loup-garou que quelqu'un s'en sorte en emportant son image. Comme dans les vieux contes : celui qui vous prend votre apparence vole votre âme. La vision tue. Le regard se pose sur la créature, et la mort frappe.

C'est la règle du jeu.

En fait, nous essayons de nous cacher, de parcourir tout le trajet à l'aller comme au retour sans être vus. Mais les gens qui marchent la nuit dans la rue ont les sens exacerbés, aiguisés comme ceux de n'importe quel animal. Ils sont capables de discerner la moindre ombre dans le noir. D'entendre le bruit d'une paire de tennis à l'arrêt. Ils sentent quand il y a quelque chose d'anormal. Quand les battements de votre cœur troublent l'air nocturne de la ville. C'est ainsi que parfois, inévitablement, ils nous voient.

II

Cette nuit-là, j'eus l'impression que Piment me témoignait plus de froideur. Quand j'arrivai, il était en train de fumer une de ses infâmes cigarettes brunes. Je ne dis pas un mot ; j'ai déjà expliqué qu'il préférait le silence. Aussi, quel ne fut pas mon étonnement quand il se mit à parler.

« Ce soir, tu pars en direction du sud. Moi, je vais vers le nord.

— Pourquoi ?

— Je m'ennuie. »

Nous n'en dîmes pas plus, mais à mesure que je comprenais le sens de ses paroles, je sentis mon sang se glacer dans mes veines. Il voulait que ce soir nous jouions l'un contre l'autre. Il ne prenait plus plaisir à gagner ou à pourchasser une victime qui ne se doutait de rien... les deux dernières, d'ailleurs, lui avaient opposé une sacrée résistance. Il ne se réjouissait plus d'entendre aux dernières informations les résultats de nos expéditions. Il lui fallait autre chose.

Je me souvins que la fois d'avant j'avais vu un filet de sang couler sinistrement de sa bouche : je n'avais pas cru une seconde que c'était le sien.

Je ne pouvais pas fuir. Pourtant, ce n'était pas l'envie qui me manquait. Il faisait déjà presque nuit ; le jeu avait donc commencé, que ça me plaise ou non.

Si je jouais, j'avais une chance de m'en tirer. Sinon...

Piment m'offrit une cigarette. Moi qui déteste les brunes, je la pris et la savourai. J'essayais de mon mieux de reconstituer sa façon de raison-

ner, de partager ses émotions ou son absence
d'émotions. Si je voulais rentrer chez moi, ça
pouvait me rendre service.

III

C'était la première fois que nous nous sépa-
rions et partions à l'opposé au lieu de courir
dans deux rues parallèles. Il se dirigea vers la
frontière nord de notre turf. Autrefois, le grand
parking qui se trouve là-bas servait de motel
gratuit aux petits couples lubriques dans leurs
autos, mais ce n'est plus le cas, car tout se paie,
et la place de parking risque de coûter plus cher
qu'une chambre. Je pris la direction du petit
pont construit à l'origine au-dessus d'un ruisseau et qui enjambe maintenant la bouche
d'égout. Un ou deux gosses se sont déjà noyés
là-dedans. Du moins, c'est ce qu'on raconte.

Je ne vais pas vous ennuyer avec la description de ma ville. Elle est en tout point semblable
à la vôtre. Le bitume n'y est peut-être pas
défoncé aux mêmes endroits, l'air y est plus
lourd, et les putes se regroupent dans une rue
qui porte un nom différent. Elle est un peu plus
grande. Ou plus petite. Mais c'est fondamenta-
lement la même. Il vous suffit d'imaginer votre
propre ville.

L'important est que j'avais peur.

Oh, il m'était déjà arrivé d'avoir peur. Comme
la fois où un type m'avait repéré au milieu de la
partie. Il pleuvait et, quand il me vit, il sortit une
arme et s'accroupit à demi pour tirer sur moi.
Il frimait tellement, il était tellement terrifié que

son unique coup de feu me manqua d'un kilomètre. Néanmoins, il se débattit comme un
beau diable quand je sautai sur lui. Je ne sais
toujours pas pourquoi il n'a pas tiré une
seconde fois.

Mais cette nuit-là, j'avais *vraiment* peur.
Piment est très fort, et j'espérais seulement qu'il
ferait son possible pour ne pas être vu. Si l'on
ne s'y donne pas à fond, comme on dit, le jeu
n'en vaut pas la chandelle. Sinon, ce serait
pareil que la chasse, à la portée de n'importe
qui. Quelquefois, Piment s'arrangeait pour rester invisible pendant plusieurs jours. Seul problème : ce soir-là, c'était loup-garou contre loup-
garou, le combat des chefs, et je regrettai un
instant de n'être pas réellement le tueur pointu
et velu que j'avais si souvent vu au cinéma.

Les vingt premières minutes du jeu furent
presque supportables. Je laissai le pont et
m'éloignai avec beaucoup de précautions. Je
passai inaperçu à côté d'une grande femme.
Assurément, j'étais au mieux de ma forme. Mais
un peu plus tard, je fus pris de tics au visage et
à la main gauche, à l'épaule et à la cuisse
droites. Piment devait se cacher exactement
comme moi. Nos chemins n'allaient pas tarder à se croiser. Si nous avions les mêmes
idées, choisissions les mêmes ruelles, agissions
comme un seul loup-garou, l'un de nous n'allait
pas rentrer chez lui.

D'un autre côté, le quartier était vaste, et les
heures pouvaient s'écouler sans même que nous
flairions réciproquement notre présence. On
pouvait gagner tous les deux. Cette pensée
s'imposait par moments à mon esprit, mais je

refusais d'en tenir compte. J'avais déployé tant d'efforts pour ressembler à Piment que, tout à coup, je ne savais plus comment me démarquer. Chacun pouvait trouver l'autre avec une facilité incroyable.

J'envisageai d'attendre dans un coin sombre que Piment passe son chemin, mais de son côté, il aurait pu décider la même chose. Le moindre détour que je pouvais concevoir, tout ce que je pouvais inventer, Piment était parfaitement capable d'y songer aussi. Il était fort possible qu'on se rapproche, que la collision soit imminente.

J'évitai donc toute improvisation. Je marchais presque en ligne droite en regardant où je mettais les pieds ; le poids grandissant qui pesait sur ma vessie me faisait souffrir. Je faillis mouiller mon pantalon à mi-chemin, mais je réussis quand même à atteindre le parking et à me soulager sous un arbre, ni vu ni connu... et sans voir ni entendre personne. Les rues étaient encore plus désertes que d'ordinaire. Les gens avaient peut-être senti que cette nuit-là n'était pas une nuit comme les autres, et ils se terraient chez eux, feignant de se croire en sécurité.

IV

Le retour s'avéra beaucoup plus problématique. Toute estimation du temps était très aléatoire. Impossible de savoir si Piment était déjà arrivé au pont ou s'il avait été retardé par quelqu'un qui l'aurait aperçu. Ou si, en ce moment même, il revenait rapidement, vers moi.

Je me détachai précipitamment de l'arbre et gagnai l'ombre du bâtiment le plus proche. Dans la nuit froide, la panique me donna une suée malodorante. L'espace d'un instant, la puanteur me parut énorme, insupportable ; elle se répandit dans tout le quartier, envahit toute la ville, sonnant l'alarme dans toutes les narines : « Le loup-garou est là ! Attrapez-le ! Il est juste là ! »

Je transpirai de plus belle avant de me ressaisir. Si l'on n'avait pas les idées claires, il ne fallait pas espérer vaincre.

Une chose jouait en notre faveur : nous savions tous deux nous cacher et, contrairement aux autres, à ceux qui n'étaient pas des loups-garous, nous faisions de notre mieux pour demeurer invisibles, pour nous fondre dans la nuit. C'était une manière d'assurer notre survie à tous les deux.

Soudain, je me sentis décoller. Et là, ce fut réellement quelque chose.

Ça dura deux ou trois secondes après mon accès de panique. J'avais touché le fond, et voilà que maintenant j'étais propulsé vers des sommets jusqu'alors inexplorés. J'étais plus vivant que jamais.

J'étais là totalement, définitivement. La sensation fut de courte durée et se dissipa rapidement, mais son arrière-goût était alléchant.

Remerciant Piment de cette expérience, je repartis en direction du pont.

V

Je n'étais pas allé bien loin quand je sentis mes poils se hérisser.

Un bruit à peine perceptible, que je devinai plus que je ne l'entendis, m'arrêta net. Pendant deux ou trois secondes, je ne bougeai pas. Le son me parvint plus clairement par-derrière. Je pivotai lentement en évitant le moindre frottement de mon blouson. Un homme était en train de traverser la rue. S'il avait tourné à gauche, il m'aurait vu. Mais il pressait le pas sans trop regarder autour de lui. Et cela le sauva.

Le temps de deux ou trois battements de cœur, et le loup-garou reprit son chemin. Je glissais et ondulais, profitant de l'obscurité, essayant de ressentir ce que ressent une ombre quand elle est immobile.

Raisonner non pas comme Piment, mais en véritable loup-garou : telle était l'illumination reçue dans les précieux instants passés sur le parking. Je savais que mon instinct ne me trompait pas. Je courus silencieusement le long d'un immeuble aux fenêtres grillagées où les gens se barricadaient pour la nuit. Je sautai par-dessus les canettes de bière écrasées et les bouteilles d'alcool vides. En changeant d'allure, je tournai à l'angle, fluide comme la nuit, vers la rue commerçante du quartier.

J'ignore si je me réveillerai un jour sans me demander ce qui m'a poussé à m'arrêter brutalement derrière une pile de sacs-poubelle noirs qui attendaient patiemment le ramassage du matin. Ce n'était pas pour reprendre mon souffle. J'avais beau courir, je n'étais pas essoufflé. Je n'avais rien entendu. Cependant, je m'y accroupis pendant quelques secondes, me laissant envahir par l'odeur de fruits légèrement fermentés.

L'homme tourna au coin d'en face. Il ne m'avait toujours pas vu. Pourtant, il ralentit en plein milieu de la rue et exhala une respiration bruyante et apeurée.

Il ne m'avait pas vu. Il avait vu autre chose.

Le second loup-garou était tout proche. Je ne pris même pas la peine de jeter un coup d'œil hors de ma cachette pour savoir ce qui se passait. Piment allait dépasser l'homme comme s'il ne l'avait pas remarqué. Ensuite, il trouverait un endroit pour se cacher et attendrait que l'autre, rassuré, reprenne sa marche chancelante.

Je n'aurais pas assisté à la mise à mort, mais l'homme poussa un cri si aigu, si retentissant, que je voulus voir ce que faisait Piment. Au début, les silhouettes étaient indistinctes, mais les nuages bas réfléchissaient les lumières de la ville, et j'entrevis clairement ce que j'avais pressenti quelques semaines plus tôt. Piment avait sauvagement planté ses dents dans le cou de l'homme. Puis il renversa la tête et se mit à hurler en silence. Je vis même ses yeux briller de joie. Se redressant, il trotta jusqu'à l'angle opposé et tourna à droite d'un mouvement souple.

La voie était libre. Je n'avais plus qu'à traverser, parcourir plusieurs centaines de mètres en sens inverse et tourner à droite. Le pont était à portée de la main.

Il se mit à pleuvoir, et j'avançai avec plus d'assurance. Le bruit des gouttes qui s'écrasaient au sol noyait l'écho de mes pas. Quelques minutes plus tard, j'arrivai au pont. En me dirigeant vers son milieu, je me sentis à nouveau extrêmement vivant. La sensation était moins forte qu'avant, mais à présent j'étais libre de lever le visage vers le ciel, de fermer les yeux et de hurler.

Je ne m'en privai pas, savourant le son qui montait vers la lune cachée derrière les nuages.

Loin, très loin, un autre hurlement retentit. Ce n'était peut-être qu'une impression, mais je crus sur le moment que Piment me répondait du parking. De vainqueur à vainqueur.

Je me remis à hurler quand une pensée douloureuse me coupa le souffle. Je venais de comprendre.

J'avais vu Piment, et il ne m'avait pas vu.

Maintenant, je devais le tuer.

Ça faisait partie du jeu.

C'EST TOI QUE MAMAN PRÉFÈRE

BARBARA STEINER

C'était la première fois depuis l'accident qu'Abby pénétrait dans la chambre de Brenda. Dans la nouvelle maison, leurs chambres communiquaient par la salle de bains, mais Abby avait fermé à clé la porte du côté de Brenda. Et sa mère, qui n'avait touché à rien depuis le service funèbre, avait condamné la porte qui donnait sur le couloir.

Abby était là uniquement à cause de Donnie. C'était aussi à cause de Donnie qu'elle se sentait coupable. A quel point était-il admissible de fréquenter le petit ami de Brenda ? Au début, Donnie recherchait sa compagnie pour lui parler de Brenda. Puis, de fil en aiguille, elle s'était retrouvée en train de sortir avec lui.

La gorge curieusement nouée, elle entra dans la pièce et la traversa en longueur. Brenda n'était pas une sœur pour elle. Pas même une amie. D'une main tremblante, elle saisit la froide poignée sculptée et fit coulisser la porte grillagée du placard de Brenda. Elle fut aussitôt submergée par une vague de *Cinabre,* le parfum favori de sa sœur. « Veux-tu me faire plaisir, Abby ? lui avait demandé Donnie la veille. Prends quelque chose dans les affaires de Brenda et mets-le demain.

— Tu voudrais que je sois comme elle ? lui avait reproché Abby. C'est pour ça que tu sors avec moi, Donnie ? Pour te convaincre que Brenda n'est pas morte ? Tu essaies de te persuader que je suis Brenda ? »

Sa voix vibrait de colère, mais elle s'en moquait. Et elle, pourquoi sortait-elle avec lui ? Elle n'avait jamais particulièrement aimé Donnie Stover, même avant. Et maintenant, cette idée saugrenue...

« Non, franchement, Abby, tu me plais. Tu me plais beaucoup plus que je ne l'aurais cru. C'est juste... juste une expérience. S'il te plaît. Mets le chemisier en soie rouge de Brenda. Je le trouve très joli. »

Si elle avait voulu être honnête, Abby aurait avoué intérieurement pourquoi elle n'avait pas dit non. Pourquoi elle avait accepté de se prêter à l'expérience loufoque de Donnie.

Elle attrapa le chemisier en soie rouge, celui que Brenda mettait le plus. Brenda aimait le rouge : elle l'appelait sa couleur magique. Elle en portait souvent. Abby, elle, préférait le rose.

Le rose. Pâle nuance du rouge. Abby. Pâle reflet de Brenda. Elle rit et, savourant le goût métallique de l'amertume, se débarrassa de son sweat-shirt pour enfiler le chemisier. La soie glissa entre ses doigts, lui caressa la peau, l'enveloppa de fraîcheur. La magie du rouge.

Elle se surprit soudain à éprouver une curiosité en tout point semblable à celle de Donnie. Elle garda son jean : Brenda mettait généralement son chemisier avec un jean. Ses pieds étaient chaussés de ballerines noires.

Le tapis soupira sous ses pas quand elle courut vers la coiffeuse de Brenda, se laissa tomber sur la chaise et examina les éclaboussures de fard à paupières bronze, les brosses et les crayons éparpillés, les tubes de rouge et de brillant à lèvres, le Clearasil, l'inhalateur de Brenda... elle devait en avoir un autre sur elle au moment de sa mort.

Elle prit la petite bouteille en verre de *Cinabre* et s'en mit un peu derrière les oreilles et à l'intérieur des poignets. La fragrance riche, épicée, l'enveloppa. Elle sentait comme Brenda.

Elle se dévisagea dans le miroir qui, bien entendu, lui renvoya l'image de la réalité. Des deux jumelles, c'était toujours elle la plus banale. Il y avait encore fort à faire. Elle ouvrit les tiroirs un à un jusqu'à ce qu'elle tombe sur le fer à friser. Elle le sortit et le brancha. Empoignant la brosse de Brenda par son manche en plastique dur, elle la passa dans ses cheveux jusqu'à ce qu'ils crépitent et brillent. Ils étaient presque de la même longueur que ceux de sa sœur.

Pendant que le fer chauffait, elle enduisit son visage de lotion, puis appliqua le Beige Crème de Revlon. Elle ombra ses yeux verts de bronze, les souligna avec du brun clair, épaissit ses cils avec du mascara extrême. Elle y était presque. Elle était presque Brenda.

Il lui fallut plus de patience qu'elle ne croyait en avoir pour enrouler les mèches de cheveux blond miel entre les dents de plastique du fer à friser afin d'obtenir les boucles désirées. Etre Brenda demandait beaucoup de temps. Etait-ce pourquoi, dans le passé, Abby avait dû subir les regards et les hochements de tête ? Pourquoi elle avait entendu dire : « Pauvre Abby, même si elles sont jumelles, elle n'a pas la beauté de Brenda. Heureusement, elle a l'intelligence de son père. »

Elle détourna les yeux et vit le visage de son père. Il lui manquait terriblement. Il était trop jeune pour mourir d'une crise cardiaque. Elle se mordit la lèvre et s'accorda un moment pour penser à lui. Leurs discussions au sujet des livres qu'ils avaient lus l'un et l'autre lui manquaient. Ses interventions quand elle se trouvait aux prises avec un problème d'algèbre récalcitrant lui manquaient. Il la regardait fixement. *Que fais-tu là, Abby ?*

« Je n'en sais rien, papa. Je n'en sais rien », murmura-t-elle. Elle inspira profondément pour chasser son image et s'examina à nouveau. Puisque Abby était si intelligente, pourquoi faisait-elle cela ? Pourquoi était-elle assise là en attendant que Donnie sonne à la porte ?

Donnie Stover avait le Q.I. d'une dinde, la musculature d'un avant-centre, les yeux battus d'un jeune chien. Il avait suivi Brenda, la langue pendante, durant presque un an, dans l'espoir d'un os, d'une caresse sur la tête ou de toute autre faveur dont elle daignerait le gratifier.

O. K., je fais ça à titre d'expérience. Elle se sourit à elle-même. L'expérience de Donnie.

La tête de sa mère, si elle la voyait ! « Oh, j'ai oublié de te dire, maman. Le petit canard est

devenu cygne. M'aimes-tu maintenant, maman ?
Me préfères-tu, maintenant que tu n'as plus le
choix ? » Le sourire canaille de Brenda effleura
les lèvres d'Abby réfléchies par le miroir.

Ding-dong, la sorcière est morte. Elle glissa un
mouchoir et le tube de lip-gloss dans sa poche.
Ding-dong, la magie du rouge. Elle descendit
l'escalier en riant et ouvrit la porte à la volée.

Donnie, qui s'apprêtait à sonner une nouvelle
fois, resta bouche bée et le doigt en l'air.

« Abby ?

— Non, Brenda. Tu voulais Brenda, tu l'as.
Allez, viens. »

Il la suivit vers la voiture en respirant bruyamment. Sans la quitter des yeux, il attendit qu'elle
rentre son pied pour claquer la portière.

Une fois à l'intérieur, il continuait à la fixer.

« Alors, où Brenda et toi aviez-vous l'habitude
d'aller ?

— On... on roulait pas mal. »

Il tourna la clé, et le moteur se mit à ron-
ronner.

« Eh bien, roulons. »

Abby sourit. Elle trouvait ça amusant. Du
moins, ça l'amusa pendant une demi-heure. La
voiture empestait l'odeur entêtante du parfum.
Pas étonnant que Brenda fût asthmatique. Abby
étouffait sous les pensées inexprimées de Donnie. Ce n'était certes pas un grand philosophe,
mais dans le passé, ils avaient trouvé quelques
sujets de conversation après qu'il se fut lassé de
parler de Brenda.

Comment Brenda pouvait-elle sortir avec un
type totalement dépourvu de mystère... un type
sans surprise ? Abby, qui ne fréquentait pour-

tant pas trop les garçons, en connaissait plusieurs avec qui elle aimait discuter infiniment plus qu'avec Donnie Stover. Des garçons qui ressemblaient plutôt à son père. Qui, elle le savait, auraient plu à son père.

Mais Donnie avait une surprise pour elle. Le ciel avait viré au bleu ardoise quand il freina sur le pont d'où la voiture de Brenda avait plongé dans la rivière.

« Je ne veux pas rester là, Donnie, protesta Abby. Pourquoi nous arrêter ici ? »

Une vague de nausée naquit au creux de son estomac, lui monta à la gorge.

« Juste une minute, Abby. S'il te plaît. Je viens souvent ici. »

Abby n'avait pas remis les pieds sur ce pont depuis l'accident. Elle avait vu le garde-fou défoncé, les eaux sombres et enflées, entendu le vacarme tumultueux de la rivière. Elle n'avait pas besoin de voir ou d'entendre davantage.

Mais elle s'aperçut qu'elle ne pouvait pas attendre dans la voiture après que Donnie l'eut laissée seule. Elle déverrouilla la portière et descendit. La rivière, toujours en crue, rugissait en dessous. Etait-ce son imagination, ou bien les planches vacillaient-elles et vibraient-elles sous ses pieds ? Elle agrippa la rambarde là où elle était toujours intacte et s'y cramponna à en avoir mal aux doigts.

« Ah, mais tu es parfaite, comme ça », souffla une voix familière derrière elle.

Abby fit volte-face, se plaquant contre le bois humide.

« Brenda ? Brenda ! Tu n'es... tu n'es..

— Je ne suis pas morte, Abby, ma chère sœur Abby. Quelle surprise, hein ? »

Le visage fendu d'un sourire hilare, Brenda la toisait, les mains sur les hanches.

« Mais pourquoi ? Pourquoi... ??

— Question logique. Tu as toujours été très logique, Abby. Mais regarde-toi donc. Tu as été dans ma chambre.

— Donnie m'a demandé...

— C'est moi qui lui ai dit ça. Je n'étais pas vraiment sûre que tu accepterais. Mais une fois sur place, j'ai bien pensé que tu serais curieuse. Tu ne voulais pas me ressembler quand j'étais en vie, mais tu n'avais pas besoin d'être quelconque, Abby, pour te sentir différente. Nous avons toujours été différentes. »

Malgré les dizaines d'interrogations qui se bousculaient dans son esprit, Abby s'en tint toujours aux mêmes questions. « Pourquoi as-tu fait ça à maman ?

— Maman, chère maman. A-t-elle eu du chagrin ? As-tu eu du plaisir à la regarder ? Normalement, tu aurais dû savourer ta revanche à l'idée qu'elle soit obligée de te supporter. Car c'est moi qu'elle préfère, tu sais. »

Abby le savait. Brenda n'avait pas besoin de le lui rappeler.

Mais Brenda continuait à parler en imitant la voix aiguë de leur mère :

« C'est toi la plus jolie, Brenda. C'est toi la plus intelligente. Ça arrive parfois avec les jumeaux. L'un a tout, et l'autre ne récolte que les restes. Abby a eu les restes. Elle me le répétait tous les jours, Abby. Jusqu'à ce que je la croie.

C'est moi la plus jolie. C'est moi la plus intelligente.

— Mais...

— Même avec mon maquillage, Abby, même si on porte toutes les deux un chemisier rouge et un jean, tu n'es pas moi. Mais il y a une ressemblance. Les autres n'y verront que du feu. Surtout si c'est moi qui suis censée être morte. C'est mon corps qu'on recherche aujourd'hui encore. »

Le premier spasme de peur contracta la poitrine d'Abby. Son instinct de conservation la propulsa contre la rambarde ; elle sentit à tâtons la solidité du bois, regarda à droite et à gauche dans l'espoir de voir arriver quelqu'un.

« De quoi parles-tu, Brenda ? »

Pour toute réponse, Brenda rit, puis elle toussa et reprit péniblement son souffle.

« Je doute de pouvoir être toi longtemps, Abby. Je dirai que j'ai décidé de m'arranger, de faire comme Brenda. J'emprunterai le maquillage de Brenda, puisqu'il ne lui sert plus. » Cette perspective déclencha un nouvel accès d'hilarité. « Maman aura sa petite préférée, celle qu'elle aime le mieux, et tout le monde vivra heureux. Je n'aurai plus à partager quoi que ce soit.

— Il n'y avait rien à partager, Brenda. » Abby cherchait à gagner du temps pour pouvoir réfléchir. « Pas même, comme tu l'as fait remarquer, l'amour de maman. Nous avons toujours tout eu en double, y compris les chambres dans la nouvelle maison. Bien sûr, nous avons la même salle de bains, mais généralement, j'attends que tu aies fini d'abord.

— Tu es si gentille et attentionnée, Abby. Si douce que ça me donne mal au cœur. C'est mieux ainsi, crois-moi.

— Mais pourquoi une mise en scène aussi compliquée ? » Abby jeta un coup d'œil en direction de Donnie. Il les regardait de loin. « Pourquoi ne pas m'avoir poussée du pont, *moi*, avec la voiture ?

— J'ai essayé, Abby, j'ai essayé. Souviens-toi, combien de fois je t'ai suppliée de venir avec Donnie et moi. Mais tu as toujours refusé. Tu préférais rester à la maison, le nez dans un bouquin. Nous avons donc mis au point notre plan numéro deux.

— Où te cachais-tu ? » Abby se demandait si elle était capable de courir plus vite que Brenda. « Chez Donnie ? »

L'idée que Brenda ait vécu chez Donnie pendant qu'il sortait avec elle la fit frissonner. Ses bras se couvrirent de chair de poule.

Brenda se remit à rire.

« Tu plaisantes ? Ce ballot ? Je le voyais uniquement parce que maman était contre. Tu sais, la révolte, l'esprit d'indépendance, toute la panoplie du parfait teenager. »

Brenda anticipa la tentative de fuite d'Abby. L'empoignant par le bras, elle la poussa vers l'endroit où le garde-fou était cassé. Pendant qu'elles luttaient, Abby entendit le bruit, pareil à un rugissement, des flots grossis par les pluies de ces dernières semaines. Ces mêmes pluies qui avaient rendu le pont glissant et provoqué « l'accident » de Brenda. Donnie et elle avaient dû pousser la voiture à l'eau.

Abby trébucha, perdit l'équilibre et attrapa

Brenda par le bras. Si elle tombait dans la rivière, elle ne serait pas la seule. Le gouffre s'ouvrait derrière elle, avide, béant, prêt à engloutir l'une d'elles, sinon les deux.

Avec l'autre main, elle frappa Brenda, la repoussa, l'écrasa contre la rambarde. Sous les coups, Brenda se mit à tousser. Elle relâcha sa prise suffisamment pour permettre à Abby de reculer.

Un craquement semblable à un éclair déchira l'air. Dans les deux ou trois secondes qui suivirent, Abby eut tout juste le temps d'entrevoir le visage surpris de Brenda lorsque la balustrade céda. Elle tenta de la retenir, de la rattraper par sa manche flottante. Le tissu craqua et se détacha du chemisier.

« Abby... » Le cri de Brenda mourut tandis qu'elle tombait, tombait, tombait tout au fond du gouffre, ballottée comme une poupée de chiffon.

Abby regarda le morceau d'étoffe rouge dans sa main et frissonna ; elle ressentait une déchirure dans la poitrine. *Oh, Brenda, pourquoi ? Pourquoi ? Tu avais tout. Ça ne me gênait pas d'avoir les restes... J'avais l'habitude. C'était toujours comme ça entre nous.*

La profonde tristesse qu'elle avait combattue après l'accident de Brenda l'envahit à nouveau. Avec précaution, elle se pencha au-dessus du vide jusqu'à ce que la tête lui tourne. La poupée de chiffon avait déjà disparu dans le tourbillon des eaux noires. Elle laissa la manche glisser entre ses doigts. Elle virevolta, portée par le vent du tumultueux torrent.

« Brenda, Brenda, ça va ? » Donnie accourait à elle. « C'est fini ? »

Il ne la reconnaissait pas ! Abby sentit quelque chose surgir au plus profond d'elle, une pulsation, une énergie physique et psychique. Elle inspira profondément.

« Oui, Donnie, c'est fini. Maintenant, quand on va retrouver le corps d'Abby, on va penser que c'est le mien. »

Donnie contempla la rivière.

« Je l'aimais bien, Brenda. Honnêtement, je n'aurais pas cru ça possible.

— Ce n'est pas grave, Donnie. Ça ne me dérange pas. »

Quand Donnie l'eut ramenée chez elle, Abby vit que sa mère était rentrée, mais elle ne s'attendait guère à son accueil.

« Ça y est, Brenda. On y est arrivées, hein ! » Sa mère la serra dans ses bras. « Maintenant, tout est à toi. Je ne sais pas pourquoi la nature m'a joué ce tour-là : m'en donner deux alors que je n'en voulais qu'une. Mais notre plan a réussi... nous sommes enfin seules. »

Abby se mordit la lèvre ; elle avait l'impression que Donnie lui avait asséné un coup à l'estomac. Elle réprima l'accès d'un chagrin plus noir encore. Puis elle prit une profonde inspiration.

« Dis-le-moi, maman. Je voudrais que tu me le dises. C'est moi que tu préfères ?

— Mais oui, tu le sais bien, Brenda. C'est toi la plus jolie, la plus intelligente. Tu as toujours été ma préférée. » Sa mère l'étreignit à l'étouffer, à lui couper le souffle. « Maintenant qu'on est débarrassées de ton père et d'Abby, il n'y a plus que nous deux. Nous n'aurons plus jamais besoin de partager, surtout nos délicieux secrets. »

Le corps fut repêché cinq jours plus tard, meurtri et tuméfié, si bien que personne ne se demanda combien de temps il avait séjourné dans l'eau. Cette fois, Brenda eut droit à un vrai enterrement. Tous ses amis vinrent. L'équipe de supporters. L'équipe de foot. Ses professeurs. Les larmes qu'elle versait, découvrit Abby, étaient sincères. Elle pleurait sur Brenda, sur son père, sur sa mère — eh oui ! — et aussi sur elle-même.

« Il faudra au début t'habiller comme Abby, chérie, lui avait déclaré sa mère avant la cérémonie. Et ne pas te maquiller. Mais bientôt, nous dirons que tu t'es identifiée à ta sœur, et tu pourras redevenir toi-même. »

Incapable de proférer un son, Abby avait acquiescé d'un hochement de tête.

Au bout de six semaines, et en l'absence de questions suspicieuses, la mère d'Abby convint qu'elle ferait mieux de rompre avec Donnie.

« De toute façon, il n'est pas assez bien pour toi. Mais vas-y doucement, trésor. Il en sait beaucoup trop. »

Ça, c'est vrai, pensa Abby. Elle connaissait déjà le moyen de le consoler de cette rupture.

« Je ne veux sortir avec personne pour le moment, Donnie. J'ai le moral à zéro, et je peux être très désagréable. Mais tu t'en remettras. Rien ne dure éternellement.

— Brenda, je...

— Si, il y a une chose qui dure éternellement, Donnie. » Abby lui sourit. Gros chiot. Bon garçon, bon chien. « Tu sais, toi, ce qui s'est réellement passé quand j'ai eu mon accident. Se taire, ça mérite une récompense. Je suis sûre que maman apprécie ton silence. Mais à mon avis, elle sera prête à te verser un petit quelque chose tous les mois pour t'aider à mieux garder notre secret.

— Tu veux dire... de l'argent ? »

Donnie ouvrait de grands yeux.

« Evidemment. Tu l'as gagné, et maman en a à la pelle. Ne sois pas gourmand, n'en demande pas trop. Quelques centaines de dollars par mois, ça devrait suffire. Et ne le dépense pas trop largement, sinon on va s'étonner de te voir soudain si riche. Et on viendra mettre le nez dans tes affaires. »

Donnie sourit : il avait compris.

« Tu crois que ça va marcher, Brenda ?

— J'en suis certaine. Maintenant qu'Abby n'est plus là, il y a plein de choses à partager. Et le partage, maman adore ça. »

JUSTE DE LA MOUSSE, C'EST TOUT

Hernando Téllez

Il entra sans dire un mot. J'étais en train de passer et de repasser mon meilleur rasoir sur le cuir. Quand je le reconnus, je me mis à trembler. Mais il ne le remarqua pas. M'efforçant de cacher mon émotion, je continuai à affûter la lame. Après l'avoir essayée sur le gras de mon pouce, je la levai à la lumière.

Pendant ce temps, il ôta son ceinturon incrusté de balles auquel était suspendu l'étui de son arme. Il l'accrocha à une patère et mit sa casquette militaire par-dessus. Puis il se tourna vers moi et, desserrant le nœud de sa cravate, déclara : « Il fait une chaleur d'enfer. Rase-moi. » Et il s'assit dans le fauteuil.

J'estimai qu'il avait une barbe de quatre jours... les quatre jours de la dernière expédition punitive contre nos troupes. Son visage paraissait tanné, brûlé par le soleil. Avec soin, j'entrepris de préparer le savon. J'en coupai plusieurs tranches que je jetai dans le plat ; j'ajoutai un peu d'eau tiède et mélangeai le tout avec le blaireau. Aussitôt, la mousse commença à se former. « Les autres gars de la bande doivent avoir autant de barbe », observa-t-il. Je remuais toujours la mousse.

« Mais on a réussi, tu sais. On a eu les principaux. Certains, on les a ramenés morts, et d'autres, encore vivants. Ceux-là, ils n'en ont plus pour longtemps.

— Combien en avez-vous capturé ? demandai-je.

— Quatorze. Il a fallu s'enfoncer dans la forêt pour les trouver. Mais nous nous rattraperons. Aucun d'eux n'en sortira vivant, aucun. »

Me voyant avec le blaireau plein de mousse à la main, il se cala dans son fauteuil. Je devais encore lui mettre la serviette. Pas de doute, j'étais perturbé. Je sortis une serviette du tiroir et la nouai autour de son cou. Il n'arrêtait pas de parler. Il me prenait peut-être pour un sympathisant de son parti.

« Notre action a dû servir de leçon à la ville.

— Oui, répondis-je, resserrant le nœud à la base de sa nuque brune et moite de sueur.

— C'était un beau spectacle, hein ?

— Très. »

Je tendis la main vers le blaireau.

L'homme ferma les yeux d'un air las et attendit la fraîche caresse du savon. Je ne l'avais encore jamais approché d'aussi près. Le jour où il avait fait défiler la ville entière dans le patio de l'école pour voir les quatre rebelles qu'on y avait pendus, je m'étais trouvé un instant face à lui. Mais la vue des corps mutilés m'avait empêché de prêter attention au visage de l'homme qui avait ordonné ce massacre, visage que je m'apprêtais maintenant à prendre dans mes mains.

Le visage lui-même n'était pas déplaisant, et la barbe, qui le vieillissait légèrement, ne lui allait pas mal du tout. Il s'appelait Torres... capitaine Torres. Il ne manquait pas d'imagination, car qui d'autre aurait eu l'idée de faire pendre les rebelles nus et de s'exercer ensuite au tir en les prenant pour cibles ?

Je commençai à appliquer la première couche de savon. Les yeux clos, il poursuivit :

« Je pourrais m'endormir sur place sans aucun effort. Mais j'ai beaucoup à faire cet après-midi. »

Je m'interrompis et demandai avec une feinte indifférence :

« Le peloton d'exécution ?

— Dans ce genre-là, mais un peu plus lent. »

Je me remis à l'enduire de mousse. Mes mains avaient recommencé à trembler. Il ne pouvait certes pas s'en rendre compte, heureusement pour moi. Mais j'aurais préféré qu'il ne vienne pas. Bon nombre des nôtres avaient dû le voir entrer. Et la présence d'un ennemi sous son toit impose certaines conditions.

J'allais être obligé de raser cette barbe comme une barbe ordinaire, doucement, méticuleusement, comme la barbe de n'importe quel client, en prenant garde que pas une seule goutte de sang ne sourde de ses pores. En faisant attention que la lame ne dérape pas sur les petites touffes de poils. En veillant à ce que sa peau soit nette, douce et saine à l'arrivée, de sorte qu'en l'effleurant du dos de la main, je ne sente pas le moindre duvet. Oui, j'avais beau être rebelle au fond de moi-même, j'étais aussi un barbier consciencieux, et fier de la précision qu'exigeait mon métier.

Je pris le rasoir, écartai les deux pattes de protection, dénudai la lame et me mis au travail... en partant de l'un des favoris. Le rasoir m'obéissait à merveille. Sa barbe était rêche et dure, pas trop longue, mais drue. Petit à petit, la peau apparut. La lame glissait, avec son crissement habituel, entraînant avec elle des flocons de mousse auxquels se mêlaient des fragments de poils.

Je fis une pause pour la nettoyer, puis repris le cuir pour aiguiser le rasoir, car je suis de ces barbiers qui font les choses proprement. L'homme, qui gardait les yeux fermés, les rouvrit, retira une main de sous la serviette, tâta l'endroit où il n'y avait plus de mousse, et dit :

« Viens à l'école aujourd'hui, à six heures.

— Ce sera pareil que l'autre jour ? demandai-je, horrifié.

— Peut-être même encore mieux.

— Qu'avez-vous l'intention de faire ?

— Je ne sais pas bien. Mais on va s'amuser. »

Il se laissa aller en arrière et referma les yeux. Je m'approchai, le rasoir en l'air.

« Vous comptez les punir tous ? hasardai-je timidement.

— Tous. »

Le savon séchait sur son visage. Il fallait que je me dépêche. Je regardai dans le miroir en direction de la rue. Tout était comme à l'accoutumée... il y avait deux ou trois clients à l'épicerie. Je jetai un coup d'œil sur la pendule : quatorze heures vingt.

Le rasoir reprit ses mouvements descendants.

Cette fois, en partant de l'autre favori. Une barbe épaisse, bleue. Il aurait dû la laisser pousser, comme le font certains poètes ou prêtres. C'eût été seyant. Beaucoup de gens ne le reconnaîtraient pas. Ce serait tout à son avantage, pensai-je en m'efforçant de badigeonner uniformément le cou.

Là, le maniement du rasoir exigeait une certaine maîtrise car les poils, bien que plus souples, avaient tendance à frisotter. Une barbe bouclée. L'un de ces pores minuscules pouvait s'ouvrir et rendre sa perle de sang, mais un bon barbier met un point d'honneur à éviter ce désagrément à ses clients.

Combien d'entre nous avait-il fait fusiller ? Combien d'entre nous avait-il mutilés ? Mieux valait ne pas y penser. Torres ignorait que j'étais son ennemi. Les autres aussi. Très peu de gens étaient dans le secret, précisément pour que je puisse informer les révolutionnaires de ce qui se passait en ville et des projets de Torres chaque fois qu'il entreprenait une expédition punitive contre les rebelles.

Il me serait donc très difficile d'expliquer que je l'avais eu entre les mains et que je l'avais laissé repartir en paix... vivant et rasé.

La barbe était maintenant presque réduite à néant. Il paraissait plus jeune, moins accablé par le poids des ans que lorsqu'il était arrivé. C'est souvent le cas quand on entre dans une échoppe de barbier. Les coups de mon rasoir avaient rajeuni Torres... rajeuni parce que je suis un bon barbier, le meilleur de la ville, si je puis me permettre.

Quelle étuve ! Torres doit transpirer autant que

moi. Mais c'est un homme calme : il ne pense même pas à ce qu'il va faire aux prisonniers cet après-midi. Moi, de mon côté, avec ce rasoir à la main — que je passe et repasse sur sa peau —, je suis incapable de réfléchir clairement.

Que le diable l'emporte ! Je suis un révolutionnaire, pas un assassin. Comme il serait facile de le tuer. Il le mérite. Oui ? Non ! Sapristi ! Personne ne mérite qu'on se sacrifie pour lui en devenant un assassin. Qu'a-t-on à y gagner ? Rien. D'autres viennent, puis d'autres encore ; les premiers tuent les seconds, et eux, les suivants... et ainsi de suite, jusqu'à ce que tout se termine dans un bain de sang.

Cette gorge-là, je pourrais la trancher sans problème... *zip, zip* ! Je ne lui laisserais pas le temps de résister, et puisqu'il a les yeux fermés, il ne verrait ni l'éclat de la lame, ni l'éclat de mes yeux. Mais je tremble comme un véritable assassin. De son cou, un flot de sang jaillirait sur la serviette, sur le fauteuil, sur mes mains, sur le sol. Je serais obligé de fermer la porte. Et le sang continuerait à couler le long du plancher, tiède, inexhaustible, inexorable, jusqu'à ce qu'il atteigne la rue, tel un petit ruisseau écarlate.

Je suis sûr qu'un seul coup, une seule incision profonde, éviterait la douleur. Il ne souffrirait pas. Mais que ferais-je du cadavre ? Où le cacherais-je ? Je serais obligé de fuir en abandonnant tout ce que j'ai, et de chercher refuge loin d'ici. Mais on me poursuivrait jusqu'à ce qu'on me retrouve. « L'assassin du capitaine Torres. Il l'a égorgé pendant qu'il le rasait... un lâche. »

Seulement, d'un autre côté : « Celui qui nous a tous vengés. Un nom à retenir. C'était le barbier de la ville. Personne ne savait qu'il défendait notre cause. »

Assassin ou héros ? Mon sort tient au fil de ce rasoir. Je peux tourner ma main un peu plus, appuyer plus fort sur la lame, l'enfoncer. La peau céderait comme de la soie, comme du caoutchouc. Il n'y a rien de plus tendre que la peau humaine, et le sang est toujours là, prêt à jaillir.

Mais je n'ai pas envie d'être un assassin. Tu es venu me voir pour que je te fasse la barbe. J'exerce mon métier honorablement... je ne veux pas de sang sur mes mains. Juste de la mousse, c'est tout. Toi, tu es un bourreau, et moi, je ne suis qu'un barbier. A chacun son travail.

Il avait à présent le menton net et lisse. Se rasseyant, il se regarda dans le miroir. Il se frotta la peau : elle était fraîche sous ses doigts, comme neuve.

« Merci », dit-il.

Il alla prendre son ceinturon, son arme, sa casquette. Je devais être très pâle ; ma chemise était trempée. Torres finit de rajuster la boucle, redressa le pistolet dans son étui et, après s'être machinalement passé la main dans les cheveux, mit sa casquette. De la poche de son pantalon, il sortit plusieurs pièces pour me payer mes services et se dirigea vers la porte.

Sur le seuil, il s'arrêta brièvement et dit : « On m'a assuré que tu allais me tuer. Je suis donc venu voir. Mais tuer n'est pas facile. Crois-en ma parole. »

Et il tourna les talons.

Traduit de l'espagnol par Donald A. Yates

L'INTERROGATOIRE

Eric Weiner

La directrice ouvrit en grand la porte de son bureau et regarda fixement l'élève recroquevillée sur le volumineux canapé de l'antichambre. Elle sourit sans chaleur et dit : « Entrez. »

Ce n'était pas une invitation, c'était un ordre. L'adolescente se leva. Elle ramassa les livres qu'elle avait posés à côté d'elle et, les serrant sur sa poitrine comme pour se protéger, pénétra dans la pièce.

Le bureau directorial, à Hadley, établissement privé pour jeunes filles, avait visiblement été conçu pour arracher des aveux aux pensionnaires. Lambrissé de noyer, plafond compris, il était sombre et imposant. D'immenses peintures à l'huile, portraits d'anciennes directrices qui arboraient toutes un air accusateur, ornaient les murs. Au fond trônait le bureau en acajou massif, occupant tout l'espace telle la tribune d'un juge. En face du bureau, perdue dans l'océan rouge d'un tapis d'Orient, il y avait une chaise en bois à haut dossier. Elle était réservée aux élèves convoquées chez la directrice. C'était le banc des accusés.

« Asseyez-vous », dit la directrice sèchement.

L'adolescente s'assit. Elle avait quinze ans, et c'était sa troisième année à Hadley. C'était une fille insignifiante, de celles que l'on ne remarque guère. Miss Kendrick, la directrice, ne la reconnaissait que vaguement.

« Vous savez, j'imagine, pourquoi vous êtes ici. »

L'élève secoua la tête.

« Allons, allons ! » Les bras croisés, Miss Kendrick s'appuya à son bureau. « Vous n'avez pas entendu parler de ce qui est arrivé à Mr. Carr ? »

L'adolescente se tortilla sur son siège. « Je ne suis pas au courant. » Elle clignait rapidement des yeux derrière ses lunettes.

Miss Kendrick la dévisagea.

« Non, je vous assure. »

Mais au moment même où elle prononçait ces mots, son cœur martelait : *Si, si, si*. Toutes les filles de Hadley connaissaient déjà l'histoire de la peinture dans la salle de classe de Mr. Carr.

Elle représentait Mr. Carr et la directrice dans une posture invraisemblable, et sans doute physiquement impossible à réaliser. Tous deux figuraient dans le plus simple appareil, et certaines parties de leur anatomie avaient été démesurément grossies. Pour ne pas trahir l'esprit de l'école, l'artiste avait gratifié Mr. Carr de l'emblème de Hadley, tatoué sur son...

L'élève baissa les yeux sur le tapis rouge. Non seulement elle avait vu cette peinture, mais elle la trouvait très drôle. Elle n'était cependant pas près de l'avouer.

Miss Kendrick s'assit. Sa chaise était plus grande que celle de l'élève, et un peu plus haute aussi.

« Eh bien, dit-elle, j'ai l'impression que vous êtes la dernière à le savoir. » Elle sourit brièvement. « Quelqu'un a peint une obscénité dans la classe de Mr. Carr. Mr. Carr en a été profondément affecté. C'est normal. Je le suis aussi.

— Je suis désolée de l'apprendre, fit l'adolescente en remuant sur sa chaise.

— Vraiment ?

— Oui, m'dame. »

Elle se mit à se ronger les ongles, avant de glisser précipitamment sa main sous les livres posés sur ses genoux.

« Je vais vous expliquer les raisons de mon inquiétude. Vous connaissez l'expression *in loco parentis* ? »

Oui, elle la connaissait. On ne parlait que de ça à Hadley. *In loco parentis*, à la place des parents. Autrement dit, il y avait toujours quelqu'un dans cette école pour vous dicter votre conduite.

« Tant que vous êtes derrière ces murs, entonna la directrice de sa voix grave, nous sommes responsables de vous à tous les points de vue. Dès l'instant de votre réveil et jusqu'à l'heure du coucher, notre tâche est de veiller à votre éducation physique, spirituelle, psychique et morale. Pour ce faire, il est impératif que nous puissions vous imposer le respect le plus absolu. Suis-je claire ?

— Oui, m'dame. »

La directrice posa les mains sur la surface vernie de son bureau et se redressa lentement, de toute sa taille majestueuse. Elle se mit à arpenter la pièce en décrivant des cercles autour de l'élève. Cette dernière sentit la sueur perler sur sa lèvre supérieure. Néanmoins, elle garda les mains sous la pile de livres sur ses genoux.

« Bien. Nous savons que ce tableau a été peint pendant la troisième heure de cours, car c'est le seul moment où la salle de Mr. Carr est libre. Nous avons parlé à presque toutes les élèves qui n'avaient pas classe à cette heure-là. Vous êtes l'avant-dernière. »

L'adolescente cligna nerveusement des yeux, esquissa un petit sourire.

« J'ai l'habitude. »

Miss Kendrick ne sourit pas. « Ah oui ? » Elle était maintenant devant la fenêtre et lui tournait le dos. Dehors, dans la grisaille de ce morne après-midi de novembre, l'élève vit une de ses camarades de dortoir qui traversait la cour, l'air gelé, triste et abattu. Sans doute pour rendre quelque service à l'une des grandes, pensa-t-elle.

La question suivante lui fut posée sur un ton presque négligent :

« Est-ce vous qui avez fait cela ? »

L'élève mit une seconde à répondre :

« Non ! »

Sa voix s'était enrouée d'appréhension.

La directrice soupira.

« C'est bien ce que je pensais. Apparemment, personne ne l'a fait. » Elle se rassit avec un rire bref. « Il faut croire que ce tableau s'est peint tout seul. » Elle fixa l'adolescente de ses yeux gris pâle. « Où étiez-vous pendant la troisième heure de cours ?

— Je... je... je ne tiens pas à le dire.

— Vous ne tenez pas à le dire ? Comment ça ?

— Je... je regrette, je ne peux pas.

— Vous ne pouvez pas. » Souriante, la directrice regarda autour d'elle comme si elle conviait les portraits à partager son hilarité. « Parfait. Vous reconnaissez donc avoir peint ce tableau ?

— Non !

— Alors, où étiez-vous ? »

L'élève ne répondit pas.

Miss Kendrick contempla les livres sur ses genoux. « Posez vos livres par terre », ordonna-t-elle. Les doigts tremblants, l'élève les empila sur le tapis et enfouit les mains dans les poches de la jupe écossaise de son uniforme.

La directrice la toisa quelques instants jusqu'à ce qu'elle frissonne.

« Très bien. Montrez-moi vos mains.

— Mes quoi ?

— Vous avez entendu. Vos mains. Montrez-les-moi. »

Tout d'abord, elle ne bougea pas. Puis elle sortit ses mains de ses poches. Au début, elle les garda sur les genoux, les paumes vers le bas. Enfin, lentement, à contrecœur, elle les leva.

« Plus près ! »

Elle tendit les mains vers le bureau. La directrice se pencha en avant.

L'adolescente avait les paumes maculées de peinture noire.

Miss Kendrick se redressa sans hâte et plongea son regard dans le sien. Elle baissa les yeux. Soudain, elle se mit à pleurer. De grosses larmes qui ruisselaient sur ses joues. « D'accord, j'avoue. C'est moi qui l'ai peint. C'est moi ! J'ai peint ce tableau.

— C'est vous ?

— Ou-oui.

— Vous en êtes sûre ?

— Oui ! Oui !

— Vous vous êtes introduite dans la salle et vous l'avez peint ?

— C'est ça.

— C'est pourquoi vous avez de la peinture noire sur les mains, n'est-ce pas ?

— Oui ! Oui ! Puisque je vous le dis ! C'est moi qui ai peint cet horrible tableau ! »

Les larmes lui brouillaient la vue.

« Voyons, comment peut-on faire une chose pareille ? »

L'élève renifla bruyamment et s'essuya le nez du revers de la main.

« Je ne sais pas. J'ai cru que ce serait drôle.

— Drôle ? Vous appelez cette saleté drôle ?

— Non, plus maintenant. Je suis désolée. Vraiment. » Elle attendit mais, comme la directrice se taisait, elle répéta : « Que faut-il que je dise ? Je suis vraiment, vraiment désolée.

— Vous êtes désolée ?

— Oui, m'dame. »

Lentement, gravement, Miss Kendrick hocha la tête. « Très bien, parlons-en. Que se passe-t-il ?

— Comment ça ?

— Pourquoi mentez-vous ?

— Je ne vois pas ce que...

— Vos mains ne sont pas de la bonne couleur.

— Quoi ? Je ne com...

— Cette obscénité dans la salle de Mr. Carr... elle était peinte en rouge. »

L'élève ouvrit la bouche pour répondre, mais aucun son n'en sortit.

« Tout en rouge », dit la directrice.

L'adolescente sentit ses joues s'enflammer. La directrice rougit également. Elles se dévisagèrent. Tout à coup, la jeune fille se remit à pleurer. Cette fois, avec des gros sanglots bruyants.

« Je... regrette, bredouilla-t-elle. Oh, mon Dieu ! Je suis navrée. Je ne voulais pas... mentir.

— On réglera ça plus tard. » Miss Kendrick s'exprimait presque chaleureusement maintenant. « Pour le moment, tout ce qui nous intéresse, c'est de savoir qui a fait cela.

— Mais je... je ne peux pas !

— Bien sûr que si, voyons. » La chaleur s'évanouit aussi brusquement qu'elle était apparue. « Je veux le nom. Tout de suite. »

Une dernière larme coula au coin de la bouche de l'adolescente.

« Si je vous le dis, on ne va pas la... suspendre, n'est-ce pas ?

— Ce n'est pas votre problème. »

L'élève regarda ses doigts tachés de noir.

« C'est Laura, dit-elle finalement.

— Laura qui ? questionna la directrice, même s'il ne pouvait s'agir que d'une seule Laura.

— Laura Templeton. » Elle se couvrit la bouche, comme horrifiée par ce qu'elle venait de faire. « Oh, mon Dieu ! Je n'aurais pas dû... je...

— Evidemment que si », la coupa Miss Kendrick. Ses yeux étincelaient. Elle ne cachait pas sa stupeur. « Continuez. Je veux tout entendre.

— Non, je ne peux pas, je... »

La directrice fit claquer ses doigts, deux fois, comme pour faire obéir un petit animal.

« Cessez de pleurnicher. » La jeune fille se tut. « Pourquoi Laura Templeton a-t-elle peint ce tableau ?

— Juste pour s'amuser, vous savez. Elle ne pensait pas que Mr. Carr le prendrait aussi mal. Vraiment... »

Elle jeta un regard implorant sur le visage fermé de Miss Kendrick.

« Eh bien ?

— Voyant que Mr. Carr était fou de rage, Laura a eu peur. Et elle m'a dit... »

L'élève hésita.

« Elle vous a dit quoi ?

— Que si je ne prenais pas la faute sur moi, elle s'arrangerait... (un nouveau sanglot lui échappa)... pour qu'aucune autre fille ne m'adresse plus la parole.

— Je vois. »

Miss Kendrick connaissait et appréciait Laura Templeton. Elle était jolie, sportive, aimée de tous. A la rentrée, en tant qu'élève de dernière année, elle avait été nommée chef du dortoir Bingham. Les chefs de dortoir étaient chargées de faire respecter la discipline aux autres pensionnaires. D'après les échos que Miss Kendrick avait recueillis, Laura s'acquittait de sa tâche à merveille.

« Je sais, je sais que ça ne lui ressemble guère. Mais... »

L'adolescente se tut.

« Mais quoi ? Ecoutez, jeune fille, nous ne bougerons pas d'ici tant que vous ne m'aurez pas tout dit ; vous pouvez donc gagner du temps

et vous éviter des ennuis en me racontant tout
depuis le début. »

L'élève soupira.

« C'est comme si on était ses esclaves, murmura-t-elle.

— Ses esclaves ? Que me chantez-vous là ?
Elle n'est que chef de dortoir. »

L'adolescente hocha la tête.

« Si elle veut, elle peut vous rendre la vie...
enfin... impossible.

— Continuez, ordonna la directrice. Je tiens
à tout savoir. »

L'élève s'exécuta. Elle raconta tout, tout ce
que le corps enseignant ignorait au sujet de
Laura. Comment Laura exigeait le respect total.
Et se vengeait de celles qui la contrariaient.
Laura et ses amies pouvaient vous faire le lit en
portefeuille. Vous faire tomber vos livres en
croisant votre chemin. Renverser du café sur
vos devoirs. Changer l'heure de votre réveil pour
que vous arriviez en retard en cours. Et si Laura
en voulait réellement à quelqu'un, elle s'arrangeait pour que le dortoir tout entier scande le
nom de la fille devant l'assemblée générale des
élèves.

En entendant ce dernier détail, Miss Kendrick rougit à nouveau. Des manifestations de
ce genre, il y en avait eu souvent cette année,
sans qu'elle arrive à y mettre fin.

« La plupart du temps, ce sont des broutilles,
poursuivait l'élève. Mais ça finit par s'accumuler.
Et comment faire pour rentrer dans ses bonnes
grâces ? En devenant sa boniche, en quelque
sorte. En étant prête à lui rendre n'importe quel
service. Quoi qu'elle vous demande, vous... »

Elle s'arrêta net, comme si elle venait juste de s'apercevoir où ses paroles l'avaient menée.

« Et c'est ce qui vous est arrivé », dit Miss Kendrick.

L'adolescente hocha la tête en ravalant ses larmes.

« Le service que vous aviez à lui rendre cette fois-ci, c'était avouer un crime que vous n'aviez pas commis ? »

Elle acquiesça à nouveau.

La directrice réfléchit quelques instants.

« Très bien, dit-elle enfin. Vous pouvez partir. »

Elle raccompagna l'élève jusqu'à la porte. Avant de lui ouvrir, elle lui recommanda de garder jusqu'à nouvel ordre cette conversation pour elle. La jeune fille le lui promit. Miss Kendrick ouvrit la porte.

« Vous pouvez entrer, Laura. »

Laura Templeton était assise sur le même canapé où sa camarade avait attendu avant elle. A sa vue, l'adolescente se figea.

Laura se leva avec un sourire éclatant à l'adresse de Miss Kendrick.

Elle avait beau la haïr, la jeune fille éprouva en la regardant une violente bouffée de remords.

Puis elle partit. Son cœur battait la chamade.

Cette nuit-là, à une heure et demie, longtemps après que ses camarades du dortoir Bingham se furent endormies, elle avait toujours les yeux grands ouverts. Elle se glissa hors de sa chambre et se dirigea sans bruit vers la salle de bains au bout du couloir.

La salle de bains était déserte. Néanmoins, elle ne voulait pas prendre de risques. Elle ôta son peignoir et entra dans l'une des deux cabines de douche qui étaient munies d'un rideau. Puis elle tourna les robinets à fond.

Cet après-midi, la surveillante avait fouillé la chambre de Laura et découvert un pinceau taché de peinture rouge. On murmurait déjà qu'elle allait être renvoyée.

L'adolescente se frotta soigneusement les mains. La peinture noire coula le long de ses jambes et disparut en tourbillonnant dans la petite bonde métallique.

Elle s'attaqua alors aux taches rouges en dessous.

MISSION SECRÈTE

Eric Wright

En deuxième année de collège, lorsque nous
avions douze ans, notre sport favori consistait
à empoisonner la vie aux maîtres auxiliaires.
Depuis que tous les professeurs valides étaient
partis se battre, les écoles de garçons four-
millaient de remplaçants engagés à titre provi-
soire, genre agents de voyages trop vieux pour
être mobilisables, et qui ne pouvaient plus exercer leur métier à cause de la guerre. Certains
d'entre eux ne duraient pas plus de quelques
semaines ; d'autres, encore moins.

Un qui dura, ce fut le remplaçant du professeur de géographie, un réfugié norvégien. Il
avait l'air de tout savoir. Au début de chaque
cours, il nous demandait de choisir un pays,
puis il nous en parlait. Un pays au hasard.
C'était devenu un jeu, d'essayer de trouver un
pays qu'il ne connût pas, mais ce fut impossible.
Lui, on l'aimait bien.

On aimait bien aussi Mr. Thomas, venu nous
enseigner l'éducation physique, et également

chargé de nous surveiller à l'étude. Le premier jour, quand nous nous mîmes à lancer des flé-chettes et des boulettes de papier, il se contenta de rire et de nous dire d'arrêter. Et nous arrê-tâmes. Comme ça, d'un seul coup. La véritable autorité, on la reconnaît toujours.

Contrairement à la plupart des profs d'éduca-tion physique, Mr. Thomas n'avait pas de préfé-rence pour les athlètes. Et il n'était pas sadique comme son prédécesseur. Il s'efforçait de nous faire participer à des jeux, ne se moquait de per-sonne et n'obligeait pas les garçons à tenter des performances qui les terrifiaient, comme sauter par-dessus le cheval-d'arçons, par exemple. Il voulait juste qu'on s'amuse. Il apprit même à nager à Kelly. Kelly était une espèce de balourd avec des grosses lunettes qui, avant l'arrivée de Mr. Thomas, avait une peur panique de la pis-cine. Mr. Thomas l'emmena dans le petit bain et, au bout d'une semaine, Kelly savait nager. Juste pour traverser la piscine en largeur, mais cela lui avait suffi pour idolâtrer Mr. Thomas. Très vite, d'ailleurs, tout le monde partagea ce sentiment.

Au contraire du professeur de géographie, il ne nous parlait pas de son passé, mais nous le soupçonnions d'être un héros dans la vie aussi. Il n'avait qu'un œil — il portait un bandeau —, et nous en déduisîmes rapidement qu'il avait perdu l'autre en combattant l'ennemi au début de la guerre, infirmité qui lui avait valu d'être démobilisé. Quand il faisait trop humide pour aller dehors et que la salle de gym était occupée par une autre classe, il nous racontait des his-toires de guerre. Il y était toujours question d'une fugue du camp de prisonniers, d'exploits audacieux en pleine nuit avec canots pneumatiques et combinaisons de plongée, et nous décidâmes qu'il avait dû faire partie d'un commando. Nous le lui demandâmes, bien sûr, mais il rit et refusa d'en dire plus. « Ne vous occupez pas de moi, répétait-il souvent. Mon passé est classé. » Mais nous n'en pensions pas moins.

Un autre remplaçant capable de maintenir l'ordre, c'était Mr. Hattery. Il arriva un mois après Mr. Thomas, mais ce n'était pas du tout la même chose. Au début, on se posa la question de savoir d'où il venait, mais il ne nous en parla jamais, et bientôt, cela ne nous intéressa plus.

Il faisait régner la discipline par la terreur. Le premier jour, quelqu'un eut une remarque déplacée ; Mr. Hattery fondit sur le garçon, l'attrapa par le devant de sa veste, le souleva de son siège et se mit à crier. Il ne le frappa pas, non, mais depuis, nous gardâmes la tête basse. Pourtant, il eût été facile de lui pourrir la vie car il était incapable d'enseigner. Il ne savait *rien* hormis la fabrication d'objets en bois — il était censé diriger les travaux d'atelier —, et ne pouvait même pas nous expliquer comment il s'y prenait. Il nous disait de regarder pendant qu'il fabriquait, mettons, un support pour brosses à dents, et il finissait par : « Voilà donc comment on fait un support pour brosses à dents. Demain, je m'attaquerai à une planche à pain. » Mais après le premier jour, on se gardait bien d'intervenir. On se contentait de rester à notre place en attendant que la cloche sonne.

Notre école se trouvait juste à côté d'un camp militaire, un grand camp. Il y avait une intense activité dans les environs au cours de ce printemps-là, et nous savions depuis des mois qu'il se passait quelque chose. Beaucoup de civils travaillaient dans ce camp, y compris les mères de certains de nos camarades ; ces garçons avaient interdiction de répéter à quiconque, surtout à des inconnus, ce qu'ils auraient pu entendre à la maison. Le slogan « Une parole irréfléchie peut coûter une vie » était affiché partout. Les routes étaient barrées. On ne pouvait pas s'approcher de la plage à moins d'un kilomètre à l'extérieur de la ville ; en même temps, on nous mettait tout particulièrement en garde contre les indiscrétions.

Mr. Thomas nous en parla un jour. Si jamais on constatait une activité inhabituelle, si l'un d'entre nous se faisait aborder par un inconnu ou même si l'on apercevait un inconnu à proximité de l'école, il fallait le signaler sur-le-champ. Le signaler à qui ? A lui, et il ferait passer le message. Nous sûmes ainsi qu'il appartenait à l'organisation de contre-espionnage.

Lennie Glover fut le premier à se poser des questions sur Mr. Hattery. Il aurait dû être à l'armée, déclara Lennie, car il n'était guère plus âgé que nos pères et ne souffrait d'aucune infirmité apparente. Nous commençâmes, Lennie et moi, à le suivre après l'école. Au début, ce n'était qu'un jeu, une façon de tuer le temps, simplement parce que nous ne l'aimions pas. Mais très vite, nous découvrîmes que Mr. Hattery était un espion.

Pendant trois jours d'affilée, nous le suivîmes

au jardin public (en nous cachant, bien sûr) où nous le regardâmes s'asseoir sur un banc, faire mine de lire le journal, puis engager la conversation avec un autre homme et, au bout d'un moment, lui remettre le journal et partir. A son tour, son interlocuteur feignait de s'absorber dans la lecture. Nous filâmes Mr. Hattery sur quelques centaines de mètres encore, mais il s'engouffra dans un pub, et nous, il était temps qu'on rentre dîner.

A l'évidence, Mr. Hattery écoutait jour après jour nos conversations, notait les renseignements ainsi obtenus, dissimulait le papier à l'intérieur du journal et le donnait à son contact dans le jardin public. Et ce n'était peut-être pas tout : il pouvait très bien recevoir des messages radio par l'intermédiaire d'un récepteur caché derrière l'atelier de bois, et ensuite transmettre les instructions.

Lennie, qui fréquentait le cercle des photographes amateurs, prit les deux hommes en photo à travers le parc. Nous poursuivîmes notre surveillance pendant deux jours encore et vîmes Mr. Hattery tendre le journal à un autre individu, différent du premier. Il devait faire partie d'un réseau.

Je voulus partir tout de suite : j'étais terrifié à l'idée de ce que Mr. Hattery nous ferait s'il nous attrapait, maintenant que nous étions au courant de ses activités. Mais Lennie insista pour photographier le deuxième homme, après quoi nous nous sauvâmes.

Le lendemain, après le cours d'éducation physique, nous attendîmes que tout le monde eût quitté le vestiaire pour raconter à Mr. Thomas ce que nous avions vu.

Il nous prit au sérieux, nous questionna jusque dans les moindres détails : à quoi ressemblaient les autres hommes, comment se passait exactement le transfert, tout. Lennie avait développé les photos. Il les montra à Mr. Thomas qui les examina longuement et les mit dans sa poche.

« Maintenant, les garçons, c'est à moi de jouer. Vous avez raison. Vous avez découvert là quelque chose de grave.

— Vous allez les faire coffrer ? demanda Lennie.

— Certainement. Mais entre-temps, pas un mot, hein ? Pas un mot. » Il nous posa encore d'autres questions, histoire de s'assurer qu'on n'en avait parlé à personne. « Bien, conclut-il. A partir de maintenant, je vais mettre quelqu'un sur l'affaire. Vous vous êtes débrouillés comme des chefs. Je suis très content de vous. »

Il nous serra la main, puis Lennie et moi rentrâmes dîner.

Le jour d'après, il y eut un raid aérien, et nous gagnâmes rapidement les abris en brique dans la cour de récréation. La plupart des surveillants s'efforçaient de maintenir l'étude même pendant les raids aériens mais avec Mr. Thomas, on n'étudiait jamais. Nous nous installâmes donc et attendîmes son arrivée pour qu'il nous raconte une histoire. Mais il fut retenu, et bientôt, nous faisions un tel vacarme qu'on n'aurait pas entendu une bombe tomber. Le directeur passa la tête par la porte de l'abri et demanda où était Mr. Thomas. Personne ne

l'avait vu. Soudain, Mr. Hattery parut ; le directeur s'adressa à *lui* et, tout à coup, Mr. Hattery
tourna les talons et fonça à travers la cour en
direction du portail.

A ce moment-là, l'économe de l'école vint
nous annoncer qu'il ne s'agissait pas d'une
véritable alerte. Simplement, quelqu'un avait
déclenché l'alarme de l'établissement. Nous
retournâmes donc en classe. Tous, à l'exception
de Mr. Thomas et de Mr. Hattery. Eux, on ne les
revit plus.

Le lendemain, le directeur nous expliqua que
les deux hommes avaient dû partir pour des raisons personnelles. On nous l'avait déjà dit à propos de deux ou trois professeurs que nous
avions fait tourner en bourrique. Dans ce cas
précis, observa Lennie, il aurait mieux valu parler de « raisons publiques ». Par la suite, Simpson déclara avoir vu Mr. Hattery se promener
dans une voiture de l'armée, et un jour, Kelly le
vit sortir d'un commissariat de police. Apparemment sans menottes ni rien, mais on savait
tous qu'il était cuit.

Quelques semaines plus tard, Dawson, dont
la maman travaillait au camp, l'entendit de
l'escalier raconter toute l'affaire à une amie.
D'après ce qu'il avait compris, Mr. Hattery
n'était pas un espion. C'était un agent des services de renseignements des armées. L'agent
ennemi, c'était Mr. Thomas. Le contre-espionnage l'avait démasqué et avait chargé Mr. Hattery de le surveiller pour pouvoir démanteler
tout le réseau.

Nous crûmes au début que Dawson s'était
emmêlé les pinceaux quand, pour couronner le

tout, il déclara que, d'après sa mère, maintenant qu'ils savaient que Mr. Thomas était borgne, ils n'auraient pas de mal à le coincer.

« Ça m'étonnerait, dit Kelly en nous contemplant, Lennie et moi, à travers les verres épais de ses lunettes. Un jour, je suis retourné au vestiaire après que tout le monde était parti, parce que j'avais oublié mon cartable. Mr. Thomas était en train de se laver la figure. Il avait ses deux yeux. Il m'a expliqué qu'on lui avait confié une mission secrète et m'a fait promettre de ne jamais en parler.

— Alors, tu ne vas rien dire ? » demandai-je.

Kelly regarda Lennie qui se frotta le menton.

« C'est un peu délicat, c'est vrai, opina-t-il. Ce pouvait être une mission ultra-confidentielle dont personne n'avait été informé.

— Ça ressemble bien à Mr. Thomas, fit Kelly.

— Et si on se trompait ? hasarda Dawson. Si Mr. Thomas était un espion ?

— Vous savez quoi ? répondit Lennie au bout d'un moment. Si jamais on interroge Kelly, si on l'interroge réellement, il sera obligé de tout raconter. »

Kelly hocha la tête. Mais nous savions tous qu'on ne l'interrogerait pas.

Composition réalisée par JOUVE

IMPRIMÉ EN FRANCE PAR BRODARD ET TAUPIN
La Flèche (Sarthe)
LIBRAIRIE GÉNÉRALE FRANÇAISE - 43, quai de Grenelle - 75015 Paris.

ISBN : 2 - 253 - 17061 - 5 ◈ 31/7061/0